# 琵琶吟

徐振贵 著

山东文艺出版社

# 目 录

| | | |
|---|---|---|
| 第 一 章 | 琵琶知音 | 001 |
| 第 二 章 | 冤家路窄 | 019 |
| 第 三 章 | 刺血立誓 | 039 |
| 第 四 章 | 忽雷惹祸 | 055 |
| 第 五 章 | 被迫从军 | 077 |
| 第 六 章 | 误投叛匪 | 091 |
| 第 七 章 | 只身劝降 | 109 |
| 第 八 章 | 盈盈逃难 | 117 |
| 第 九 章 | 平叛立功 | 125 |
| 第 十 章 | 怒倒丹炉 | 139 |

| 第十一章 | 军功易主 | 145 |
| 第十二章 | 盈盈入宫 | 157 |
| 第十三章 | 梁楚偕行 | 171 |
| 第十四章 | 也算知音 | 187 |
| 第十五章 | 宫禁难会 | 201 |
| 第十六章 | 中丞任上 | 217 |
| 第十七章 | 高中未榜 | 237 |
| 第十八章 | 忽雷砸仇 | 253 |
| 第十九章 | 钓鱼得配 | 271 |
| 第二十章 | 封官赐婚 | 289 |

# 第一章 琵琶知音

大唐元和十一年（公元816年）的夏天，天热却热不过当时吹牛的热潮。那京都长安济仁坊一个小不点儿的郑注药铺，门框上的对联却是"华佗再世望闻问切，妙手回春丸散膏汤"，人们也都司空见惯，见怪不怪。而且，名为药铺，其实却甚简陋。

院内只有北房三间，药铺不是三间。其中，两头的各一间是住室，药铺不是这两间。与两头住室相连的是中间厅堂，药铺也不是这一间。厅堂靠墙只有一个药架，由若干个盛着草药的小抽屉组成。药架前面是个柜台。这才是药铺的全部家当。

药铺虽小，药铺掌柜郑注的医术也是个"二五眼"，顾客却是络绎不绝。但是与其说他们是来买药、看病，不如说是来瞧瞧药铺掌柜郑注的小妹郑盈盈——那个善良、聪慧又极其俊美的小盈盈。

那还是盈盈六岁的时候。她家药铺院墙外，有棵不足一丈高的白杨树，树上有个喜鹊窝，正好一对老喜鹊刚孵出一只小喜鹊。小喜鹊只会张着小尖嘴儿从一对老喜鹊嘴里接受小虫子吃，还吱吱喳喳地叫着。谁知一条长蛇爬上树顶，要吃小喜鹊。两只老喜鹊急红了眼，又是用翅膀拍打长蛇，又是用尖嘴啄蛇。

说也巧，那济仁坊有个愣头青小男孩儿张二愣，才十多岁，爬到白杨树上去掏鸟蛋，一手摸到这条长蛇，大吃一惊，扬手扔在了树下，连小喜鹊也拨拉了下来。张二愣正要下树，却突然听到一声粗鲁的呵斥声："找死吗？下来！"

张二愣见他爹张大愣发火，急忙两手离开树干，跳到了地上，一个趔趄爬起来，却是两手搂着树干，两腿夹着树身，又要往树上爬。张大愣不解，又是一声断喝："还敢爬？"

张二愣嘟囔道："俺找脸皮去。"

原来那棵杨树上有根枯枝，被往下跳的张二愣砸断，只剩了一根斜着朝上的橛子，将他的脸皮划掉一片肉。等他跳回地上，捂着鲜血淋漓的小脸时，地上可就惊心动魄了：

那只被摔得半死不活的小喜鹊，扑棱着翅膀在地上痛苦地叫着；一条长蛇，一伸一缩地吐着芯子，正爬向雏鹊；一只黑皮毛、黄眼珠的公猫，正一步一步悄声向雏鹊逼近；两只老喜鹊以及它们的几只亲友，在距离地面大约十公分的低空，吱吱喳喳地叫着，用翅膀拍打黑猫和长蛇；黑猫和长蛇反过来，与喜鹊们撕咬。

张二愣捡起地上的一根枯枝，去驱赶长蛇和黑猫，却误打在老喜鹊身上，而黑猫和长蛇却趁机冲向了张二愣。

那天是济仁坊庙会，过路的几个人围着看热闹，只是议论纷纷，谁也没有好主意。年仅六岁的小盈盈，慌忙放下手里正弹着的小琵琶，从衣袋里拿出一方小膏药，轻轻贴在二愣的脸上。二愣立时憨憨地咧着大嘴笑了。小盈盈又对着黑猫唤了一声,黑猫立时跳进她的怀里。小盈盈对着黑猫的耳朵不知说了句什么,小黑猫跳到地上愉快地跑走了。小盈盈动作也真麻利,又连忙用根小树枝挑着长蛇,轻轻说道:"好歹都是条命,回洞里去吧。"长蛇也乖乖地走了。小盈盈又走到受伤的雏鹊跟前,从衣袋里掏出一个小药瓶,将里面的药水倒在小手心里,涂在受伤的雏鹊身上,雏鹊立时不疼不痒,稚嫩地欢叫着向小盈盈点头,像是感谢。那张大愣是愣头青,却不傻,忙对张二愣说:"还不放树上去?"雏鹊很快回到了树上的窝里,几只老喜鹊也吱吱喳喳地回了树上。

赶会看热闹的人们都情不自禁地夸奖起小盈盈的善良和聪颖,从此,郑注药铺的生意也就更兴旺了。

等到小盈盈长到十五岁,就更加引人注目了:窈窕俊秀,并未描眉涂脂,却是修眉俊眼;脸上并未贴花黄、点红靥,却犹如出水芙蓉;双颊两个小酒窝,透着娇艳、秀色;一头黑发乌亮,随意挽成双环,插着一把小巧木梳,毫无妆扮之意,倒有天真之趣;身着素色襦衫,大红衣裙。衣裙虽然是她用嫂子郑氏的碎布缝制的,还补着小小补丁。但那补丁,被她制成花瓣儿形状,越发衬托出她的淳朴。再配上凸凹适中、不腴不瘦的俊秀身段,更是显得娇娆秀丽,使人一见就情不自禁要多看她两眼。

然而今日,她却为何愁眉不展?为何抱着一把旧琵琶,坐在柜台前的小杌子上,悲切地弹奏着,嘴里呜呜咽咽地小声唱着:

苦菜苦啊苦菜黄,
苦菜也比我命强。

> 三岁死了爹呀,
> 五岁没了娘!
> 梦里喊娘娘不醒啊,
> 醒来找娘哭断肠……

她眼前又出现了九年前满脸病容、气喘吁吁、咳嗽不止的娘亲吧?

娘躺在床上,憔悴不堪,气息奄奄,哆哆嗦嗦地撸下手腕子上的两个银镯子,套到她的手腕上,又颤抖着断断续续地说道:"哭……什么。冻死……迎风站,饿死……不弯腰。娘就怕我死后……你大了……找不到个……知音人。"

"知音人?"盈盈正要问,娘却像是完成了多年夙愿似的,浑身一哆嗦,溘然逝去了。她嚎啕大哭着问娘:"谁是知音人?他在哪里?我怎么去找他?"

直到她哭得怀抱旧琵琶倚着身后的柜台睡着了,嘴里还说着梦话,念叨着:"谁是知音人?他在哪里?我怎么去找他?……"

忽然,院门"咣当"响了一下,盈盈一愣怔,惊醒了,梦中的娘也不见了,她知道是同父异母的哥哥郑注回来了。

盈盈就怕见这自称"华佗再世"的郑注的尊容:

二十七岁的他,个矮、腿短、面貌丑陋,脸像一个倒置的歪把子梨。眼睛小得像是一道缝,即使见钱眼开时,也还是眯缝着。

郑注肩背药袋,垂头丧气地走进来,将药袋放到柜台上,张嘴就是喝斥:"丧门星,又弹这破玩意儿,想连我、连你嫂,都克死吗?"

"这不是说了多少遍的陈词滥调吗?"盈盈没好脸地白

了他一眼。

郑注打开药橱，拿了几样药，嘴里也不示弱："你三岁没爹，六岁娘亡，不都是弹这破玩意儿克死的？"

盈盈一听就火了："爹娘叫谁气死的，谁心里明白。"

郑注能不明白吗？他爹是个老中医，他娘是个胆子比针尖儿还小的女人。郑注却今日去赌博，明日去嫖娼，在妓院里争窝子，不给钱，被打了个半死，他娘就活活吓死了。尔后，盈盈的娘，弹琵琶卖唱，流落到济仁坊，发了疟疾，忽冷忽热，郑注的爹把她治好了，收留了她，生下了盈盈。谁知郑注狗改不了吃屎，偷了爹的钱，又去赌博，输了个精光，便冒充郎中，去卖药还账，却又药死了人。他爹卖了半座药房，大药房变成了小药铺，才算给他擦干净了屁股，但因此也气死了。郑注又要打盈盈母亲的主意，趁其病重发烧时，要偷偷将她卖给一个六十多岁的商人，她也气死了。郑注的脸皮，即使比城墙带拐弯的地方还厚，也被盈盈揭得恼羞成怒，越发拿盈盈的琵琶出气，索性道："非给你砸了不可！"说着，顺手摸起柜台上的一个药杵，就要砸那旧琵琶。

盈盈坐着纹丝未动，而是提高了声音："有种你砸我，不许砸琵琶。"她抱紧琵琶，将头伸给了郑注。

郑注也来了邪劲，举起药杵真的要打，却突然听到院子里一声断喝："不许砸琵琶。"

郑注一惊，不由得缩回了手，顺势变成了捣药，抬眼看去，只见一位英俊青年已经在院内昂首挺胸地站着。

盈盈目不转睛地看着那青年。他头戴公子巾，身穿翻领窄袖丝帛长衫，腰束镶玉革带，足蹬长腰皮靴，玉树临风，眉目含情，器宇轩昂，英姿飒爽，看上去有十七八岁。她顿时情不自禁地心里扑腾乱跳，自觉脸也发烫了。

郑注问道:"客官买药?"

那青年却怒视着郑注,高声喝道:"不许砸琵琶。"

郑注又问道:"客官就医?"

那青年却不管他三七二十一,声音更高了,一字一顿地怒道:"不、许、砸、琵、琶!"

郑注也有点儿生气了:"我问的是客官……"

那青年只是挺胸昂首,答了一句话:"我是梁厚本。"

郑注一愣:"客官可认识梁公公?"

梁厚本却只回答了两个字:"家叔。"

郑注一听是禁军中尉梁守谦的侄子,更惊讶了,立时满脸堆笑道:"原来是梁少爷,失敬失敬。"

谁知那梁厚本却仍然质问道:"为什么砸琵琶?"

郑注只得指着身边正端详梁厚本的盈盈说道:"她是我小妹盈盈,当亲哥的,怎舍得砸她的琵琶?闹着玩儿罢了。"

说得情真意切,特别还强调了那个"亲"字,不由得梁厚本不信。梁厚本便道:"我也是路过,错怪你了!"

他注视着盈盈,拱手告别。原来,梁厚本在梁府,读那些四书五经读烦了,独自出来散心,被一阵呜呜咽咽的弹唱吸引,情不自禁地在郑注药铺门前聆听,后来听到有人要砸琵琶,不觉闯了进去,却意外地见到了盈盈,真是一见钟情。盈盈也遇到了自己一见倾心的意中人。

盈盈望着梁厚本的背影,心中自语道:这梁公子不许砸琵琶,一定喜欢弹琵琶,娘是要我找这样的知音人吗?她心里热乎乎的,又有点儿酸酸的。

郑注见梁厚本走了,又来了精神,对盈盈嗔道:"瞧你刚才瞅人家的那眼神儿,知道丢人害臊多少钱一斤吗?"

忽然,门外远处一阵高亢激越的琵琶声顺风传来,音韵铿锵，夹杂着悲愤之情，格外动听。盈盈不觉要向院外走。郑注正在柜台前捣药，怒喝道："还想去找人家？也不撒泡尿照照自个儿。"抓着药杵，冲盈盈的头扔了过去，盈盈已经一溜烟似的跑出了院门。郑注腿短，哪里赶得上，跳着脚骂道："有本事让他护你一辈子！"

盈盈自己也闹不清，是想到外边听琵琶，还是想再看看梁厚本。

但是，门外已经不见梁厚本的踪影，那琵琶声却更加响亮了。她撒腿向传出琵琶声的天齐庙广场跑去。谁弹得这么好听呢？是梁公子吗？他怎么会到那里弹琵琶呢？不管是谁了，一定得跟他学。娘一辈子弹琵琶卖唱，不是也没饿死吗？谁愿意受哥哥朝打夕骂的窝囊罪。再打骂我，我就出去弹琵琶卖唱。

那长安济仁坊的天齐庙，乃是供奉东岳大帝和十殿阎王的庙堂。庙门前是个广场，每逢正月十五、七月十五，广场上便是人山人海的庙会。而不赶庙会时，也常有说书的、唱戏的或者弹琵琶唱曲的在这里招徕观众。

其时，观众已围得里三层外三层，琵琶声从人群里传出来。盈盈好不容易从人群缝里挤到最前边，见人群中间却是个卖唱的女孩儿，大约有十八九岁，面色憔悴，模样周正，双眼皮、大眼睛，招人喜爱。她面前放着一个小小的缺了一块边儿的瓦盆，里面已有稀稀落落的几枚铜钱。

卖唱女坐在一个杌子上，说道："今日，小女子楚润娘再唱一曲《孤儿行》。有钱的，帮个钱场；没钱的，帮个人场。"

盈盈东瞧西望地寻找梁厚本，却不见他的踪影。那楚润娘弹着琵琶，已经悲悲切切地开唱了：

琵琶吟

孤儿生来命真苦,
没了父母谁看顾?
哥哥逼我出苦力,
口干舌燥浑身酥。
三九冻得难出手,
谁敢说上一句苦!
头上没花儿戴,
脸颊常泪珠。
有家不是家,
不如奴与仆。
清早去汲水,
寒风就像皮鞭撸!
冷脚踏冰雪,
好比蒺藜穿肠肚!
单衣自己缝,
夹裤小手补。
轻则打和骂,
重则罚跪不许哭。
活着不如死,
地下找父母……

　　盈盈看着润娘弹奏,也被其如泣如诉的歌声、幽咽悲戚的琵琶声打动,流出了眼泪,心想:这不是唱的我吗?楚润娘知道我的苦楚,她也是知音人吧?
　　忽然,人群后面传来骚动之声,一个十七八岁的胖男人,小肉眼紧眨巴,衣服华丽却掩盖不住他的臃肿肥胖,正蛮不讲理地用力推搡着人群,喊道:"闪开,闪开,没长眼?还不给我仇少爷让路？"

那是土财主的公子仇士良，已经挤到了围观人群的最前面，听了几句弹奏，觉得无聊，四下乱瞧，发现了美丽的盈盈，便悄悄蹭到盈盈的身后边，离她的腰身只有一寸远，一只手去撩盈盈的襦衫下摆，另一只手往里面摸索。

盈盈没回头，只是猛地向后一打，像是拍打一只苍蝇。仇士良也就装作没事人一般。

过了片刻，仇士良又摸索盈盈的脖颈。盈盈又打了一下，迅速扭过身来，怒视着仇士良。他又抱起肩膀，装作若无其事。

盈盈迅速挤出了人群，向东南方向跑去，好抄近路回家。没多远，是一大片水，清澈见底。水边岸上一棵多年垂柳，合抱粗细，枝叶婆娑，浓荫蔽日。盈盈刚跑到大柳树下，一不小心摔倒了，弄了两手泥巴。她见四下没人，仇士良并没有追来，便蹲在水边，摘下手腕上的两个镯子，放在岸边，撩着清澈凉爽的湖水洗手。

其实，仇士良也挤出了人群。他东瞧西望，找不到盈盈，也向天齐庙东南大柳树走来。这附近见不到几个人。

他来到水旁，见大柳树下背对着自己的盈盈，大喜过望，悄悄过去，捡起手镯，阴阴一笑，将镯子放进自己衣兜，一边解着腰带，一边嬉皮笑脸地说："跟我仇少爷睡一觉，就还你镯子。"

盈盈闻声猛地回转身来，见是方才调戏她的家伙，便气愤地骂道："孬种，给我的镯子。"

仇士良见盈盈骂他，顿时恼羞成怒，嘴里骂着，伸出拳头就要打，迎面却突然飞来一颗弹子，正打到他脑门上。"哎呀"一声，仇士良头朝下，顿时趴在地上，疼得打着滚，鬼哭狼嚎地直叫唤。

盈盈心里那个高兴啊！谁救了自己呢？她远远看见了梁厚本，他正把弹弓装进衣兜里。

原来，梁厚本刚在郑注药铺里见到盈盈，四目一对视，立即被盈盈的美貌和清纯深深吸引了，正在大柳树下，低着头盘算，假装去买药，再去看看盈盈，却突然听到骂声，发现仇士良欺负盈盈，便从衣兜里掏出弹弓，给了仇士良一弹子。他跑过来对那个"孬种"狠狠踢了一脚，从他衣兜里掏出镯子，递给盈盈，道："还不快跑？我饶不了他。"

盈盈又惊又喜，感激不已，一时不知说啥好。他那多情的目光，瞬间就印进了她的脑海。直到回到家，她一边碾着药，心里还一边扑腾扑腾直跳。

盈盈脑子里挥之不去的全是梁厚本那英俊的面容，还有他说过的话语，多情的目光。连药也碾不下去了，盈盈只是双手捂着自己的双颊，心中道：今儿个，我是怎么了？

怎么了？妙龄少女第一次情窦初开了，想到了自己的终身：将来自己还能嫁个像哥哥郑注那样吃喝嫖赌的混账吗？梁厚本怎么那么英俊呢？他看我的眼光里，流露出那么多说不出来的情意，若是能……

她走进自己的卧室，拿起一面小铜镜，照了照自己绯红的脸颊。

忽然，镜子里似乎出现了梁厚本英俊的面容，她情不自禁地对着镜子亲了一下，却忽然又放下镜子，双手将自己的脸捂上了，心想：将自己的命运，与梁哥哥联系在一起，这不是大白天做梦吗？不过，难道自己还要走娘的老路，活活被气死吗？饿死不弯腰，冻死迎风站，我能改变自己的命运吗？能找到像梁哥哥一样的知音人吗？我心里是有他，他心里有我吗？能看上我吗？可是，他的眼神，不是脉脉含情吗？

他现在不是正跟那个孬种打架吗？不会有什么闪失吧？

少女的心，躁动难耐，正涌动着从来没有过的朦朦胧胧、说不清道不明的探寻和追索的激情。

梁厚本呢？此时已经在长安东街永昌坊禁军中尉梁守谦的府邸书房里了。他懒得看书，懒得写字，越发思念一见钟情的盈盈，越发为自己怒射仇士良而感到欣慰。忽然眼前一亮，他连忙打开身边的一个小橱，拿出一个小小锦盒，取出一副翡翠镯子，放进了自己的衣兜。那是母亲的遗物，说是要给未来儿媳妇的。

一想到马上又要可以见到一见钟情的盈盈了，他心里立时激动兴奋起来。这时，忽然小厮跑来，请他去客厅见客。

那梁府客厅，雕梁画栋，富丽堂皇，却又不乏优雅古朴。地面的红毡上摆着一个古色古香的铜制投壶。

三十八岁的梁守谦，高大魁梧，双眼炯炯有神，不失儒将风度。他正优哉游哉地独自投壶。

梁厚本心里想着一见钟情的盈盈，魂不守舍地进了厅堂，对叔父拱手请安。

梁守谦停止了投壶，问道："你今年十九岁了吧？"

梁厚本一愣，点了点头。

梁守谦道："方才席上，白乐天白翰林说，李愬将军有个侄女，十七岁，花容月貌，知书识礼，白翰林想为大媒。说起来，我们与李家倒也门当户对。"

梁厚本大吃一惊，低头不语。

梁守谦又说了一句："讲。"

梁厚本仍是低头不语。

梁守谦又重复了一句："讲。"

梁厚本试探地说道："侄儿一向听从叔父大人的教诲，

即使有自个的想法……"

梁守谦听出梁厚本话里有话,便笑道:"我不是你的爹娘,这婚事,既不听你的,也不听我的,还是以投壶定亲吧!我若赢了,就择个良辰吉日,请白翰林为媒。"

梁厚本急忙问道:"侄儿若赢了呢?"

梁守谦"哼"了一声,道:"你赢了?你做主。"

梁厚本微微一笑,立即将古色古香的铜制投壶在红毡上摆正,将八支没有箭头的箭杆(当时称为"矢"),拱手递给梁守谦。

梁守谦右手投出第一支矢,不偏不倚,稳稳投入壶中。梁厚本微笑不语。

梁守谦左手投出第二支矢,紧靠着第一支,依然入壶。梁厚本抱臂不语。

梁守谦右手随便一投,第三支矢微微跳了一下,紧靠第二支,落入壶中。梁厚本不以为然地活动了一下双拳。

随即,梁守谦的第四支、第五支、第六支、第七支矢,全都稳稳落入壶心,而且是第四支紧靠第三支,第五支紧靠第四支,第六支紧靠第五支,第七支紧靠第六支,好像它们在投壶里排成了整齐的队伍。

梁厚本又是微微一笑,轻松地甩着两臂。

梁守谦越发得意,似乎不用瞄准,急忙掷出第八支矢。

不料,那支矢在壶中跳了两跳,却蹦出投壶,蹭了壶耳一下,跌落在壶外。

梁守谦颇为不满地嘟囔了一句什么,示意梁厚本投掷。

梁厚本又是微微一笑,不慌不忙地将另外八支矢收在手里,耳旁仿佛响起盈盈脉脉含情的声音:"梁哥哥,看你的了。"

梁厚本投出第一支矢,将壶中叔父投入的第一支矢轻轻碰出了投壶，自己的矢稳稳落入壶中。梁守谦不觉一惊。

梁厚本投出第二支，同样将梁守谦投进去的第二支矢轻轻碰出了投壶，自己的矢紧靠梁厚本投进的第三支矢落入壶中。梁守谦不觉吃惊地张开了嘴巴。

第三支、第四支、第五支、第六支、第七支，都是如此，梁厚本投出的矢好像被一只无形的手牵着似的，既依次将梁守谦投进去的矢碰出投壶，又秩序井然地落入壶中，排得整整齐齐，直到第八支稳稳落入壶中。

梁守谦颇感意外地张着嘴，瞪着眼，擦着汗，低下头沉思不语了。

梁厚本微微一笑，看着叔父，指着投壶道："既然是我赢了，我做主，侄儿就直说了，我不同意李家的亲事。"

梁守谦却怒道："胡说！"

梁厚本急了，不觉张嘴反问道："您老不是说我赢了我做主吗？"

梁守谦气愤地道："给你个针，就当棒槌了？婚姻大事，自古以来，就是父母之命，媒妁之言，哪有自己做主的？待选个黄道吉日，老夫就去拜托白翰林为媒，李家确与我们门当户对。"

梁厚本想起一见钟情的盈盈，顿时像是头上浇了一瓢冷水，大吃一惊，不觉说道："门当户对算什么！花容月貌，没有毒如蛇蝎的？知书识礼，没有花言巧语、装腔作势的？不是知音，怎么过得一生？至于门户，哪有百年不变的？又不是与门与户结婚。"

这下梁守谦火了，破口骂道："混账，哪来的这些胡话。你爹娘把你托付给老夫，老夫能不管吗？择个吉日良辰，请白翰林为媒好了。"

梁厚本不想让叔父知道自己已经有了一见钟情的心上人盈盈，只是忙道："恳请叔父允诺，这婚事我要自己做主。和自己不爱的人，怎么生活一辈子？"

梁守谦更火了，声腔都变了："越发胡说了！"

梁厚本则更急了，忙道："人生贵在知己，贵在知音。您老不喜欢的人，别人逼您，您乐意吗？当年，您老跟师父学武艺，您师妹喜欢您，师父不同意，结果那位姑姑一气之下投河了……您老不是终生悔恨吗？为何还要侄儿悲剧重演呢？"

"好小子，竟敢当面揭起你叔的短处来了？"梁守谦浑身哆嗦着，高声怒道，"混账小子，整日看那些歪书邪书，看疯了吗？记着，该是你的，不要也不行；不该是你的，想要也办不到。待择个黄道吉日，让你哥哥去李家下彩礼。"说着，梁守谦拂袖而去。

像是一声晴天霹雳，梁厚本脑袋嗡的一声，几乎摔倒在地上，仿佛看见盈盈俊俏的面容上已是布满了愁云，心想：我的命运才刚刚开始，为什么就遭到当头棒喝，而这执棒者偏偏又是叔父呢？

叔父的背影渐渐成了一堵压在心窝里的黑墙，挡在他和盈盈之间。

梁厚本回到书房，懒得看书，懒得写字，越发反感叔父的提亲，也就越发思念一见钟情的盈盈，越发为怒打仇士良、给盈盈要回镯子而感到欣慰。他用手按了按衣兜里的镯子，准备再去见盈盈。

一想到马上又要见到一见钟情的盈盈了，他心里立时激动兴奋起来。他知道叔父已经上朝了，不在家，便匆匆出了梁府，来到了水边大柳树下。

大柳树旁，幻觉中，盈盈好像忽然出现了，亲热地叫他：

"梁哥哥。"

他正要答应，忽然，盈盈又不见了，还是那棵大柳树。只有一对喜鹊，欢快地叫了两声，一前一后飞走了。

梁厚本欣喜地仰头望着它们，心里道：是给我报喜的吗？

他走得更快了，盈盈俊俏可爱的面容，不时浮现在眼前。不知不觉地就来到了郑注药铺门前，梁厚本兴奋地轻轻敲门。

盈盈在院子里听了一愣，还以为是仇士良找上了门，连忙小声问道："谁啊？"语气中透露出惊慌失措。

梁厚本也小声答道："我啊。"

盈盈惊喜地叫了一声："梁哥哥。"立即开了院门。

梁厚本见盈盈一头乌发，搭在肩头，楚楚动人。盈盈上身穿着红色罗衫，下身一件绿色旧裙子改做的长裤，显得肥大了一些。衣裤虽然有细小补丁，但穿在盈盈身上，衬托得她上身窈窕，下身飘洒，整个人更加婀娜俊秀。

盈盈见梁哥哥身着青衣，足下乌靴，眉目含情，潇洒英俊，不觉羞涩地一笑，愣了片刻，才激动不已地连忙关了院门，将他领进了厅堂。

梁厚本只是脉脉含情地端详着俊秀的盈盈，盈盈也深情地瞅着梁厚本英俊的面容，彼此都是满腹话语，却不知从何说起。

梁厚本真想将盈盈紧紧搂在怀里，却又不敢，只是连忙掏出母亲留给自己的镯子，戴到她的手腕上，却顺势抓着她的手不放。那手，竟是那般光滑细腻、柔软温暖。

盈盈脸一红，低下了头，觉得脸上发热，小声道："哥哥把我的手攥疼了。"

梁厚本立即松开了手，对着她的手吹着气道："真该死，都红了。这是母亲留给我的，送给你了。"

"这……我……"盈盈脸又红了。

两人又沉默了片刻。

梁厚本问道:"你多大了?"

盈盈道:"十五,属狗。你呢?"

盈盈说过"你呢"两个字,又后悔了,心想:问人家这个干啥?

她不觉脸更红了,低下了头。

梁厚本却看着盈盈道:"十九,属马。"

两个人又是一阵沉默。

梁厚本忽然问道:"你有婆家了?"

盈盈脸更红了,低下头道:"我才多大。你有了?"

盈盈又一次后悔了,心想:怎么今儿个我管不住自己的嘴了?不觉双手捂着热辣辣的脸,慌忙掩饰道:"我……我是想问问,梁哥哥家里……都有什么人?"

梁厚本叹道:"父母早去世了,也没一个兄妹,是叔父抚养我长大的。"他低下了头。

这倒引起了盈盈的同命相怜,也叹道:"也是孤儿啊。"

"孤儿?"梁厚本问道。

"我爹是药铺郎中,娘是卖唱的琵琶女。三岁,爹不在了。六岁,娘又不在了,与同父异母的哥哥和嫂子一起过活。"

梁厚本叹道:"我也有个叔伯哥哥梁正言。"

盈盈想起哥哥经常打骂自己的情景,便问道:"他也打你吗?"

厚本却说道:"我叔揍不死他。"

这回是盈盈低下了头,心想:我连个护着自己的叔叔也没有啊!不过,梁哥哥跟我一样,也是孤儿,两个孤儿是不是知音人呢?她心里又扑腾扑腾地跳起来。

两人又是一阵沉默。

"你哥哥为啥砸你的琵琶？"梁厚本仿佛有意打破尴尬地问道。

盈盈道："嫌我弹琵琶，说是克死了爹娘。"

梁厚本不以为然地叹了口气。

盈盈也叹了口气，道："自打娘不在了之后，也没人教我弹琵琶。只是一想娘，就想弹琵琶，学琵琶！梁哥哥会弹琵琶吗？"

梁厚本回答道："会弹小忽雷。"

盈盈忙问："小忽雷是什么？"

梁厚本道："就是琵琶啊。"

见盈盈疑惑不解的表情，知道她要问"为什么叫小忽雷"，就告诉她，叔父为皇帝采购敬佛贡品时，路过凤凰山山谷，看到路边一棵紫色怪树，竟是从天竺国传过来的娑罗树，树上百鸟啼叫。那时，飞来一只金雕，吓走百鸟。叔父箭射金雕，却射下一根树枝，是做琵琶最好的木料。叔父特请能工巧匠，用这娑罗木制成一把琵琶，弹将起来大弦嘈嘈，小弦切切，高声如雷，低声似语，所以命名小忽雷！叔父把它当成镇宅之宝，说是吉祥之物。

说到这里，梁厚本却低下头，叹道："真倒霉，叔父要给我提亲了。"

盈盈情不自禁地吃了一惊："啊？提的什么人？"

"李愬将军的侄女！"

"你答应了？"

"哪能呢。"

"你叔乐意？"

"他说要选个黄道吉日，让白翰林去说媒。"

盈盈一愣，本来心里想说"可别答应"，话到嘴边了，才猛然意识到不妥当，连忙改为"可别……让你叔打你。"

梁厚本没有发现盈盈心里的变化，而是坚定地说道："打也不怕。"

盈盈看着他满脸坚毅的表情，心里感动了，心想：你叔若打你，我准得哭了！但是，她说不出口，眼里却已经含着泪花。

梁厚本赶忙掏出手帕给她擦着泪水，拂拭着那细腻白皙的双颊，心里一阵情不自禁的酸痛，便道："我心里只有妹妹，打死也不会娶别人！"

盈盈闻言，心里顿时热血沸腾，不知说啥为好，而那含在眼里的泪水，已经流到了脸颊上。

梁厚本也情不自禁地一下子将盈盈搂在了怀里，抚摸着她的后背。盈盈浑身热流涌动，洋溢着从来没有过的激动，话声也变成了抽抽噎噎："谁知道……我哥嫂打的啥主意哩？等他们回来，我……探探他们的口气。明日，哥哥在曲江江边……等我，等哥嫂走了以后，我……偷跑出去告诉你。"

梁厚本生平第一次搂着他一见钟情的少女，一种从未有过的温馨、激动、兴奋的暖流流遍全身。他不知自己说了句什么，好像是断断续续的一句"不见……不散！"

一个要自主命运，一个要自主婚姻，两个知音者的爱情火花顿时在茫茫尘世里开始闪烁，即将融为一体了。

## 第二章 冤家路窄

盈盈哪里能料到，梁厚本走后，她家这边却要出大事了。

她那一心自己掌握命运的善良而幼稚的愿望，在哥哥郑注那里，碰了一个不软不硬的钉子。

当天傍晚，盈盈在卧室里，偷偷拿出衣橱蓝包袱里的镯子，戴在手腕上，喜滋滋地欣赏着，仿佛那镯子上还留着梁哥哥的温暖。她歪着头，左看看，右看看，又赶忙恋恋不舍地摘下来，放进衣橱里，不敢让哥嫂知道。忽而觉得梁哥哥甜蜜的拥抱，还印在心头；忽而想到梁哥哥给她戴镯子的情景；忽而又担心这突然到来的幸福会转瞬即逝。正忐忑不安之时，她想起答应梁哥哥要探探哥嫂对她婚姻的态度，第二天好到曲江边去告诉梁哥哥。不料，厅堂左边哥嫂的卧室里，却传来哥嫂悄悄说话的声音，盈盈连忙站在自己的卧室门帘之后，悄悄偷听。

嫂子李氏比郑注大一岁，模样平常，却心地善良，一向待盈盈甚好。在几次睡梦中，盈盈甚至还梦到李氏变成了娘亲。

只听嫂子李氏悄声问道:"仇家这彩礼,是怎么回事?"

盈盈闻言猛地一惊,她从心底厌恶仇士良那个猥亵的孬种。

郑注悄声道:"说来也巧,你知道昨天我给谁看的病吗?富顺里有名的大财主,仇家的公子仇士良!"

盈盈又是一惊,心想:病死他,不能给这个孬种看病啊!

郑注道:"谁知,看完病,他爹突然问我:'听说你小妹挺漂亮,还没婆家吧?老夫叫媒人去提亲吧?'"

盈盈更加紧张起来,这孬种家想打我的主意吗?

李氏问:"你答应了?"

郑注道:"天上掉元宝,还能不拾?就怕那死妮子又偏偏上来犟劲儿……"

一听这话,盈盈猛地将卧室门帘一把撩开,冲到厅堂,怒道:"我就是一头碰死,也不跟仇家那样的孬种!"

郑注和李氏连忙走出了卧室,郑注生气地反问道:"你怎么知道人家是孬种?"

盈盈一时不知怎样回答,仇士良的猥亵举动,她说不出口,只好低头不语。

郑注道:"打着灯笼也找不到这样的大财主家。"

盈盈道:"我不稀罕。"

郑注反问道:"无父从兄,由得了你?"

盈盈更生气了,便道:"由得了你,你去跟啊。"

她生气地回了卧室,插了门,坐在床边,气得说不出话来。

郑注用脚踢着盈盈的房门,怒道:"大了?有本事了?还反了你?"

盈盈闻言猛地拉开房门,站在门口,握着把剪刀,对着自己的喉咙,怒道:"不就是逼我死吗?"

李氏一见，慌了，一把将剪刀夺了过去。盈盈却没有消气，她又跑进自己的卧室，插上房门，对室外高声怒道："谁收了彩礼，谁去跟！"

李氏害怕盈盈仍要自寻短见，忙敲着房门，喊道："好妹妹，开门，开门！"又对郑注道："何必非要强逼妹妹呢！"

郑注却嚷道："你懂个屁。仇家就给了三天期限，到时候她还不从，用绳子捆起来，抬也得抬到仇家。"室内的盈盈气得要爆炸了。

当日夜晚，郑家三口谁也没有吃晚饭，郑注夫妇吵了一架，也就早早睡了。盈盈和衣躺在床上辗转反侧，折腾了多半夜，还难以入睡。直到天快亮了，她耳边仿佛还响着郑注的声音："用绳子捆起来，抬也得抬到仇家。"她心想：难道我就像头被捆着四只蹄子的猪一样，由着狠心的哥哥要杀要宰吗？娘说过，冻死迎风站，饿死不弯腰，我即使跟娘似的沿街卖唱，也绝不跟那个孬种！不行，我现在就去曲江边找梁哥哥，告诉他，哥嫂要把我许配给那个孬种！于是，她悄悄坐起来，悄悄来到厅堂，悄悄开了屋门，开了院门，出了院子。

正是黎明前的黑暗时刻，茫茫夜色中，她跌跌绊绊地向前走，要去曲江边找梁哥哥。可是，她忽然想到，天这么早，他能在那里吗？不在那里，我就等他，等到天亮！反正不能在家里傻等着被绳子捆！

那时的长安，每个坊里住若干家，外围有坊门和坊墙，坊门和坊墙挡住了她。坊墙中间的坊门上锁着一把大锁。蚊子嗡嗡叫着，直向她脸上扑。负责开关坊门的坊官怕天热、蚊子咬，躲进旁边的屋里睡得正香。

盈盈不敢叫坊官开锁。坊墙却几乎有她两个人高。朦胧月光下，她四下搜索，终于发现离坊墙几步远的地方，放着一个打水的木桶，连忙悄悄搬过来，底朝上，放在墙边，蹬着水桶，悄悄爬上了墙头。盈盈往下一望，头皮发麻，不敢跳，心里却扑腾扑腾地乱跳。

忽然，不知是谁家的猫叫了一声，她一害怕，从墙头上扑通一声摔到了墙外的地上，脚脖子崴了，脚摔破了，鲜血流出来，疼得直钻心。

坊官被惊醒，从屋里打着哈欠走了出来，故意吓唬道："谁？我看见你了！"

盈盈躲在一棵槐树后，胆战心惊地不敢出声，嘴唇都咬破了。

坊官自言自语地嘟囔道："老子正梦着个满把胡哩！"他打着哈欠又回屋睡觉去了。

盈盈这才顾不得疼痛，一瘸一拐地向前跑，总觉得身后突踏突踏地响，像是有人跟在身后，慌忙小声问了一句："谁？"却没人回答。回头看，却是什么也没有。

再往前跑，又是那样，身后传来突踏突踏的脚步声。她又小声问了一句："谁？"仍是没人回答。回头看，什么人也没有。

她更害怕了，心想：是鬼吧？头皮越发发麻，头发根儿都竖了起来，浑身被汗水湿透了。

她越跑越快，也看不清方向，不知什么时候被绊倒了。刚才月亮还在云层里，街上朦朦胧胧。这会儿，月亮却钻出了云层，眼前的一切都看清楚了，原来她是糊里糊涂、慌里慌张地进了敞着门的天齐庙。

大殿上凶神恶煞般的阎王、狰狞可怖的小鬼儿依稀可见，顿时将她吓得"哎呀"一声，摔倒在台阶上，哇的一声哭了。

她长到十五岁了，可是从来没进过庙门，也没见到过如此狰狞可怕的塑像。就连娘留下的那些唱本里,也没说过这么让人胆战心惊的情景。她暗暗埋怨天黑,看不清路;又暗暗埋怨自己,怎么稀里糊涂地闯进这个鬼地方?

她勉强挣扎着起来,忍着双脚的疼痛,怦怦乱跳的心脏仿佛已经跳到了嗓子里。她一瘸一拐地正要向庙门外跑去,忽然哧溜一声,一条胳膊粗细的长蛇,在她面前钻进了庙里。

她越发害怕了,只是拼命地奔跑。

不知什么时候,一个闪电,一声霹雳,狂风大起,飞沙走石,打得她睁不开眼。她失魂落魄、跟跟跄跄地向着曲江岸边跑去……

这六月天,孩儿面,说变就变,天一亮,又风息雷停晴空万里了。李氏见盈盈屋里没有动静,屋门、院门都敞着,却没有盈盈的影子,忽然想起昨天与郑注的谈话,料定大事不好,急忙呼喊着"妹妹,盈盈"跑出了家门。郑注睡眼惺忪地嘟囔道:"死妮子,你还能跑到天边去?"

他正要出门寻找,仇士良领着两个家丁闯了进来,怒道:"我家彩礼送来了,为何还不回礼?"

郑注低声下气地道:"少爷息怒,谁知道小妹夜里跑了,怕她去投江,正要去找呢!"

仇士良怒道:"胡说,怕不是把她藏起来了吧?"

他各屋搜查了一遍,怒道:"那死妮子,跑到蚂蚁窝里老子也把她抠出来。"说完,骂骂咧咧地走了。

在郑注药铺里,仇士良没找到盈盈,又气又恼。一个家丁见他闷闷不乐,便道:"少爷,去曲江边上找找吧。即使找不到盈盈那死妮子,说不定能找个更漂亮的哩。没听说吗,曲江的美女长安的娃,神仙见了也腿麻。"

仇士良嘻嘻笑道:"腿麻了,怎么睡她?"

他带着一胖一瘦两个家丁，就在曲江两岸有红男绿女之处寻找起来。

曲江风景如画，太阳还不甚高，已经有好多人在此游玩。在水边饮酒赋诗的，泡着药草洗手祛病的，静坐垂钓的，没事看风景的，草地上玩蹴鞠的，岸边熙熙攘攘，好不热闹。

忽然，仇士良见那些游玩的人们都慌忙躲避。一个宦官打扮的中年人，骑着高头大马，有三十多岁，别看精瘦，两只三角眼却是目光阴森，杀气逼人。马后跟着一队禁军人马，有的荷戈持戟，有的架鹰牵狗。仇士良不知道他就是内侍宦官王守澄，却猜出此人非同一般，便领着两个家丁贴着路边让道，歪着头看，充满了羡慕之情，心想：这才是爷们儿！

正想着，王守澄属下的一个小太监臂上架着的老鹰像是发现了什么，突然挣脱，向着路边的一群鸡猛扑过去。小太监无论怎样呼唤，撕鸡的老鹰却不回来。

仇士良忽然想起来，十年之前，训导来他读书的学馆视察时，他正在玩一只还没有驯好的雏鹰。他将一根铁箍套在了雏鹰的腿上，雏鹰疼得突然挣脱，从训导脸前飞过，将训导吓得尿了裤子。仇士良因此被学馆除名，雏鹰也被学馆没收。也不知道，为何这只长大了的雏鹰会落到眼前这帮人手里，那个铁箍却还照样勒在鹰的腿上。

仇士良见状，嘴里打了几声呼哨，那老鹰便乖乖地飞过来，落到了仇士良的手臂上。仇士良架着鹰，走到那个张皇失措的小太监面前，献媚道："公公笑纳！"说着，将老鹰还给了小太监。

王守澄见了，心里道：倒是有用的小子！便开口问道："你叫什么名字？"

仇士良慌忙跪下道："回公公，小的叫仇士良。"

王守澄问："多大了？"

仇士良道："十八。"

王守澄又问："父母何处为官？"

仇士良道："没有官职。"

王守澄又问："想是乡绅了？"

仇士良答应："嗯。"

王守澄问："你也会驯鹰？"

仇士良说："八岁就会。"

王守澄来了兴致："考考你，怎么个驯法？起来说吧！"

仇士良顾不得回忆他的"光荣史"，当然也不会给宦官王守澄讲这些。他眉飞色舞地回答起如何驯鹰："第一步得饿，用根小木棍，缠上细麻线，在麻线上粘一点儿吃食，塞到它胃里乱搅，逼它把吃的东西都吐出来，饿得它几乎成了疯子；第二步得喂，下个指令，给点吃的，重复多次，哄得它听到指令就回来落到你手臂上；第三步得收……"

王守澄哈哈大笑，问道："愿意到宫里当差吗？"

仇士良受宠若惊地趴下磕了一个头，忙道："做梦都想！"

王守澄却道："还当真了？"说着，便带领人马扬长而去了。

仇士良喜道："回去就跟爹说，老子一定要去宫中当差。"

一个家丁问道："少爷，小的见那边凉亭旁有片草地，有看蹴鞠的，到那里去找盈盈吧？"

仇士良命令道："都给我瞪大了眼珠子。"

家丁道："小的岂是白吃干饭的。"

其实，盈盈已在曲江岸边呆坐很久了。天亮了，盈盈东瞧西望地寻找梁厚本。梁厚本远远看见了，三步并作两步地迎上去，喜得呼道："盈盈，妹妹，这里，这里！"

盈盈顾不得腿上的伤痛惊喜地跑过去，扑在梁厚本的怀里哭了。她有多少委屈要给梁哥哥说啊。

梁厚本为她擦着眼泪，忙问："别哭，好妹妹，知道你哥嫂的主意了？"

盈盈呜呜咽咽地哭道："我那个混账哥哥，想把我嫁给仇士良那个孬种……"

梁厚本一愣，怒道："他白日做梦！"继续给她擦着眼泪道，"我回去就跟叔父商议提亲的事。"

盈盈激动地点了点头，却突然听到李氏声嘶力竭的高喊声："盈盈——妹妹——"

盈盈怕嫂子看见自己与梁哥哥亲密的情景，赶忙装作若无其事的样子，从梁厚本身边走开了。

李氏慌忙走过来，拉住盈盈道："跑到这里干吗？跟嫂子回家。不跟那个姓仇的就不跟，也犯不上跑这里寻短见啊，可把嫂子吓死了。快跟我回家。"

盈盈没料到嫂子竟然有那么大的力气，身不由己地跟着走了几步。李氏回头看见了梁厚本，他正看着李氏和盈盈，像是有什么话要说。

李氏便道："岸边那个公子是谁啊？你怎么跟他那么亲热？"

盈盈不由得低下了头。实说吧，不好意思；不说吧，嫂子又看见了……

李氏亲切地道："对嫂子还不说？"

盈盈仍低着头不说话。

李氏便问道："嫂子平时待你怎样？还有什么不能对嫂子说的？"

盈盈只得道："就是……上次，在天齐庙前，看楚润娘弹琵琶时，姓仇的那个孬种欺负我，为我打抱不平的那个公子。"

李氏忙问："叫什么名？"

盈盈道："梁厚本。"

李氏笑道："啊，他喜欢你？"

盈盈脸红了。

李氏又问："你喜欢他？"

盈盈的脸更红了。

李氏非要打破砂锅问到底，又问："你俩早就认识了？你是来找他的？倒是挺英俊的公子，能配得上妹妹，叫你哥哥去提亲？"

盈盈被说得满脸绯红，正不知怎样回答，突然，飞来谁家的一个蹴鞠，落到身边水里，溅了姑嫂二人一身水。

盈盈一惊，"哎呀"一声，生气地喊道："没长眼？"

谁知，这话却让仇士良的一个家丁听见了，忙对仇士良道："啊？少爷，那不是郑盈盈吗？那天我去请郎中时见过，错不了。"

仇士良也看见了，连忙嘻皮笑脸地往前凑，猛地想起来什么，便道："你小子还不知道，我在天齐庙前，就遇到过这个妞儿，真他妈的越看越好看。"

他老远就喊："美人儿，想我仇少爷吗？为什么逃跑啊？"

盈盈闻言吃了一惊，赶忙拉了一把嫂子，转身快走，嘴里嘟囔道："真倒霉，偏偏又碰上了姓仇的这个孬种。"

仇士良大步追了过去，嘻皮笑脸地道："什么时候给我做媳妇？"

李氏忙将盈盈护在身后，正色道："仇少爷，请放尊重些！"

仇士良继续往前走着，怒道："你算老几？"

李氏大声道："我是她嫂子。"

仇士良笑道："那我也得叫嫂子了？"

盈盈脱口而出："谁是你嫂子？"

仇士良继续往前走着道："你给我做了媳妇，你嫂不就是我嫂吗？"

李氏道："一派胡言。"

仇士良继续往前走，两个家丁紧随其后。

李氏急了，怒道："光天化日的，还要抢吗？"

仇士良却步步紧逼。

盈盈猛地跑到水边，大声地喊道："孬种，你再往前走，我就跳江。"

仇士良急了，忙对家丁骂道："木头吗？上！"

仇士良自己也挓挲着胳膊，猛扑过来。

突然，一个弹丸飞来，不偏不倚，击中了仇士良的手腕，仇士良"哎哟"一声，闹了个嘴啃泥。说时迟，那时快，一位英俊青年几个箭步跳过来，正是梁厚本。

仇士良捂着手腕爬起来，对梁厚本吼道："怎么又是你！"他已经知道梁厚本的叔父是禁军中尉，先自怯了三分。

梁厚本双拳紧攥，气愤填膺地怒道："为何光天化日、众目睽睽之下，欺负一个弱女子？"

仇士良外强中干地道："关你屁事。"

梁厚本怒道："横行霸道，谁都该管，你还有脸说！"

仇士良被噎得张口结舌，愣了一愣，才想起今天自家是三个人，还怕你一个吗？便对两个家丁道："给我上！"

仇家那个胖家丁立即对梁厚本来了个饿虎扑食，梁厚本从小就跟叔父梁守谦学武，这下可用上了。他迅捷地一闪，轻轻让过，赶上一脚，那家丁被踢了个嘴啃泥。而仇家那个瘦家丁，却趁势从梁厚本身后来了个黑狗钻裆，要搂抱其小腿。

梁厚本早有防备，回身一脚，将瘦家丁踢倒。梁厚本跳起来，扔下两个家丁，猛地两个箭步跑到仇士良身边，来了个老鹰抓小鸡，反拧仇士良的手臂，右脚冲其腿弯一踢，仇士良立即趴到地上，疼得鬼哭狼嚎。

盈盈站住不走了，正焦急地看着他们打架。

李氏急了，忙道："还愣着干什么？"

盈盈道："梁哥哥若打不过他们，我就过去撕那个孬种！"

其实，也用不着盈盈，那两个家丁匆忙从地上爬起来时，已是鼻青脸肿，想救仇士良，却自知不是对手；不救又不敢独自溜走，正在左右为难，忽然，附近传来喝道之声："闲人闪开，梁公公巡行到了！梁公公巡行到了！"

仇士良一愣，这"梁公公"就是梁厚本的叔父禁军中尉梁守谦，他来了，还能有我仇士良的好果子吗？倒是梁厚本先放开了仇士良。

仇士良主仆三人抱头鼠窜，只剩下一只蹴鞠，在江水里忽然沉了下去。

其实，梁厚本并不愿意遇见叔父梁守谦。见仇士良一伙已经狼狈逃窜，便想与梁守谦一行背道而行，却被梁守谦叫住。梁守谦见他旁边有个少女，便用鞭梢指着盈盈问道："这小女子，你是何人？"

盈盈低着头，不知道怎样回答。

倒是李氏说了一句："民妇的小妹郑盈盈。"

梁守谦心中暗道：这小女子倒颇有颜色，是大福大贵之相，便转而问李氏："你丈夫做何营生？"

李氏回答："药铺郎中。"

梁守谦又问："令妹多大了？"

李氏回道："十五。"

梁守谦心中掐算着,暗自想道:哦,属狗,与属马的倒也相配,只可惜是……

梁守谦又问:"可曾婚配?"

李氏道:"还小哩。"说着,便拉着盈盈走了。

梁守谦瞥了梁厚本一眼,心里暗道:是了,是了!

他转头问梁厚本:"你可认识她们?"

梁厚本只得道:"刚刚邂逅相遇……"

梁守谦想到那小女子只是个开药铺的,便登时怒道:"男女授受不亲,还不走开?"

梁厚本"嗯"了一声,却仍是站着未动,只是痴痴望着渐走渐远的盈盈姑嫂的背影,心中暗道:还没请叔父派人去郑家提亲,他就如此凶神恶煞的了。世上真若男女授受不亲,哪有众生夫妇?世人不早就灭绝了吗?哪个混账造出这么个束缚男女的紧箍咒呢?顿时觉得叔父从来没有像今天这般令人厌恶。

当日夜晚,梁守谦派小厮将梁厚本叫到了客厅里。

梁厚本见叔父坐在太师椅上,满脸的阴云,心想:可能是因今日曲江岸边,我与仇士良一伙争斗的事情要训斥我。他早已准备好了辩词,心里反倒平静了许多,对叔父请安问好之后,便在一旁侍立。

梁守谦不动声色地对梁厚本道:"坐下吧,有话问你。"

梁厚本顺从地坐在一张椅子上,心里猜测着梁守谦究竟要问什么。

梁守谦像是有口无心地随便问道:"今日曲江岸边,见的那个小女子叫什么来?"

梁厚本一愣,忙道:"她嫂说叫郑盈盈。"意思是自己没跟盈盈说过话。

梁守谦继续问道:"之前你认识她吗?"

梁厚本不正面回答,只是说:"侄儿偶感风寒,曾去她家药铺买过药。"

梁守谦却急忙问道:"与她单独交谈过?"

梁厚本忙说:"没……没有。"

梁守谦似乎未曾觉察到梁厚本脸色的变化,漫不经心地问道:"她父母以何为生?"

梁厚本不担心问这个,便不假思索地答道:"她父亲是乡里郎中,母亲是弹琵琶的卖唱女子。"

梁守谦像是随便拉家常地又问:"你也见过?"

梁厚本完全放心了,于是答道:"早没了。她三岁时没了爹,六岁时没了娘。"

梁守谦却突然问道:"你怎么知道这些的?"

梁厚本一惊,有点结巴了,支吾道:"听……她哥说的。"

梁守谦脸色一沉,怒道:"当面撒谎!买药还用你亲自去?即使你去了,她哥吃饱了撑的,跟买药的顾客说这个?"

梁厚本知道自己的回答自相矛盾了,仍然道:"果……真如此!"

梁守谦登时大怒,厉声斥道:"还敢嘴硬!"

梁厚本登时说不出话来,深深后悔说漏了嘴,心想:怪不得宫里好多案子都是叔父审,果然老辣,三言两语就把自己查了个底朝天。

梁守谦咄咄逼人地训斥道:"两家门当户对吗?一介民女与你般配吗?难道这就是你的知音人吗?怪不得你不同意李将军家的亲事啊。待选个黄道吉日,让你哥哥去李家下彩礼。"

梁厚本闻言满脸涨得通红,忙道:"侄儿早就说过,结婚看人,难道是跟门户结婚吗?民女怎么了?侄儿就是喜欢她,李将军的侄女就是天仙,我也不喜欢。世上真若男女授受不亲,哪有众生夫妇?"

没等梁厚本说完,梁守谦已气得浑身发抖,一巴掌向梁厚本打去,命令道:"回房闭门思过!从此之后,不许与郑家女子相见。"犹如一声晴天霹雳,梁厚本头脑嗡的一声,脚下一趔趄,几乎摔倒在地,一个念头立时浮上了心头:硬抗不行,我就软磨,叔父就怕我有病,我就装给你看……

从此,梁厚本一"病"便卧床难起了。

梁守谦叫人请来的郎中,诊过脉,摇着头走了出去。

小厮端来饭菜,再照原样端了出去。

梁厚本忽起忽坐,胡话不断,滴水不进。

梁厚本将被人勉强灌下的汤药全部吐了出来。

郎中为其针灸,他如同木头人,毫无反应。

梁守谦前来探视,梁厚本只是呆望着他,活像一个傻瓜。

一个老郎中对愁眉不展的梁守谦低声道:"老朽无能了,老爷为他准备后事吧!"

老郎中悄悄退了出去。

梁守谦焦躁不安、手足无措地来回踱步,心中自语道:这可叫我如何面对兄嫂的在天之灵啊,这可叫我如何面对兄嫂的在天之灵啊……

梁守谦夫人早逝,唯一的儿子梁正言也去梁厚本的卧室里探望病中的叔伯兄弟。

他见梁厚本和衣躺在床上,满脸通红,说起胡话来:"盈盈……妹妹,你是我的知音,非你不娶……不然……我就自杀!"

梁正言觉得哭笑不得，遂信口敷衍道："我去劝劝爹爹。"

梁厚本闻言，忽地坐起来，焦急地道："叔父若不同意，我只有死路一条了。"

梁正言更加哭笑不得，便高声道："死了还能娶盈盈？"

梁厚本闻听此言，哇的一声吐了一口浓痰，筋疲力尽地躺下，嘴里却呼呼地喘着粗气。

梁正言到了客厅，对梁守谦道："当年，伯父伯母待爹爹不薄，临终还把厚本兄弟托付于爹爹，爹爹能眼看着我兄弟病死不管吗？能眼看着他自杀吗？说不定，与郑家定了亲，兄弟一高兴，就全好了呢！"

梁守谦低头不语，沉思了片刻，才对梁正言怒道："若再多嘴，看我不打折你的狗腿。滚！"

梁正言耷拉着脑袋，只好悄悄跑开了。

第二日一早，梁守谦却来到了长安慈恩寺的大雄宝殿。

身着便服的他，显然是为侄儿梁厚本与郑家的婚事刚刚求过一签。他正低头看着手中的"上上吉签"，默默地念着上面的签词："你原是你，我原是我；我原是你，你原是我。"

梁守谦问身边一胖大和尚："这究竟是何意啊？大师可否指点一二？"

胖和尚道："阿弥陀佛，天机岂可泄露。日后必验！"

梁守谦长叹一声，又看了一遍签词，仍然是一头雾水……

回到府里，一直呆坐到晚上，梁守谦独自走进梁家的祠堂正厅，点上蜡烛，上了香，在爹娘和哥嫂画像前，跪下磕了三个头，心里默默念叨着：不肖之子梁守谦，老父务农为生，含辛茹苦，将我们弟兄两个抚育成人，兄弟亲如手足。兄长梁守礼学文，善良懦弱；我梁守谦习武，刚烈狂放。我怒伤侮辱兄长的恶霸，兄长却将罪过独自揽下，死于狱中；我走投无路,泣别妻儿,辗转入宫,当了宦官。因此,我对待侄儿,犹如亲子。如今,侄儿为其婚事,一病恹恹。我无计可施,顾虑重重。许他自主吧,难以门当户对;执意不许吧,他又如此痴迷。万一不测,如何对得起兄嫂?因此,特来求签,也好定夺。爹娘、哥嫂,在天有灵,定会多多保佑,使我求得真签。"

说罢,他站起来,拿起案上签筒,摇了几摇,摇出一签,虽是上上吉签,签词却是:"天南海北,悲欢离合;春夏秋冬,花开花落。"

他心中暗道:既然两次都是上上吉签,侄儿又是这般闹死闹活的,郑家那女子也是个富贵相,也未必不可以听天由命。但是,出身民女,毕竟门不当户不对啊。

忽然,耳旁像是响起了梁正言的话:"说不定,定了亲,兄弟一高兴,就全好了呢!"梁守谦眼前一亮,心里拿定了一个新主意,立时派人叫来梁正言,对他笑道:"是啊,你兄弟的命要紧,不再跟李家提亲了,郑家的亲事,我认命了!"

梁正言高兴地一跳,笑道:"我告诉兄弟去。"

梁守谦望着儿子飞跑而去的背影,自语道:"这傻小子还当真了。"

梁厚本听了,一时也分辨不出真假,不知道该信还是不该信,颠三倒四地说:"好了,好了,我要娶盈盈了。毁了,毁了,叔父又撒谎了,不去纳彩,谁信?好了,毁了,毁了,好了……"

梁正言赶忙把梁厚本的话原原本本地告诉了梁守谦,梁守谦愣了片刻,走到梁厚本的卧室里。梁厚本口里吐着白沫,仍然是那些颠三倒四的胡话。知道梁厚本病得不轻,梁守谦便将儿子梁正言拉出房门,悄声说道:"你小子出的馊主意,与郑家结亲,好倒是好,只是我堂堂中尉之家,还要赶着去郑家提亲吗?昨天上午,那郑家郎中曾托人来提亲,早被老夫一口回绝了,如今,还要我觍着个老脸让媒人去提亲吗?"

梁正言一听乐了,这是有生以来爹爹第一次听取他的建议,便大包大揽地道:"这个容易,您老等着吧!"

于是,隔了几日,梁正言约了郎中郑注,在曲江岸边的悦来酒店里喝酒。

这梁正言在酒场和赌场上是个混混儿,与郑注也早相识。他有本事把他求你轻溜溜地不留痕迹地变成你求他,把他想请你喝酒轻而易举地变成你请他喝酒。梁守谦在家时,他好像是个循规蹈矩的大家公子,但是,只要一出了梁家大门,他就像换了一个人,截然是另一副德性了。他才二十岁,一表人才,此时已与郑注喝得有了三分醉意,他对郑注道:"上回,你把你老婆的裙子当了,付了酒账……今日……你拿什么?"

郑注道:"不瞒梁大相公,那年在慈恩寺里,一个胖和尚给我相面,说我相貌清奇,二十年后平地做到翰林!"

梁正言扑哧笑道:"啐!翰林若轮到你做,我梁正言就该做宰相了。"

郑注揶揄道:"宰相没指望,你世袭做个太监吧。"

梁正言一本正经地道:"哼,告诉你,我爹入宫之前有的我,男人该有的我都有。"

郑注笑道:"这也不难,你尽管放着家里的美妻娇妾,去嫖去耍,弄出个杨梅大疮来,我再加上一服妙剂,烂去你那东西就是了。"

梁正言嗔道:"狗嘴吐不出象牙来。你说实话,今儿请我喝酒,又有什么坏点子?"

郑注道:"确有大事。"

梁正言不屑一顾地道:"有屁就放。"

郑注道:"家妹生就花容月貌,想跟舍弟攀个亲事。就怕令尊梁公公看不上我这寒门。"

梁正言心里暗喜,心想:正中下怀!嘴里却道:"实不相瞒,家父身为朝廷命官,特重门当户对,前两天你小子不就跟我家提过吗?休得痴心妄想。"

梁正言只顾喝酒,摆出一副没有丝毫回旋余地的架势。

郑注却撇着嘴道:"是啊,原以为你梁大相公是手眼通天、无所不能的哩,却原来也是嘴上抹石灰——白说啊。"

梁正言哈哈大笑起来,说道:"甭弄激将法,梁爷不吃这一套。家父即使同意了,我那兄弟心性高着哩,连李愬将军的侄女他都不放在眼里,能看上你妹妹?"

郑注忙道:"不瞒大相公,家妹如今一表人才,那求亲的岂止一二?就是那仇财主家,巴巴地赶着彩礼都送了,我们哪里答应!"

梁正言继续笑道:"你吹牛皮也不怕吹破肚子。我倒听说,仇家那小兔崽子也不知走的哪家门子,前两天送到宫里当差了。"

郑注一愣,忙问:"真的?"

梁正言吹得更加邪乎了,比画着道:"天下的事,还有你梁爷不知道的?那小子,不知道叫谁射了一弹子,吓得那东西不管事了,算卦的说他到了宫里能当大官。不过,那个土财主仇家除了有两个臭钱,跟我们梁家能比吗?令妹我也见过,果然花容月貌,我若不是早有妻妾,说不定你早就是我大舅子了。只是,家父那一关,舍弟那一关,恐怕我磨破嘴唇也过不去,何必白费口舌!"

郑注忙道:"兄弟哪敢白劳相公的大驾。"

说着，赶忙拿出一个不薄的红包和一包"金丹"递过去，指着金丹道："这可是越战越勇、直到天明的，万万不可多服！"

梁正言接过红包和金丹，嘴里却道："你梁爷可不在乎这点子破玩意儿！"

谁知，但凡世上之事，总是好事多磨。

盈盈这边又来了波折。

## 第三章 刺血立誓

这天晚上，郑注药铺盈盈的卧室里，昏黄的灯光下，盈盈正坐在床上，脑子里一团乱麻，一时也理不清楚。为什么听哥哥说，梁厚本的叔父起初不同意这门亲事，后来梁厚本病了，梁家就同意了呢？是真同意，还是欺骗梁哥哥呢？她忽然想起娘的临终遗言，凡事不知道怎么办时，就看看娘留下的那一包袱唱本。她连忙打开床头的一个小炕橱，拿出蓝包袱里的唱本，顺手摸了一本，却是《李尚书冲喜救痴子，王阿娇命丧黄泉路》，说的是李尚书的儿子爱上了民女王阿娇，李尚书坚决反对，他儿子病得要死，李尚书便欺骗儿子，说同意娶王阿娇了，实际却安排另娶了豪门之女，王阿娇知道实情后自杀了。盈盈又拿起一本，却是《张公子冲喜梦难圆，刘秀秀弃家为道姑》，再看另一本，又是什么《赵佳人倚枕黄粱梦，钱秀才冲喜头悬梁》。盈盈看着看着，恍然大悟，这梁哥哥的叔父不是也要给梁哥哥冲喜吗？她惊出了一身冷汗，辗转反侧，不能入睡，直到天快亮了，她才昏昏沉沉地和衣睡着了,却进入了梦乡,她梦见——

梁家向郑家纳彩,下了聘礼。

梁厚本乐得手舞足蹈。

梁守谦立即撕毁了婚书,笑道:"既然病好了,用不着提郑家的婚事了!"

喜庆乐声中,梁厚本与李愬将军的侄女正在结婚。

梁厚本揭开新娘的蒙头袱子,惊叫道:"呀,你是谁呀?"

盈盈"哎呀"一声惊醒了,自语道:"梁家来提亲,真是想冲喜吗?"

她再也不能入睡了。直到清晨,盈盈还在和衣躺着,两眼痴痴地望着房顶。

嫂子李氏哪里知道这些,看看天亮了,妹妹盈盈还没起床,就来到她屋里,喜道:"告诉你个好事,你哥哥跟梁厚本的叔伯哥哥梁正言提亲了,听那梁正言的口气,梁家倒愿意哩。"

谁知盈盈长叹一声,低头不语。

李氏不解地问道:"梁家又不是仇家,人家若同意了,也不怕仇家了,你梁哥哥也不会再病了,为什么还不高兴哩?"

盈盈忽地坐起来,道:"傻嫂子唉,为什么梁家原先不同意,梁哥哥这一病就同意了?是不是想为他冲喜?娘的唱本上这种事多了。"

李氏闻言也猛地一惊,忙道:"那可怎么办?"

盈盈道:"听梁哥哥说,他们家有把琵琶,名叫小忽雷,是梁家的镇宅宝贝,他叔若不是想冲喜,就把小忽雷作为纳彩的礼!"

李氏笑道:"咱们家虽说贫寒,也不能贪图人家的宝贝啊。"

盈盈道:"我是看他叔有没有真心,是不是想为梁哥哥冲喜。"

李氏戳了盈盈前额一指头,笑道:"鬼妮子,就你心眼子多。"

到了晚上,郑注回来了,李氏将郑注叫到卧室里,便将妹妹说是梁家想冲喜,非要人家送小忽雷的事情说了。

郑注道:"梁家若不答应呢?"

李氏道:"妹妹还不闹?平时闹也罢了,若是纳彩那天她闹起来,丢人现眼是小事,这亲事岂不搅黄了吗?"

郑注愣了片刻,皱着眉头,阴阴一笑道:"你忘了我是干什么的了?"

李氏有点生气地道:"还不知道你是郎中吗?又扯哪去了?"

郑注微微一笑道:"把心放狗肚子里吧。"

梁厚本自打听说叔父梁守谦同意到郑家纳彩了,更是偷偷喜得眉飞色舞。可是一见人,又故作病病恹恹,步履蹒跚。一大早,他就想到客厅里,看看是不是准备纳彩了。谁知,客厅的门紧紧闭着,还有两个侍从立于客厅门外的两旁,像是哼哈二将,见梁厚本意欲推门,便伸手将他拦住道:"老爷有令,任何人都不许进去。"

梁厚本故意东摇西晃地问道:"谁在里面?我……我是天兵天将。"

侍从道:"小的哪里知道。"

梁厚本站着不动,故作生气地道:"我是玉皇大帝……难道……还要我……在这里等候吗?"

两个侍从却说道:"老爷有令,任何人都不许在这里逗留,少爷快回房休息吧。"

一个侍从赶忙搀扶住梁厚本,将他送回了卧室。梁厚本见侍从摇着头离开了,心想:能有什么事瞒着我呢?怕不是叔父又变卦了?

其实,他哪里知道,客厅内一个瞎了一只眼的瘦瘦的留了两撇八字胡须的算卦先生,正掐着手指叽叽咕咕地自言自语,又在一张四方的红纸上,用毛笔画了许多字,慢条斯理地对梁守谦道:"回禀老爷,据这卦象看,尊府男方十九,属马,五行木命;李府女方十五,属狗,五行土命。木需土生,土助木长。天生良缘,人间佳配。男必飞黄腾达,女必荣华富贵。"

梁守谦端起茶杯,喝了一口茶,道:"烦先生再算算,何时遣人去说媒,指点个吉日良辰吧。"

那算卦先生,捋捋八字胡须,又掐着细细瘦瘦的手指,自言自语地叽咕了好一会儿,又在那张四方红纸上画了好一会儿,才又慢条斯理地说道:"从今日起,再过五天,是好日子!"

梁守谦便喊道:"来人。"

一个门前侍从走了进来。

梁守谦吩咐道:"领这先生到柜房领赏。"

甭说梁厚本不知道这些,连梁正言也不知道这些。他刚刚听了郑家要小忽雷为彩礼的话,兴冲冲地来找梁守谦,正遇到梁守谦从客厅出来,便告诉父亲郑家的要求。梁守谦怒道:"小忽雷是梁家的镇宅之宝,岂能作为纳彩之礼?"

梁正言道:"那郑盈盈嫁到咱家后,小忽雷不还是咱家的吗?"

梁守谦怒道:"你懂个屁!"

梁正言又道："若是我兄弟把它给郑家呢？"

这话更是火上添油，梁守谦怒道："他敢！"扬起巴掌就要打梁正言，梁正言吓得要跑，却被梁守谦一把抓住。梁守谦平心静气地说道："给不给小忽雷，还不是小事？明日，老夫就让你到郑家纳彩哩。"

"真的？"

"还能是儿戏？"

"我告诉兄弟去。"

梁守谦望着儿子的背影，心想：怎么这傻小子就是长不大呢？

第二天的纳彩，果然按期举行了。临行前，梁守谦郑重地再三嘱咐梁正言说，梁家做事从来就是低调，千万不能张扬。还说，某个大官为儿子大办婚事，到处张扬，广收彩礼，被对头揭发，告他家贪污，被贬了官。

梁正言衣着华丽鲜艳，骑着高头红色骏马，后面跟着四个家丁，一个抱着一只大雁，一个牵着一只羔羊，另两个抬着一斛美酒，也不敲锣打鼓，也不吹喜庆乐曲，便来到了济仁坊坊门前。

谁知，负责开门的坊官偏好打听，悄声问一个梁家家丁："大相公又添新人了？"

那家丁不屑一顾地只是往前走，不说话。这反倒更引起了坊官的好奇，本来他就爱"包打听"，便紧走两步拉住那家丁小声道："二爷，忘了咱们还喝过酒吗？这还用瞒着兄弟？"

那家丁便小声道："是替二相公下聘礼呢。"

坊官羡慕地问："哪家这么有福？"

家丁不耐烦了，道："啰嗦什么？郑郎中家。"

谁知，这事偏偏让宫中太监仇士良知道了。

就在梁正言去郑家纳彩的那天，仇士良正在府邸客厅里与几个太监猜拳喝酒，众人都已经有了几分醉意。

仇士良忽然想起了在曲江江畔被梁厚本怒打的狼狈情景，不觉骂道："君子报仇十年不晚！老子跟梁厚本没完！他叔是中尉，那个死妮子盈盈，她哥也是中尉吗？跑了和尚，还跑得了庙？我就不信，他梁厚本会天天站岗放哨守着她。老子非把她家药铺砸了，把她抢回来！"

两个侍从太监也喝醉了，摩拳擦掌地道："抢，抢！"

仇士良将酒杯一摔道："跟我走！"

于是，仇士良领着七八个太监，气势汹汹地要去郑注药铺，来到了济仁坊坊门。

坊官看见了，却偏偏多嘴，忙道："仇公公是给郑大官人家贺喜的吗？梁中尉的大相公去郑大官人家下聘礼，才过去不久呢。"

仇士良一愣，怒道："胡说些什么？"

坊官道："小的怎敢胡说。说是梁二相公与郑家小姐定亲了，还有四个拿彩礼的家丁哩。"

仇士良大吃一惊，对跟从的太监怒道："还不回去？"

一个人称"二麻子"的太监问道："公公还怕梁正言吗？"

仇士良骂道："都是他妈的梁中尉这个绊脚石。"

二麻子道："公公不能踢开他？"

仇士良更火了，骂道："当是踢你那么容易？"

他只得打道回府了。

而此时，郑注药铺里，简单的仪式正在进行着哩。

先是梁正言下了马，叫一个家丁将马牵到街上，拴到路旁的一棵槐树上，而他自己则走到郑注药铺院门的右边，面向东站立着。

随从见梁正言已经站好，便将一个上盖红绸的托盘毕恭毕敬地递给了梁正言。然后，随从走进院门，在院内高声道："梁府梁大官人特来郑府纳彩，恭请郑大官人！"

郑注闻声，短腿踱着方步走出了厅堂，对来人深施一礼，从容走出了院门，在院门左边，向西站立。

梁正言掀开托盘红绸，拿出了盘内的红纸礼单，双手递与郑注。郑注接过后，道了一声："请！"

郑注拿着礼单，率先走进院内，走入了厅堂。

梁正言随后也进入院内，进入了厅堂。

郑注与梁正言分宾主落了座。

聘礼已经放到了郑家院内。

可是，盈盈正在自家卧室里，仍是迷迷糊糊地睡着，眼前的一切她都不知道。

李氏也躲在盈盈卧室里回避，心想：那个瞎折腾的，到底给妹妹喝了什么呢？怎么她还睡呢？她醒了不闹吗？她连推带晃地要把盈盈叫醒，盈盈却仍在睡梦中。

厅堂里，柜台后，梁正言打开礼单，对郑注道："你哪里知道，看在你我多年交情的份上，我一连跟爹爹说了三天三夜，舌头都磨短了半截子，嘴上磨起了水泡，才算说成了。今日正是黄道吉日，我代舍弟前来纳彩，彩礼已放在院内！"

郑注喜道："郑家虽说贫寒，也是礼义传家。我是长兄，也就做主应亲了！"

梁正言笑道："不过，我得告诉亲家，今年是元和十一年，舍弟十九，令妹十五。再过一年，舍弟二十，令妹十六，才能按着我大唐的规定，迎亲办喜事。"

郑注忙道："也就是元和十二年了？喜期定在几月几日？"

梁正言笑道:"你就这么急着当大舅子?家父嘱咐:虽说婚姻乃是天命,梁家也是官宦之家,须得按六礼行事。今日是纳彩,还要问名、纳吉、纳征、请期、亲迎,少一礼,也不成礼,也不作数!"

郑注道:"全听亲家安排就是,这是回礼。"

梁正言兴冲冲地拿着回礼,带领随从走了。

郑注洋洋得意地瞅着礼品,对内室喊道:"快出来瞧瞧。"

妻子李氏走了出来。

郑注指着礼品,对李氏道:"开眼了吧?梁中尉,官大吧?郑郎中,小民吧?是亲家!过去,谁怕我啊;今后,我怕谁呀。"

李氏笑道:"看美得你。"

郑注倒背着双手,趾高气扬地往外走。

李氏问道:"又去哪里?"

郑注道:"悦来酒店喝酒去。"

李氏笑道:"院子里的那些酒还不够你醉的?"

郑注停下脚步,忙道:"我倒一时喜糊涂了,有一斛哩。一斛有多少,知道吗?一百二十斤!"

他嘴里怪腔怪调地低声哼唱着:

　　　　佳人那个春日游啊,
　　　　杏花那个吹满头!
　　　　谁家那个郎扑蝶呀,
　　　　无情也风流……

李氏望着郑注得意忘形的样子,道:"还没'问名'哩,你倒不知姓啥名啥了。"

然而,梁家到郑家的纳彩之礼,虽然被郑注用计瞒过了盈盈，但是，盈盈一觉醒来，纸里就包不住火了。她不知道自己什么时候睡着的，也不知道自己睡了多长时间，纳彩的声音她一点儿也没有听到，直到昏昏沉沉地醒来，仍然觉得头皮发紧，两眼睁不开，还想睡他三天两夜，直到看到厅堂里的礼品，才问哥哥郑注："哪来这礼品？"

郑注一笑道："梁家的纳彩呗！"

盈盈吃了一惊，道："啊？为什么没有小忽雷？我怎么不知道？"

郑注诡秘地笑道："你睡得跟个猪似的，哪里知道？"

盈盈明白了，忙问："哥哥在饭里给我下药了？"

郑注只是得意地嘿嘿一笑。

盈盈火了，指着郑注的鼻子怒道："你还算个人吗？梁家是不是想冲喜呢？"

郑注也不耐烦了，忙道："冲喜，冲喜，你娘那些唱本把你弄迷糊了！"

盈盈更火了："送不来小忽雷，谁愿嫁谁嫁！"

郑注撇撇嘴，讽刺道："不嫁梁家好啊，仇家正巴不得哩。"

盈盈怒道："你是个畜牲。"

李氏赶忙从卧室走出来，劝说道："这大喜的日子，你俩见面就吵。好妹妹，给不给小忽雷倒不要紧，要紧的是梁相公是大家公子，从心里愿意跟咱平民老百姓结亲吗？"

盈盈一愣，心里道：这还能假？

确实是一点也不假，梁守谦想的是，这一冲喜，侄儿的病好了，婚姻大事，要"六礼"具备才是结婚，如今只是纳彩，仅只一礼，只要侄儿病好了，其他礼仪是否遵守还不是自己说了算。梁厚本想的是，自己这一装病，叔父怯了，与盈盈的好事指日可待了，当然想急于见到妹妹，一起分享胜利的喜悦。于是，待叔父上朝之后，他就偷偷溜出了府门。

梁厚本来到药铺院墙槐树旁边，见郑注游手好闲地出了家门，李氏挎着个大竹篮子也走出了家门，可能是到附近的太平庄赶集吧，便叫开了院门。梁厚本跟着盈盈进了她的卧室。

盈盈忙不迭地问道："你病都好了吗？"

梁厚本笑道："哪有什么病，还不是装给叔父看的。"他突然抱起盈盈转了一圈，"有劲吧？"

盈盈却一把挣脱，急道："哥哥再这样，我不理你了。"

梁厚本道："不是已经纳彩了吗？"

盈盈道："那也不行。"

梁厚本觉得不好意思，见盈盈身边放着个针线簸箩，簸箩里有一个未绣好的荷包，上面是鸳鸯戏水，生动亲切，不觉拿起来，搭讪道："送给我的吧？"

盈盈笑道："喜欢吗？"

梁厚本道："喜欢，喜欢，妹妹绣的我都喜欢。"

盈盈沉思了片刻，忽然正色问道："你叔不是嫌不门当户对吗？"

梁厚本点头："他嫌。"

盈盈道："既然嫌，为什么又同意来纳彩？"

梁厚本笑道："他不怕我病死？"

盈盈忙问："是不是想借着这个给你冲喜？"

梁厚本笑道："你把我叔当成什么人了。"

盈盈收敛了笑容，严肃地道："娘的唱本上这种事多了。你嫌咱两家不门当户对吗？"

梁厚本说："当然不嫌。"

盈盈问道："为什么？"

梁厚本笑了："我喜欢你啊。"

盈盈仍是没有笑容:"梁哥哥,你喜欢我什么?"

梁厚本说:"哪里都喜欢。"

盈盈追问道:"哪里啊?"

梁厚本说:"容貌、性格、说话、做事……多了!"

盈盈又问:"跟你提亲的闺阁小姐,你见过吗?"

梁厚本说:"让我隔着帘子偷看过。"

盈盈问道:"就没一个你喜欢的人吗?"

梁厚本叹气道:"个个浓妆艳抹的怪吓人,哪里还有天然本色?说起话来,扭捏作态,哪里还有天真烂漫?"

盈盈还在问:"等到我老了,满脸褶子呢?"

梁厚本笑道:"你老我不老吗?"

盈盈忽然问道:"你若是中了状元,当了官呢?"

梁厚本当即回答:"你就是诰命夫人啊。"

盈盈又问:"我若是跟娘似的,沿街卖唱呢?"

梁厚本道:"咱俩就一块儿弹琵琶啊。"

盈盈脸上仍没笑容,问道:"你叔若只是为你冲喜呢?"

梁厚本坚定地答道:"我就死给他看。"

盈盈又问:"你若是花言巧语呢?"

梁厚本一愣,道:"这……我发誓!"

他一把抓过针线簸箩里的剪子,冲着自己的手指划了过去,鲜血冒了出来。

盈盈大吃一惊,一把夺过剪子,抓起梁厚本的手指,眼泪流了出来,哭道:"你若有个好歹,我也不活了。"

她心里想:娘叫我找的知音人,我找对了!

盈盈心里又是激动,又有点儿不安,只顾擦着脸上的泪水。

而梁厚本早已被盈盈"我也不活了"的话语深深感动了,忙说道:"妹妹别哭了。妹妹若不哭,我就送给你小忽雷。"

盈盈笑了:"真的?你叔答应了?"

梁厚本一愣,支吾道:"这……这还用说,明日我就给你送过来。"

盈盈信了,笑道:"明日,若哥嫂不在家,我就在门外大槐树下等你。"小忽雷是梁家的镇宅之宝,梁哥哥答应拿给我看,可见他心里真有我啊!

在自己掌握命运的坎坷历程中,她好像看到那胜利的曙光,即将在东方地平线上冉冉升起来了。

第二天,不到三更天的时候,盈盈才迷迷糊糊地打了个盹儿,偏偏又进入了梦乡,仿佛看到梁正言来她家纳彩之后,正进行"六礼"的第二礼:问名。

梁正言怀里抱着一只大雁,大雁的嘴上、爪上都系着红绳。梁正言来到了郑注药铺的院门边,面朝东方站着。

片刻之后,郑注踱着方步,走出了院门,面向西站着。

梁正言道:"梁家特来问名!"

郑注道了声:"请!"

两个人就一先一后地进入了厅堂,分宾主落座了。

郑注道:"小妹五月五日子时诞生,这是小妹的生辰八字。"

郑注递给梁正言一张红纸喜帖。

梁正言伸手正要去接喜帖,谁知那抱在怀里的大雁,不知何时将捆着脚爪的红绳弄开了,扑腾一声,就要飞走。梁正言将喜帖掉在了地上,也顾不得去拾,忙去捉那大雁。

而郑注刚端起一杯茶想给梁正言,却被那大雁一扑腾,茶杯掉在了地上摔碎了。郑注顾不得,也去捉雁……

盈盈一哆嗦,惊醒了,原来是在做梦,却真的听到厅堂里咣当一声,她连忙穿好衣服,点上小油灯端着,走到厅堂里,不由得打了个寒战,"哎呀"叫了一声,连忙将小油灯放到柜台上。

只见昏黄的灯光之下，娘留下的那面旧琵琶已经摔到地上，盈盈连忙拾起来，见面板已经碎裂，匙头已经折断，双弦也已经断了。三更半夜的，为什么挂在墙上的琵琶掉到地上摔碎了呢？哥哥早就要砸烂这"破玩意儿"，难道是他给砸坏的吗？这回可趁了他的心了。想娘时，看什么呢？她怀抱着破碎的坏琵琶，呜咽着，冲哥嫂的房间喊着："我这琵琶挂在墙上，碍着谁来？为什么给摔坏了？开门，开门！"

郑注闻声一边穿着衣服，一边开门走出来，咋呼道："三更半夜的，嚷什么？这破玩意儿，把老子的头碰了个鸡蛋大的包，老子还没找你算账哩，你倒恶人先告状了。"

原来，自从梁家来郑家纳彩之后，郑注也不出诊了，整天在家哼着小曲儿喝酒，一天到晚醉醺醺的，醉了倒头就睡。这天夜里，他做梦赶天齐庙庙会，人山人海，他却要解小便，到处找不到个没人的地方。后来，总算在一堆西瓜旁边，痛快淋漓地尿了起来。结果，李氏被尿浸醒了，照他肚皮上打了一巴掌，他赶紧穿上大裤衩子，提着腰，到院子的厕所里去继续撒那一半尿。自以为路熟，又憋得正急，酒劲儿还没有完全退去，所以一头撞在墙上，将琵琶顶了下来。他知道是妹妹的琵琶，肯定摔坏了，出了一身冷汗，酒也醒了。转而想到，我早就想摔坏这破玩意儿，何不借酒装傻？便又顺势狠狠踢了一脚，那琵琶坏得越发不可收拾了。

盈盈与哥哥闹了半夜，李氏好歹才算把郑注拉回房。连劝带哄，又好歹才算将妹妹拉回卧室，给她擦着眼泪，让她睡了，盈盈的枕头已经哭湿了。

不过，俗话说，旧的不去，新的不来。其实，喜事正等着盈盈哩！

恰是第二日，一大早，梁厚本知道叔父已经上早朝去了，便身背着一件长长的包袱，悄悄地走出了府门。

恰巧，这日是初六，附近的太平庄赶集，李氏又赶集收购药材去了，郑注也出去溜大街赌博去了。盈盈正在药铺门外焦急地盼望梁厚本，擦着眼泪向远处张望着。梁厚本进了郑注药铺，盈盈陪他进了厅堂。

梁厚本问道："妹妹，你的眼睛怎么哭肿了？你哥又打你了？"

盈盈道："都是哥哥，喝醉了拿我的琵琶出气，你看！"她拿出那只已经摔得七零八碎的旧琵琶，眼圈儿又红了。

梁厚本给她擦着眼泪道："你看这是什么？"

他打开丝绸包袱，取出一个锦绣盒子，打开盒子，竟是一把精致的琵琶：长有一尺半，体形像是一个吊着长脖子的紫色葫芦，葫芦的长脖子顶端刻有一个栩栩如生的龙头。龙头的花纹如头发那般纤细。龙嘴里含着一颗幽幽闪光的夜明珠，可以灵活转动，却拿不下来。龙头之下安着两个小巧玲珑的圆锥形匙头。匙头上缠着两根细弦，并行穿过项下，通到琵琶的腹部。那腹部，也就是琵琶的面板，像是半个梨形，蒙着的蟒皮像是长在了面板上似的，严丝合缝。整个琵琶木色紫黝，坚如金石，通体脉纹缠绕，簇成凤眼，屡经打磨，光莹可鉴。

盈盈惊喜地问道："这么精致的琵琶，是小忽雷吗？"

梁厚本笑道："那还用说，你看这琵琶的龙头。"

盈盈喜道："呀，花纹跟头发一样细啊。"

梁厚本道："你再瞧这龙头嘴里。"

盈盈惊道："有颗珠子啊。"

梁厚本道："这就是夜明珠。能转，拿不下来。"

盈盈惊奇、珍爱地抚摸着琵琶，轻轻弹奏着。她觉得自己夙愿得偿了，更加认定梁哥哥是自己的知音人。

梁厚本也憧憬着未来，说道："等咱们结了婚，我索性搬出梁府，搬到我那乡间别墅里，咱俩一块儿弹琵琶，教咱们的儿女学琵琶……"

盈盈脸一红，低下头说道："都把我说羞了。"

梁厚本道："不说了，一见了你，总也说不够。"

盈盈忽然指着小忽雷问梁厚本："这不是你家的镇宅宝贝吗，你叔愿意？是不是你偷拿出来的？"

梁厚本一愣，片刻才道："这……这哪能哩。再说，叔父整天舞枪弄棒的，不喜欢弹琴。他还想着这个？再说，等你嫁过去，这琵琶不还是咱们的吗？"

盈盈笑道："梁哥哥倒会算计哩。"她光顾高兴了，也没再多想。

谁知，梁家有名贵琵琶的事儿却被仇士良知道了，而且给梁家带来了一场灾难。

## 第四章 忽雷惹祸

谁能料到，梁家这把名贵琵琶小忽雷，却为梁家带来一场灭顶之灾。

梁家刚有了这面宝贵琵琶时，梁守谦看它制作精致，也曾不觉轻轻弹奏了几下。

恰巧此时，天空一阵黑云飘过，一个响雷过后，噼噼啪啪地落下大雨点来。

一个家丁来送茶，在门外喊道："老爷，下雨了，小的去关窗户。"

梁守谦不弹了，恰巧此时大雨也戛然停止。家丁在门外不禁说道："神了，神了，老爷的琵琶能呼风唤雨啊。"

梁守谦喝道："胡说什么！天有不测风云，与琵琶有何关系？走开！"

家丁答应着"是，是"，走开了。

他虽然匆匆低头走去了，但嘴里仍是念念有词地自语道："神了，神了，老爷的琵琶能呼风唤雨啊。"

他几乎撞到迎面而来的梁正言身上。梁正言一把抓住他,怒道:"嘟囔什么?"

家丁道:"啊,大少爷。神了,神了,老爷新得的琵琶能呼风唤雨哩。"

梁正言笑道:"你喝醉了?"

家丁像是发誓似的说道:"小的亲眼看到的,还有假?"

谁知,梁正言嘴上没有把门的,竟然又把这事漏了出去。

数日之后,仇士良正在府邸的客厅里独坐无聊。昨天夜里,仇士良与几个丫鬟侍女吃喝调情,折腾到三更天,此时他正无精打采地在客厅里打盹儿。一个名叫"二麻子"的太监,为了巴结他,给他送来一只波斯猫,长成小老虎的样子,可是又极乖巧,倘若问它"你是逮了一只老鼠吗?"它就跪在面前,举起一只爪晃一晃,若再问:"你不是逮了两只老鼠吗?"它就又举起另一只爪,晃两晃。仇士良觉得挺好玩儿,打发走太监后,对波斯猫道:"怀里来。"那猫一下子跳到了仇士良的怀里。

仇士良指着自己的脸蛋道:"这儿,亲亲。"但是,那猫不动,只是叫了一声。仇士良又重复了一遍,猫就真的亲了他一下。谁知那猫的胡须是很硬的,仇士良被刺了一下,生气地将猫扔了出去。

仇士良扫兴地端起案上的一杯酒,仰脖喝下去。他忽然想到:怎么这猫倒像盈盈那个死妮子似的?看着好看,却是扎人。便猛地将酒杯摔碎,咬牙切齿地骂道:"老子看上的美人,还没亲上一口,你梁厚本倒先下聘礼了,还不是仗恃着梁中尉?怎么想个锦囊妙计让那个老东西罢官呢?"

他正气急败坏地走来走去,却见二麻子气喘吁吁地跑了进来。

仇士良正不高兴，生气地道："忙着去投胎吗，这么急？"

二麻子喜道："回公公，小的在悦来酒店里看到梁府大少爷梁正言喝醉了，说是家里有一件国宝。"

仇士良一愣，忙问道："什么国宝？"

二麻子道："一把琵琶。"

仇士良泄了气，漫不经心地道："那有啥？"

二麻子道："可神奇了，说是一弹就要风有风，要雨有雨。"

仇士良忙问："献给皇上了？"

二麻子道："那谁舍得？"

仇士良心里道：有好戏看了。

他连忙从密室小柜里拿了一样东西，随后来到了禁军内侍宦官王守澄的府邸。

客厅里，王守澄正坐在紫檀木圈椅里看佛经。因为他在陪侍当今皇帝李纯的过程中，发现每逢一个胖和尚给李纯念过一段佛经之后，李纯似乎就有了精神。王守澄觉得说不定念念佛经，还真能长命百岁，所以也叫人给他弄了一本经书，里面全是名僧高师出家成佛的故事。

正看得入迷，一个小太监进来禀告道："仇公公要拜见老爷。"

王守澄心想：这小子的爹是富得流油的土财主，仇士良进宫当差，就是走的我的门子。他定然是又来给我送礼的，可是千万不要再送那些名酒名吃了，让我往哪里放啊。他便打着官腔道："叫他进来。"

小太监唯唯称是，退出去了。

仇士良进来叩头道："小的特来献宝。"

王守澄将佛经一扔，怒道："不知道咱家一向清廉奉公？"

仇士良奴颜婢膝地道："公公息怒，原是昨日小的忽见自家室中闪闪放光,这才知道家中还有这么一件祖传玉器。小的福小命薄,担当不起,因此特来敬献公公。"

王守澄不屑一顾地笑道:"老子侍奉皇上,什么玉器没见过？"

仇士良忙道:"是,是。"却站起来毕恭毕敬地献了过去。

王守澄接过来,见是一件汉代玉龙手镯,较之常见的玉镯大了许多。玉镯呈棕褐色,龙首与龙尾相接,构成圆形,龙爪龙鳞惟妙惟肖,生动形象,光泽温润,刻镂精细,古朴厚重。王守澄不觉窃喜,又把它贴在脸颊上试了试,果然触感冰凉,心想定是真玉无疑,又轻轻掂了一下分量,正反两面都看了,更加欣喜。于是,他三角眼一眯缝,对侍立一旁的仇士良一本正经地说道:"念你初犯,咱家替你保管着吧,下不为例了。"

仇士良点头哈腰地道:"是是,下不为例。"

王守澄却突然问道:"为何不献给梁公公？"

仇士良显得颇为诚恳的样子道:"小的就是个木头疙瘩,也分得出远近。公公是我的再生爹娘,没有公公提携,小的怎能跟着公公伺候皇上？梁公公？他凭什么位在公公之上？我就为公公咽不下这口气……"

仇士良虽然闹不清这王守澄与梁守谦之间有什么个人恩怨,但他察言观色,发现王、梁之间至少是貌合神离的,于是便流露了一下对梁守谦的不满。他哪里知道,王守澄原名佟守闻,先是由父母包办娶了个又瘦又矮的黄脸婆,后靠投机钻营,渐渐发迹,才又接二连三地娶了几个小妾。后来,他巴结上河北道安庆府的太守于庆宝,于是变得更加有恃无恐,无恶不作。老实巴交的梁守礼被他索贿,惹恼了梁守礼的兄弟梁守谦。俗话说,要横的怕不要命的。梁守谦替哥哥狠狠揍了佟守闻一顿,但梁守礼将"罪过"全部揽在了自己身上,坐了大牢。梁守谦流落各地,辗转数年,这才当了宦官。佟守闻后来改名王守澄,也当了宦官,却偏偏位在梁守谦之下,所以也经常想着如何报仇雪恨。

王守澄却作故生气,怒道:"休得放肆!不许私下议论上司。"

仇士良忙道:"是,是,小的在公公面前像在爹娘跟前一样,想到哪里就说到哪里。"

王守澄以为仇士良是来买官,便笑道:"念你心直口快,本官量才用人,就让你当五坊使吧。"

"五坊使"是为皇帝管理雕、鹘、鹞、鹰、狗五坊的官吏,专职服侍皇帝打猎,职位不高,却是皇帝的亲信侍从。所以,仇士良又扑通跪倒,道:"孩儿一定是您老的孝子。告诉大人一个秘密,梁中尉私藏国宝不献。"

王守澄心里一愣,但不露声色地道:"起来说,小心诽谤上司,罪加一等!"

仇士良道:"小的岂敢……"

他声音越来越小了,王守澄只是眯缝着眼睛细听,却已暗自拿定了主意……

第二日早朝,王守澄恨不能马上就把梁守谦私藏国宝小忽雷的事情奏于李纯。但是寝殿中和殿里,李纯突然向一旁侍立的王守澄问道:"你是朕的家奴还是家人?"

王守澄不知道李纯为什么要问这个,忙答道:"自然是奴才了。"

李纯道:"错了,是家人,岂止是家人,还应该是朕的心腹。"

王守澄忙道:"是,是!"

李纯问道:"朕来考考你,我大唐建国以来,朕之前的先祖中,总共有几位皇帝?他们各自享年多少?"

王守澄又是一愣，掰着手指道："高祖、太宗、高宗、武后……自然是与天同寿了。"

李纯道："又错了，你乃朕的心腹之人，怎能不晓得这些呢？"

王守澄慌忙跪下道："恳请皇上明示，奴才也好为皇上分忧。"

李纯道："起来吧，自高祖以来，朕之前共有十三位皇帝，只有武后享年八旬以上，玄宗享年七旬以上，而太宗、高宗、中宗、睿宗、肃宗、代宗，仅享年五旬以上，朕的父皇只享年四十有三。皇帝既然贵为天子，就该与天同寿，可怎么不能长生不老呢？"

王守澄这才舒了口气，忙对身旁侍立的仇士良道："速传圣僧。"

仇士良立刻传来一个肥胖和尚，到李纯跟前手敲木鱼念佛。

李纯对殿内的佛像拱手作揖，亲自上香，嘴里念念有词。和尚念着阿弥陀佛退下了。

李纯稍稍高兴了，问王守澄："你试猜，朕接着还要干什么？"

王守澄三角眼滴溜一转，道："奴才猜想，皇上该服金丹了。"

李纯越发高兴，笑道："这就对了。"

王守澄立即命令仇士良道："速传柳泌进丹。"

柳泌是专门为李纯炼丹的方士。

仇士良一笑道："奴才早就预备下了。"

御案旁边，有两个皇家专用的器皿，名为"铜鎏缸"，像是水桶大小的香炉形状，一个盛温酒，一个盛温水。仇士良从里面取出温水,从锦囊里拿出金丹,服侍李纯吃下。

李纯自觉来了精神。

王守澄见李纯兴致勃勃,便趁机说道:"有件事情,不奏于皇上吧,是欺瞒圣上,该当死罪;启奏吧,又怕冒犯梁公公……"

李纯道:"你既是朕的心腹,就不必顾虑。"

王守澄道:"听说梁公公家里有一件国宝。"

李纯对"国宝"二字却有兴趣,忙问道:"什么国宝?"

王守澄道:"一把琵琶。"

李纯像泄了气的皮球,漠不关心地说道:"那有何奇,也称国宝?"

王守澄道:"据说一弹能呼风唤雨。"

李纯从来没听说过也没见过如此奇特的琵琶,便立即命令道:"速传梁守谦。"

王守澄道:"是,是。"

梁家要大难临头了,而梁厚本此时还在长安东街永昌坊梁守谦府邸的书房里看书。

说是看书,却是拿起一部卷轴胡乱看了几行,梁厚本心不在焉地念两句,便信手扔在了书案上。拿起另一卷,烦躁不安地念两句,又随手卷起来,扔在了书案上。

他拿起毛笔,铺下黄宣纸,一连写了好几个"六礼",又一笔抹去,生气地揉成一团,扔掉了。他将毛笔盖上笔帽,也生气地扔进了笔筒里,自语道:"六礼,六礼,哪个老夫子如此无聊,弄了这么多结婚的繁琐礼仪。纳彩之后,还要问名、纳吉、纳征、请期、亲迎。问什么名?小生还不知道吗?姓郑名盈盈,年方一十五岁,五月五日子时建生,与小生互为知音,为什么拖着还不去问名啊?"

叔伯哥哥梁正言正从梁厚本书房门前经过，他听到梁厚本的自语后扑哧一笑，故意学着父亲梁守谦的声音咳嗽了一声。梁厚本一惊，连忙正襟危坐，打开一部卷轴高声朗诵着："子曰：'学而时习之，不亦说乎'……"

梁正言倒背着手走进书房，学着梁厚本的腔调说道："姓郑名盈盈，年方一十五岁，五月五日子时建生……"

梁厚本长出了一口气，道："原来是……叔父叫你什么时候去问名？"

梁正言一本正经地道："十年后的今日。"

梁厚本叹道："那就用不着问了。"

梁正言问道："为什么？"

梁厚本道："你早就该给我上坟了。"

梁正言笑了，说道："没见过像你这么痴情的，好，好，我这就去请示爹爹。可是，以后我再偷跑出去赌博，你得替哥瞒着点儿。"

梁厚本也笑了："这是两回事，你就不能戒了吗？"

梁正言嬉皮笑脸地道："拿着馒头用尿泡，各人喜欢各一套。你喜欢你的知音人盈盈，我就不能喜欢赌博吗？"

梁厚本刚将梁正言推出书房门外，梁家老院公匆匆走来了，慌忙道："两位少爷快快回避，宫中公公来宣旨了。"

宫中宣旨，在梁家不止一次，有时候来的是认识的公公，还能预先透个信。因此，梁厚本忙问道："没透个信，说是何事？"

老院公道："是个认识的公公，传圣上口谕，要老爷速带小忽雷进宫哩。"

梁厚本闻言大吃一惊，琵琶还在盈盈那里，叔父拿什么进宫？他转身就走，心想：我这祸惹大了！

梁厚本骑着名为"白雪"的一匹快马,心慌意乱地冲出梁府,狠狠地冲马背抽了两鞭子,还嫌那马没能生出两个翅膀。梁厚本固然是想急于取回那把琵琶,但是在飞快奔驰的同时,他很快想到:我闯的这场大祸,若吓着妹妹,可怎么办呢?

因此,他在郑注药铺门前犹犹豫豫地滚鞍下了马,把马缰绳系在门外一棵槐树上,故意放慢了脚步,轻轻地去敲院门,也顾不得郑注夫妇是否在家了。不过倒也巧,这日真的是盈盈一人在家。

盈盈开了插着门闩的院门,从梁哥哥的神情中已经预感到发生了什么大事。

梁厚本气喘吁吁地道:"快把小忽雷给我,是我偷拿给你的。妹妹别怕,也不知哪个孬种告密,皇上要叔父马上带着这小忽雷进宫哩。小忽雷,恐怕是有去无回了。"

盈盈惊道:"咱们的琵琶,皇帝凭什么要?"

梁厚本擦着脸上的汗水道:"凭他是皇帝呗。叔父有几个脑袋,他敢抗旨?"

盈盈低着头取过琵琶,递给了梁厚本,嘟囔道:"哥嫂还不知道哩。他们在家时我都不敢弹,才稀罕了几天啊。"

梁厚本安慰道:"以后,以后……我给你买个更好的。"

他顾不得多说,便怀抱琵琶,解开马缰绳,翻身上马,疾驰而去了。

盈盈倚着门框,痴痴地望着梁厚本飞驰而去的背影,心里想:但愿哥哥平安无事啊。

但是,他岂能平安无事呢。

赶回梁府时,叔父梁守谦正气急败坏地走来走去,梁厚本小心翼翼地把那面琵琶递给梁守谦。

果然,梁守谦一巴掌打在梁厚本的脸上,怒斥道:"哼,连镇宅之宝都敢往外拿,给郑家了?成日老想着纳彩啊,问名啊,怕是问不成名,倒要问罪了。回来再跟你算账!"

梁守谦匆忙赶到兴庆宫李纯的寝殿中和殿。殿里只有几个小太监服侍。

梁守谦将锦盒打开,取出那把用娑罗木制作的精美的琵琶,毕恭毕敬地献给了李纯。

李纯欣赏着,拨弄着,见其制作精细,声韵铿锵,便喜道:"果然是珍宝,从何处得来的?"

梁守谦道:"回禀圣上,微臣奉皇上之命去凤凰山采买供佛之物时,路见娑罗奇树后制得的。"

李纯问道:"真能呼风唤雨吗?"他最关心的就是这点,然而这也是梁守谦最不好回答的。直接说不能吧,皇帝更怀疑;说能吧,偏偏又不能。梁守谦只能毕恭毕敬地轻声说道:"皇上圣明,定然不会相信那些误传。"这样回禀,既恭维了皇帝,又否定了这琵琶能呼风唤雨的误传。但是,这李纯可不是个轻易按着你的思路说话的帝王。

他突然将脸一沉,正色道:"朕来问你,你本是奉旨采购,且普天之下莫非王土,小忽雷乃是皇家奇树所制,当日为何隐藏不献?如今圣旨下了,为何又姗姗来迟?"

站在皇权至高无上的立场上,李纯这几句,句句"在理",梁守谦不觉慌了手脚,慌忙磕头道:"罪臣该死,早就该敬献圣上。"

李纯继续欣赏着,拨弄着小忽雷,又突然将脸一沉,正色道:"朕来问你,为何不能呼风唤雨?是否有呼风唤雨的秘诀?还敢隐瞒吗?"

梁守谦结巴了:"圣上……圣明,哪有……什么呼风唤雨的秘诀。"

李纯怒道:"胡说!罚你罢官回家,闭门思过,说不出秘诀,小心脑袋。"

梁守谦更慌了,忙道:"是,是,谢……谢主隆恩。"

他惶惶而退了,一路上不时摸一摸脖颈上的脑袋,既胆战心惊,满腔怒火,又敢怒不敢言。匆匆赶回府邸后,他立时让侍从将那个曾经说过小忽雷能呼风唤雨的家丁叫了来。那家丁跪在梁守谦面前,浑身筛糠般地瑟瑟发抖。

梁守谦强压怒火地审问着他:"那日,是你说过琵琶能呼风唤雨吧?"

家丁小声道:"是。"

梁守谦问道:"这话,还对谁说过?"

家丁道:"一经老爷训斥,小的就没敢再胡说了。"

梁守谦猛然提高了声音,道:"想要脑袋吗?"

家丁也猛然想起了什么,忙道:"噢,对大少爷提过一句。"

梁守谦立即命令道:"去叫那个混账。"

片刻之后,梁正言气喘吁吁地跑进来,扑通跪在梁守谦面前,磕头不止。

梁守谦把头扭向一边,不理睬梁正言。

梁正言停止了磕头,又左右开弓地自抽嘴巴。

梁守谦将头扭向另一边,任其自打嘴巴。

过了好一阵儿,梁守谦才怒道:"够了,怎么生了你这么个孽障。再若喝醉了胡说八道,看我不打折你的狗腿。叫你兄弟来。"

没过一会儿,梁厚本便低着头来到了客厅,抬头一望,见叔父梁守谦高高坐在太师椅上,两旁立着手持木板的四个家丁。

梁厚本想:这场打是逃不过去了。好歹总是让妹妹见过这琵琶了，为了妹妹，被打死也值了。

梁守谦怒道："还不跪下？"

梁厚本却站着不动，他想起了盈盈的话："冻死迎风站，饿死不弯腰。"

梁守谦命令家丁道："动家法。"

两个家丁立即将梁厚本按到地上。

梁守谦怒道："四十！"

家丁仍是站着未动。

梁守谦提高了声音，怒道："聋吗？"

一个家丁道："二少爷哪里禁得起？他知错就是了。"

家丁用脚尖轻轻踢着梁厚本，暗示他赶快认错。

梁厚本却趴在地上不言语，反正认错也逃不了挨打。

梁守谦气得跳下椅子，夺过家丁手中的木板，狠狠向梁厚本屁股、脊梁打去，嘴里骂着："成日知音知音，还要你叔的命吗？非要闹个满门抄斩你才死心吗？"

梁厚本被打得钻心般疼痛，却紧紧咬着嘴唇不吭一声，他觉得为盈盈挨板子也值了。

两个家丁慌不迭地从梁守谦手中夺过了板子。

不久，王守澄因为密告小忽雷之事晋职禁军中尉。他又向李纯奏本，说教坊女乐楚润娘善于演奏琵琶，何不让她试试能否呼风唤雨。李纯当即准奏。那楚润娘就是庙会上那个卖唱女，原来她被仇士良看上了，硬是将她装扮成小宦官，弄进了宫中，要当他的伴食。那楚润娘气得寻死上吊，一连几天绝食，仇士良一气之下，将她送进宫中教坊当了女乐。她正是桃李年华，再加浓妆艳抹，倒是颇有姿色的宫女了。

宫中，她正在弹奏小忽雷，一队宫女翩翩起舞，嘴里歌唱着《万寿曲》：

> 吾皇万年寿，
> 佛祖齐保佑，
> 自由自在乐无忧！
> 吾皇万年寿，
> 神仙齐保佑，
> 五湖四海乐无愁！
> 吾皇万年寿，
> 圣人齐保佑，
> 千秋万代乐悠悠！

但是，天空仍然没有一片云彩，太阳当头，连一丝风儿也没有，甭说呼风唤雨了。李纯越听越生气。一个太监匆匆上殿，报道："启禀万岁，淮西藩镇吴元济听说圣上得了件国宝小忽雷，说他保卫边疆有功，请求赏赐小忽雷。"

李纯更加火了，怒道："胡说八道！"

盈盈不会知道这些，也不会关心这些，她只关心梁厚本是否会挨打。这天，郑注药铺里，李氏悄悄走进盈盈的卧室。盈盈病体恹恹地躺在床上，噩梦不断，一闭上眼，就看见梁守谦用皮鞭抽打梁厚本。梁厚本遍体鳞伤，正在痛苦呻吟。她心想：倘若把梁哥哥打死，我也不活了。

李氏见盈盈睡着，给她掖掖被子，走到了厅堂，继续缝制盈盈的嫁衣。

忽然，郑注惊慌失措地跑进了家门，连忙将大门关了，顶上门闩，慌里慌张地跑进内室，急急火火地道："出事了，出大事了！"

李氏忙道："谁追你的魂了？这么慌张。"

郑注气喘吁吁地道："我早就听说仇士良那厮进宫当了太监，还挺会削尖脑袋向上爬，前些日子已经当了五坊使，伺候皇上。我一直怕他找上门来闹呢。"

李氏道："你不是说，攀上了梁家这根高枝，就谁也不怕了吗？"

郑注道："你哪里知道，亲家出事了。我方才听人说，亲家出差时，见到一棵娑罗奇树，叫人用它制了一把琵琶，名叫小忽雷，说是能呼风唤雨，被仇人诬告私藏国宝不献，当今皇上恼了，命梁中尉把小忽雷交到宫里，又嫌他迟迟不献，怪他说不出小忽雷呼风唤雨的秘诀，一怒之下，把亲家罢了官，要他在家闭门思过，听候处理！"

"梁兄弟没事吧？"李氏忙问。

"都是他捅的娄子。亲家为啥迟迟不献小忽雷？还不是梁厚本偷偷拿出了府外，准是给这个死妮子的！结果，被他叔打了个半死。"郑注越说声音越高。

盈盈早已惊醒，闻听梁厚本被打了个半死，"哎呀"一声，从床上摔了下来，心想：为什么我的命这么苦呢？三岁没了爹，六岁没了娘，摊上这么个混账哥哥，好不容易摆脱了那个姓仇的孬种纠缠，总算是遇到了知音的梁哥哥，倘若他有个好歹，我活着还有什么意思呢？为什么自主命运这么难呢？老天啊，真不给我留条活路吗？

梁厚本这次被叔父梁守谦打得确实够惨的。而且，正在气头上的梁守谦，由着梁厚本在卧室里独自呻吟，不准任何人进去探视，不准任何人进去送茶送饭。

但是，没过两个时辰，梁守谦倒先坐不住了，忙张罗着叫人请来了郎中，贴上活血化瘀止疼膏，又是针灸，又是拔罐子。请了个巫婆，咿咿呀呀地跳了一番神；请了慈恩寺里的胖和尚念了一番经；又请了几个道士，满院子转着驱鬼弄法。丫鬟、小厮更是络绎不绝地端茶送水，侍候喝药，弄得梁厚本越发烦躁不安，板伤仍是扯肝钻肺地疼痛。

这样折腾了数日，好不容易熬过了一个月，他觉得已经完全康复，试着在屋里走了几个来回，也无多大妨碍，便趁叔父出门之际，支走身边侍从，径自出了府门。想拦他的小厮被骂了个狗血喷头。他来到郑注药铺里，与盈盈幽会了。恰好是只有盈盈自己在家。

盈盈将梁厚本领进自己的卧室，还没说话，眼圈已经红了，哽咽着问道："打你了吗？"

梁厚本给她擦着泪水道："没……没有。"

盈盈道："我看看。"说着，就要解开梁厚本的上衣。

梁厚本不敢看盈盈的眼睛，支支吾吾，确实感到很不好意思。

盈盈却动手去解梁厚本的上衣衣扣，已经解开了两个，不知碰到了哪里，梁厚本"哎呀"叫了一声。

盈盈忙缩回了手，急道："非把我急死吗？"

梁厚本只好慢慢地脱了上衣，脊梁上竟然是伤痕累累。

盈盈眼泪潸然而出，呜咽道："这么狠啊。要把你……我也不活了。"

梁厚本穿好衣服道："一点轻伤，很快就好了。都是仇士良那个孬种使的坏，叔父被罢了官，正在气头上，咱们的事，纳彩之后，不是该问名了吗？怕是他答应过的亲事又要拖了。"

盈盈道："娘的唱本上说过：君当作磐石，妾当作蒲苇。

蒲苇纫如丝，磐石无转移。"

梁厚本惊道："哎呀，妹妹，这两句你也会啊……如今姓仇的那厮当了五坊使，还说不定要怎样使坏。"

盈盈道："他能怎样？娘说过，冻死迎风站，饿死不弯腰。"

梁厚本点头道："说得好！冻死迎风站，饿死不弯腰。说到我心里去了。"

忽然，药铺门外传来锣声和喊声："各家各户的听着，阖城戒严了，阖城戒严了。"

盈盈忙问道："大白天的，为什么戒严呢？"

梁厚本道："听说吴元济叛乱了。"

盈盈忙问："吴元济？"

梁厚本便给她解释道："吴元济是淮西藩镇吴少阳的儿子，吴少阳病死以后，他要求当节度使。朝廷不同意，他就有反叛之心。他听说朝廷有国宝小忽雷，就说自己捍卫边疆有功，奏请皇帝赏赐小忽雷，皇帝不许，他就以此为借口叛乱了，还到处杀人放火，没事少出门。"

盈盈不以为然地道："不出门，怎么去买菜？不出门，怎么去买药材？"

可谁又能料到，禁军中尉王守澄与叛匪淮西藩镇吴元济的勾结，使梁厚本和郑盈盈都遭遇了意想不到的灾难。

当日夜晚，禁军中尉王守澄府邸客厅里，王守澄正烦躁不安地喝着闷酒，因为淮西藩镇吴元济叛乱的事情让他闹心。

一个侍从匆匆来报："仇公公拜见。"

王守澄生气地道："还用请吗？"

仇士良进来，扑通跪倒，磕头道："公公是小的再生爹娘，有句话，不知当讲不当讲？"

王守澄道:"起来说。"

仇士良站起来道:"公公定然明白,那吴家父子盘踞蔡州多年,兵多将广,势力强大,而且与河北、山东的节度使往来亲密,而朝廷一方,由于旱涝不断,官军缺粮缺饷,老兵心生厌倦,新兵胆小怕战,一旦与藩镇交手,还不知谁输谁赢。玄宗当年何等厉害,安史一起兵,还不是逃往西川?小的听说,朝廷官宦中,不少人都留有后手哩。"

王守澄心里一动,嘴上却故作怒道:"胡说!咱家只知道对皇上忠心耿耿。"

然而,仇士良走后,那王守澄越想越不踏实,独自穿过府邸前院、后院、后花园,来到一条小溪旁。溪上有一座玲珑小巧的木桥。桥旁植有梅花、牡丹各色鲜花。鲜花丛中有一钓鱼小台,只容一人独坐。

他见四下无人,便独自走到台上坐了,回身轻轻敲了一下脚旁边的一块大青石板。不久,那隐藏在花草丛中的石板便轻轻移开,一个黑脸大汉悄悄在石板下出现,将王守澄扶了进去,顺便将石板盖好。

两人顺着石阶,来到石阶尽头一处设备俱全、明亮如同白日的地下密室,谁也闹不清那光线从何而来,当年是哪家能工巧匠设计了如此严密的密室。

那个黑脸大汉双膝跪倒,磕了三个响头,道:"小的就等公公一声令下了,上刀山下火海,李祐在所不辞!"

那原是个犯了死罪越狱逃亡的死囚,被王守澄暗里收留,整了容貌,改名李祐,做了亲信,平日只藏在这地下密室里。

王守澄连忙将他扶起来,小声道:"你立即骑快马赶赴淮西蔡州,告诉吴大帅本人:官军即刻发兵了,相国武元衡被任命为征西大元帅,中书裴度是征西副元帅,太监陈中尉是监军，总共带领一万兵马，主力只有四千人，吴大帅可速做准备。"

李祐道："小的是否捎一封公公的书信？"

王守澄怒道："胡说！好留把柄吗？"

李祐唯唯而退，也不知是从哪里出去的。

长安的安化门，这几日，官军也正戒备森严地守卫着。

一个小头目命令道："严防吴元济的奸细，凡出城者，没有新发下的鱼符，一律逮捕！"

鱼符，就是今日所说"通行证"，因雕刻成鱼形，上刻符文，故称鱼符。

话未落音，一个黑大汉在城门口滚鞍下了马。

士兵看了一眼黑大汉李祐交过去的鱼符，便不动声色地问他是"干什么的"，李祐说是"经商"；士兵问他"到哪里去"，李祐说是"去太平庄"；士兵说"太平庄该走西门"，李祐说"路不熟"。士兵故意说，"你的鱼符是过时的，怕不是吴贼的奸细吧"，便喝令绑了。那黑大汉闻言立即翻身上马，狂奔逃去，一小队官军在后面追赶，吓得街上的行人纷纷躲避，其中，就有盈盈和嫂子李氏。

原来，这天一早，盈盈心里老是想着梁厚本那脊梁上被打的伤痕，正心不在焉地刷洗锅碗，李氏在厅堂里扫地。郑注春风满面地走出卧室，嘴里唱着自编的小调儿：

正月十五呵那个逛花灯，
麒麟送子来呀么来西京！
老天爷总该睁开眼啊，
添么添一个小郎中……

郑注对李氏道:"叫妹妹扫吧,你别累着。"

他继续哼着唱着,到街上吃喝嫖赌去了。

盈盈对李氏道:"今儿个太阳从西边出来了,哥哥也知道疼嫂子了?"

李氏一笑,对盈盈小声道:"我……有喜了。"

盈盈高兴地一跳,笑道:"有小侄子了?我听听。"

盈盈赶忙将李氏扶进卧室,非要让她在床上坐了,自己蹲下身子,头贴到李氏肚子上谛听,喜道:"听见了,听见了,踢我脸哩。这么有劲,准是个侄子。"

李氏笑道:"净瞎说,这才几个月。"

盈盈道:"真的,真的。从今儿起,家务活不许你插手了。"

李氏道:"哪能那么娇贵,越不活动越难产哩。这些日子我常肚子疼,可能就是活动少了。等你以后结了婚,就知道这事儿了。"

盈盈脸一红,忙把话头岔开,说道:"反正梁哥哥那边还没来问名。正好,趁这个时候我料理家务,不把小侄子带大我就不嫁了。"

李氏扑哧笑了,道:"那还不把你那知音人急死?我得买菜去。"

李氏挎着竹篮刚走出厅堂,盈盈就追了出来,挡在她面前,急道:"街上都戒严了,嫂子还敢去买菜?有我哩。"

李氏道:"又不是千金小姐,哪能这么娇贵?你去嫂子更不放心。"

盈盈灵机一动,道:"有了。"她急忙走进哥嫂的卧室,找出哥哥郑注穿过的衣服,穿在身上,对厅堂里说道:"嫂子,嫂子,你看我像个小子吧?"

嫂子早已挎着大竹篮子离开了家门。

盈盈慌忙喊道:"嫂子,等等我,等等我。"穿着郑注的衣服追了出去。

谁知,姑嫂二人真出事了。

长安街上,盈盈左手挎着那个盛着萝卜、疙瘩菜的大竹篮子,右手搀扶着嫂子李氏,正在路边坐着休息。

忽然,传来一阵紧急喊声:"闪开,闪开!"

一匹红马载着李祐疾驰而来。

李氏捂着肚子,被盈盈搀扶着急忙向路边台阶上躲避。谁知,李祐的马却一下蹿上了人行道,李氏一惊,跌倒在台阶上。眼看那疾驰而来的红马要踏上李氏的脊背了,盈盈也是急中生智,双手举着那盛满菜的篮子,冲着马头掷去。那马眼前一黑,吓得突然跪倒,李祐从马上啪嚓一声摔倒在了地上。

不过,那马很快就站了起来。李祐毕竟是武夫出身,一个鲤鱼打挺站起身来,早已气红了眼。

李祐手提马鞭,冲到李氏身边扬鞭就要抽打。盈盈站在嫂子身前将她护住,大声道:"我砸的,要打打我!"

"谁也跑不了。"李祐狰狞地一笑,盈盈的胸上早已挨了一皮鞭。

盈盈也大叫一声摔倒在地上……

李祐咬牙切齿地骂着,正要继续鞭打盈盈,却听嗖的一声,胳膊上早已中了一箭。他回头一看,见远处一队官兵正奔驰而来。李祐顾不上盈盈姑嫂,飞身上马,慌忙逃走了。

盈盈顾不得疼痛,急忙去搀扶嫂子,连声叫着:"嫂子,嫂子!"

李氏的呻吟声却更大了,说道:"肚子疼,哎哟,哎哟,怕……怕是……"她是说，怕要流产。

盈盈瞥了一眼街上，只有寥寥几个匆匆乱跑的行人，只得强忍着胸口火辣辣的疼痛，艰难地背起嫂子，步履蹒跚地向家中走去。

半个时辰过后，盈盈好不容易才背着李氏回到了药铺里，顾不上对已经醉醺醺的郑注细说，便匆忙将李氏安置到卧室的床上。李氏痛苦的喊声撕肝裂肺，让人心疼如绞。李氏真的流产了，流下了一个男孩儿，却已经死了。

郑注虽然还在醉意之中，但仿佛耳边响起了他不愿意听到的冷言冷语："哼，什么神医华佗，老婆抱空窝，他都治不好。如今怀上了个男孩儿，却是眼睁睁地看着流了。"

他朝着盈盈怒声喝道："不是你跟你嫂一块儿去的吗？你是个死人吗？"说着，就要打盈盈。盈盈知道他又在耍酒疯，懒得搭理他，只是咬着嘴唇，痛苦地走到厨房里，从锅里舀出一瓢温水，将一条白毛巾泡湿，又拧干，用手试了试，轻轻搭在李氏的额头上。盈盈又从药橱里拿出一粒黑色药丸，让李氏用温水服下。李氏已经听到郑注的醉话了，对郑注骂道："狼心狗肺的东西，要不是妹妹护着我，你早就打光棍儿了。"

盈盈没说什么，心里正在想着：那个黑大汉是什么人呢？谁能逮住他，替我们报这冤仇呢？为什么我命中这么多磨难呢？我的命运，为什么不能自己做主呢？

## 第五章 被迫从军

李祐骑马狂奔，一小队官军骑马在后面追赶着，恰好遇到梁厚本迎面而来。

原来，梁守谦自从在家闭门思过后，怕侄子梁厚本受到牵连，因与丞相权德舆的女婿独孤郁翰林是世交，所以就让梁厚本到独孤郁府上陪读。

这天，梁厚本正要去独孤郁府上，梁守谦觉得最近城里常有吴元济的奸细出没，怕梁厚本有个好歹，便要派人护送。梁厚本道："侄儿自小就跟着叔父学习武艺，如今十八般兵器样样精通，何惧一两个奸细，我带上佩剑也就是了。"于是，梁厚本骑马来到了街上，正好迎面遇到一队官军追赶李祐。

一个官军小头目对迎面骑马而来的梁厚本喊道："拦住那个骑马的黑大个儿，他是吴元济的奸细！"

梁厚本立即拔出佩剑，调转马头，快马加鞭地追了过去。

谁知，那黑大汉冲进了王守澄的府邸。

两个执刀卫士挡住了梁厚本，梁厚本跳下马来。

卫士怒道:"大胆!为何硬闯王公公府邸?"

梁厚本也怒道:"捉拿奸细啊!"

那卫士更火了,怒道:"青天白日,睁着眼说胡话,王公公府里能有奸细?活得不耐烦了?"

两个人正在争吵着,另一个卫士已经悄悄跑进去报告了王守澄。

梁厚本挥舞着宝剑要往里闯,却见府里走出一个三十多岁、三角眼的宦官打扮的中年男子,踱着方步,倒背着双手,慢条斯理地咳嗽了一声,轻轻道:"咱家王守澄,这位公子尊姓大名啊?"

梁厚本道:"呵,王公公啊,在下梁厚本。"

王守澄道:"哦,梁公子啊!请问公子,要捉拿哪家奸细啊?"

梁厚本道:"叛贼吴元济的奸细。"

王守澄问:"证据何在?"

梁厚本道:"官军追赶他嘛。"

王守澄笑道:"强盗、小偷、地痞、流氓、人贩子、讨饭的,官军哪个不赶,都成奸细了?即使真的捉拿奸细,有皇上的圣旨吗?"

梁厚本一时语塞,翻身上马而去。

王守澄心里冷笑道:你小子还嫩点儿。老子若不除了你小子,你也不知道马王爷是三只眼。

梁厚本在王府门前被王守澄的阴阳怪气问了个张口结舌,感到又窝囊又气愤,悻悻地回到梁府,想告诉叔父,又怕叔父嫌他鲁莽,只好愤愤不平地自己苦恼了一夜,一直坐到了天明。

天刚拂晓,梁府寂静无息。

梁厚本独自一人，抱着一捆喂马的干草，来到梁府的后花园里，走到假山山坡上，将干草扎成了一个草人，从衣袋里掏出两个早已准备好的小黑枣，安在了草人的头部，显然是草人的眼睛。

他又从衣袋里掏出一张白纸，上面是用毛笔写着一个名字：王守澄。

他将那张纸用细绳捆在草人的前胸，将草人竖在山坡上。他背对草人，走出百步之外，取下背着的弓箭，满腔怒火地念道："王守澄，看箭！"嗖的一箭，将草人的一只"眼睛"射穿了。

"这一箭，是为我报仇。"又是一箭，将草人的另一只"眼睛"射穿了。

他拔出佩剑，跑过去猛砍那个草人，身后忽然传来梁守谦的一声呵斥："住手。"

梁厚本只得停下了砍杀。

梁守谦已经来到梁厚本身边，拍拍侄儿的肩膀问道："发泄私愤，就能报仇吗？"

梁厚本不服气地辩解道："他与叛匪狼狈为奸，难道不该诛杀吗？"说着，将先前拦截黑大汉的事和叔父说了一遍。

梁守谦道："也许你说的没错。可是，真凭实据何在？你能搜出那个奸细吗？他倒打一耙，你能说什么？只有平定了叛贼吴元济，使其如实交代他们相互勾结的罪过，才能将他们绳之以法。昨日你私闯王府，已经是冲动过甚了，岂能再次鲁莽行事呢？老夫如今罢官休闲，无职无权，那姓王的必定寻隙报复。"

梁厚本却道："冻死迎风站，饿死不弯腰，姓王的能把我怎样？"

梁守谦怒道:"真想把我气死吗?你还是远走高飞吧。"

"去哪里?"梁厚本忙问,脸上已经冒出了细汗。

"淮西平叛!"梁守谦目光炯炯地望着远方,"朝廷已有榜文,立功者受奖,立大功者全家免罪。何乐而不为?"

几天后,郑家药铺里,郑注正独自嘟囔道:"谁叫我断子绝孙,我就咒他抄家灭族。"突然,一阵紧急的敲门声传来。

郑注慌忙站起来,走到门口,不敢出声。

梁厚本低声道:"是我。"

郑注长出了一口气,迅速打开门,让进梁厚本,又迅速将大门关了。

盈盈也出了卧室。

郑注示意盈盈回避,盈盈却站着不动。

李氏道:"妹妹也坐吧。"

梁厚本把随身包袱放在桌子上,顾不上寒暄,低声道:"我是来辞别的。"

郑家三人全都愣了。

梁厚本坐下道:"前天,圣上有旨,命征西大元帅相国武元衡、征西副元帅中书裴度、监军陈中尉出征平叛,翌日赶赴校场,点兵出发。昨天拂晓,他们正要到校场点兵,却遇到了刺客,元帅武元衡被杀,副元帅裴度也受了重伤,只有陈中尉躲过了一劫。这岂能螳臂挡车?圣上又任命了李愬将军为平叛元帅,还是陈中尉为监军。他们已经出发了。谁知,王守澄一伙知道梁家与独孤郁学士以及他的岳丈权德舆、翰林学士白居易是世交,又设计罢了权德舆的官,白居易也降了职。因为王守澄奏请皇上,说扶风法门寺宝塔上藏有释迦牟尼的舍利,也就是一颗佛牙,三十年一开塔,今年正是开塔之日。届时,请出舍利,让世人瞻仰。说谁有幸瞻仰,谁就能增福增寿。王守澄说,不如请出舍利之后,先在宫中供养三日,为圣上延年益寿,然后再允许世人瞻仰。圣上大喜。权大人坚决反对,说世上哪有什么长生不老,什么舍利,不就是千年朽骨吗?供养三日,长命百岁,扶风寺里供养了多少年了,哪个和尚长生不老?当前正是平叛之际,王守澄却兴师动众,蛊惑人心,劳民伤财,蒙蔽圣聪,理当问罪!翰林白居易也赞成权大人之论。谁知皇上大怒,权大人被罢官回乡;白翰林被贬为江州司马,已经准备赴任了!"

盈盈急不可待地问道:"梁哥哥,这些坏蛋会害你吗?"

梁厚本道:"那还用说!你知道在大街上横冲直撞的那个黑大汉吗?他就是王守澄的手下,我亲眼看到他跑进了王府。王守澄那个老狐狸能甘心吗?"

盈盈忙问:"梁哥哥怎么打算呢?"

梁厚本道:"我决定立即奔赴淮西,追随李愬将军,参加平叛,倘能立功,也好减轻叔父的罪过,又能报得你的家仇。"

梁厚本解开包袱,拿出一面琵琶和纹银百两,继续说道:"这面琵琶,还有这本琵琶曲谱,是我用过多年的,送与妹妹。这些银两,你们暂可贴补家用。"

郑注喜滋滋地数着那些银两,一言不发。

梁厚本道:"叔父闭门思过,我一走,怕是王守澄、仇士良那些孬种要算计你们。我家当年曾于城外渭水岸边秘密建有一座别墅,如今空闲,我已令小厮收拾妥当,日常所用一应俱全,药铺也不必开了,你们赶紧悄悄搬过去……或者,如有好的人家,听凭……"

盈盈闻言连忙打断梁厚本,呜咽道:"梁哥哥放心,盈盈活是梁家人,死是梁家鬼。"

梁厚本抚慰道:"妹妹快别说这不吉利的话。哥哥此去,倘若不能建功立业,绝不回来见你。"

盈盈道:"你也说这不吉利的话。"

梁厚本将琵琶和曲谱递给盈盈。盈盈认得,曲谱的封皮上写着的四句话是:

清风明月在,
高山流水真。
既然同心结,
勿嗟少知音。

盈盈呜咽着,塞到他手里一个绣好的荷包,伤心地抽泣起来,心想:我一心一意地要自己掌握命运,自找知音。知音是找到了,可是又要分开了,什么时候两个知音人不再分开了呢?谁让我们分开的呢?仇士良、王守澄那些孬种。这是什么世道啊,怎么这么多孬种呢?

怨恨归怨恨,她还是犟不过命运。

翌日拂晓。大雪纷飞,朔风怒吼。

郑注牵着一辆马车,车上蒙着白布,白布下躺着盈盈。

李氏悄悄摁了一下白布,小声道:"妹妹千万不能动。"说完,就跟在车后,声嘶力竭地哭起来。

坊官怕冷,披着棉被,揉着惺忪睡眼,开着坊门,问道:"这是谁不在了?"

李氏哭道:"我那苦命的妹妹啊,我那苦命的妹妹啊。"

她怕仇士良发现了,却又怕什么就来什么。

两日之后,仇士良正在府邸里得意洋洋地自斟自饮,自言自语道:"死妮子郑盈盈啊郑盈盈,梁守谦罢了官,在家闭门思过，梁厚本那小子吓跑了，权德舆、白居易、独孤郁，罢的罢，贬的贬，看你还有什么仗恃。老子叫手下到你药铺里，赖你家打死了皇家的鹰，趁机……"正咬牙切齿地念叨着，侍从太监二麻子匆匆跑了进来。

仇士良忙问道："将郑注药铺砸了？将那死妮子逮来了？"

二麻子却道："回公公，郑盈盈那妮子得了个急病，死了。"

仇士良火了："妈的，还'华佗再世'呢。她哥嫂呢？"

二麻子道："都迁走了。"

仇士良一愣，忙问："迁哪去了？"

二麻子道："能问的都问了，没人知道。"

仇士良登时将酒杯摔了个粉碎，大声吼道："再去搜查，活要见人，死要见尸。老子不信她说死就死了。"

二麻子唯唯退了出去。

长安东门之外大约六十来里地，就是昭应城，也就是今日的临潼。它北邻渭水，渭水河畔，那就是梁家别墅。此处偏僻清净，院落宽绰，北房五间，东西各有厢房三间，黑漆大门。虽是青砖草房，却是宽敞明亮，冬暖夏凉。北房左边院墙开有一扇圆形小门，一条弯曲小径通向后花园，春夏之际，花园内百花齐放，香草芬芳。园中一弯清溪流过，来自渭水。水边一座六角飞檐凉亭。亭内有圆桌、圆凳，于此喝茶饮酒，亦甚惬意。这与郑注药铺相比，真是天壤之别了。

郑注夫妇居于五间北房的东面两间，盈盈居于厅堂西边的两间。中间一间是厅堂，与左右卧室相通。

西边卧室里，盈盈心烦意乱，拿起梁厚本赠送的那面琵琶抚摸着，却无心弹奏。她又从橱柜抽屉里取出一张麻纸，用毛笔记了"第二十七天"几个字，呆呆地坐着，望着窗外自言自语道:"梁哥哥啊,你到哪里了呢?娘的唱本里说,知音多磨难。因小忽雷,梁哥哥被叔父打了,恐怕就是第一难吧。因为吴元济叛乱,梁哥哥去打仗,弄刀弄枪,不知会不会有闪失,不又是一难吗?这磨难什么时候是个头呢?"

屋外面,传来郑注大呼小唤的吆喝声。因为梁厚本临别时送给郑注一百两银子,又让他住在这座别墅里,郑注觉得自家也该列入豪门贵戚了,不该再是以往那个寒酸样了。于是,他不听李氏和盈盈的劝阻,硬是从人贩子那里买了一个模样还算周正的小丫鬟,才十六岁,名叫翠花,让她住在东厢的三间房里,里间是卧室,外间两间是厨房。翠花的身份就是丫鬟兼厨娘。

西厢三间,盛放着匆忙带出来的贵重药材之类,还有些其他杂物,没人居住。

郑家三人的衣着也都焕然一新了。

郑注有了梁厚本的银子,也不当郎中出诊了,整日游手好闲地从前院走到后花园,再从后花园踱到前院,这里摸摸,那里坐坐,喜形于色,得意洋洋,自语着:"那年,那胖和尚相的面真准啊。"

他一会儿坐在庭堂里吆喝翠花摆酒,一会儿吆喝翠花拿拐枣给他吃……

李氏仍在卧室里为盈盈缝制嫁衣,也不知还要缝制多少件才算罢手,嘴里暗自嘟囔着丈夫郑注:"改不了这瞎折腾。"

盈盈抑郁不满地走出卧室,对郑注道:"哥,也不怕把人喊聋了?"

郑注嘻皮笑脸地道:"是,是,在下不敢了。"

盈盈一摔门帘回了卧室。

夜晚,油灯灯光昏黄。盈盈痴痴地望着麻纸上记着的梁厚本离别的天数。窗外飘着雪花,寒气逼人。盈盈心想:梁哥哥啊,你走到哪里了呢?路上住在哪里呢?吃什么呢?带的衣裳够吗?这么冷的天……

她从衣橱里拿出一块绸缎,琢磨着他的身材剪开,又拿出丝绵,要给他赶制寒衣,却不知道做好了怎么送到他的身边。她做累了,和衣睡着了,说着梦话:"怎么给梁哥哥送去呢?"梦里,郑盈盈身背寒衣顶风冒雪,跌跌绊绊艰难前行,来到长城脚下。她也像那一群衣衫褴褛的妇女一样,声嘶力竭地哭着叫着,用手指挖着长城的黑土,十指鲜血淋漓,仍在挖着:"梁哥哥啊,梁哥哥啊,你被砸死了,俺还能活吗?"

忽然,城墙被惊天动地的哭声震倒一片,梁厚本从城墙里跑了出来,与盈盈拥抱在一起。

盈盈顿时从梦中醒来,摸摸哭湿了的枕头,披上一件夹袄,继续缝制那件寒衣。

东边郑注与李氏的卧室里,李氏还在油灯下精心制作盈盈的嫁衣。郑注心不在焉地看书。

夜深了,李氏入睡后,郑注便蹑手蹑脚地走进东厢房。

翠花正在灯下呆坐,门虚掩着。郑注悄悄走了进去,一把抱住了翠花的腰。

翠花小声道:"也不怕奶奶看见?"

郑注声音更小地道:"我能那么傻?"

……

就这样,郑注折腾了一个月之后,却坐不住了。

这天,郑注从衣柜抽屉里往外取银子,见已花去了不少,便喊李氏。李氏正在盈盈屋里与妹妹赶制梁厚本的寒衣,并没有听到。

郑注便破口大骂道:"老乞婆,死了,聋了?"

从来到梁家别墅之后,郑注不大敢对盈盈像以往那般凶神恶煞的了,但是对李氏却越来越厌恶,"老乞婆""死老婆子"几乎成了李氏的代名词。李氏倒懒得与他计较。

李氏知道是叫她,便匆匆从盈盈卧室里走过来。

郑注指着抽屉问道:"花这么多了?"

李氏道:"又不是金山银山,还架得住你这么穷折腾?"

郑注嘟囔着:"死老婆子,除了穷叨叨,没别的能耐了?我出去转两天,凭着我的祖传医术,还愁吃喝?妈的,世上就是银子不经花。"

李氏怒道:"这些银子,把你烧得不知道姓什么了。又要到外面吃喝嫖赌?让姓仇的那个孬种知道咱们藏在这亲家别墅里,你哭都没地方。"

郑注嘴一撇,哼道:"我长着两眼是干什么的?哪能有那么巧。"

他拿着幌子和串铃,背起药袋,扬长而去了。恰巧门外有一辆拉脚的空马车经过,他花钱雇了,走了两个时辰,才来到曲江岸边,转悠了半天,也没人理他的茬。

仇士良正在曲江岸边,对属下命令道:"都给我瞪大了眼珠子,谁要发现了盈盈那死妮子,赏银十两。谁知道她死没死。"

郑注一手举着"包治百病"的幌子,一手摇着串铃喊着:"包治百病呵。"

他忽然看到了不远处的仇士良,吓得扭头就跑,一只鞋跑掉了,也不敢拾。

仇士良也看见了郑注,忙喝道:"站住。"

郑注慌忙站住了。

仇士良厉声喝道:"把你妹妹藏哪里了?"

郑注一愣，支吾道："她……得了……霍乱，真……真死了。"

仇士良一愣，说道："眼下城里流行霍乱不假，可是，你不是郎中吗？"

郑注道："神仙也治不了霍乱啊，妹妹一死，一家子怕传染，小的就搬到了乡下。"

仇士良提高了声音道："怕不是躲着咱家，才偷搬家的吧？"

郑注暗自吃了一惊，低声下气地道："吓死小的也不敢啊。不信，请公公到我家搜查，小的给您带路。"

郑注假装镇静，拉开头前带路的架势。

仇士良指着二麻子道："你跟着去他家，看看那个死妮子是否真死了。"

郑注更是大吃一惊，顿时吓得说不出话来。

二麻子跟着郑注，郑注越发不安，频频擦着满脸的冷汗，心想：坏了，盈盈这次准得被姓仇的逮个正着了。梁厚本到底跑哪去了呢？本来攀上梁家的高枝了，可是，晴天一声霹雳，梁家倒台了，梁守谦被罢了官，泥菩萨过江——自身难保。他想快走，摆脱二麻子，二麻子却紧跟不放；想慢走，又怕二麻子看出破绽，汗水将衣衫湿透了，寒风吹来，浑身情不自禁地抖个不停。他又心想：姓梁的小子，你不是有本事吗？你可来救我啊！

元和十一年（公元816年）十月，正是寒冬季节。这天，自长安至淮西藩镇吴元济盘踞的蔡州的驿道上，十九岁的梁厚本身背宝剑、骑在名为"白雪"的骏马上，正向东南方向奔驰，接二连三的灾祸却正向他步步逼近。

时近中午了,他骑马来到一个小镇的旅店门前,将骏马拴在门外一棵槐树上,悄悄进了店门。一个络腮胡子、满脸横肉的中年黑汉子,正站在一张八仙桌前。桌上摆着两个瓷碗,碗里盛着多半碗酒。黑汉子掏出怀里的一个小纸包,将些粉末倒进了一个瓷碗里,阴阴一笑,进了里间。

梁厚本顿时觉得身上冒出冷汗,稍一犹豫,又毅然坐到了桌前,偷偷将两个瓷碗换了,大声道:"掌柜的,上菜。"

原来黑汉子就是掌柜,他端着盘菜,放到了桌上。

梁厚本端起瓷碗:"敬掌柜的!"

黑汉子一饮而尽,片刻,头歪在桌上昏昏睡去。

梁厚本急忙跑出旅店,跨马奔驰而去,自语道:"果真是出门万事险啊!"

第二天,太阳落山了,他过了蓝田十多里地,来到一个路旁客店,酒幡上标着"喜迎"二字。

他跳下马来,小伙计已经满脸含笑地迎了出来,热情地牵走白雪马。

梁厚本要了一间上好客房,匆匆吃过晚饭,关好房门,想好好睡一觉,明日早起赶路。

窗外,北风呼啸,清冷的月光如水,照进屋内,朦朦胧胧。屋里虽有炭火火盆,炉火正旺,却仍让人觉得冷冷清清。

三更时分,梦中的梁厚本看到仇士良拿着刀追赶盈盈,仇士良骂道:"找你那知音人,一块见鬼去吧。"他猛然惊醒,便穿衣坐起来,却听到房门吱吱发声。

他赶紧握起宝剑,隐在门旁一个衣柜之侧。那门闩被匕首慢慢拨动,门开了。一个黑衣人手持匕首,蹑手蹑脚地溜进来,四下一看,见床上被子里仿佛躺着个睡觉的人,便紧握匕首,一刀刺了下去。

梁厚本大喝一声："呔！"

刺客大吃一惊，已被人摔倒在地，匕首掉了，眼前是手握宝剑的高大魁梧的青年，手握宝剑指着他的咽喉。

刺客吓得磕头不止，满嘴京城的口音："好汉爷饶命哩。"

梁厚本厉声问道："名字？"

刺客慌道："小的……张三。"

梁厚本又问："哪里人？"

张三道："柏……柏杨店的。"

梁厚本道："看你也像条汉子，为何干这丧良心的勾当？"

张三叹道："还不是叫人逼的。"

梁厚本问："谁逼你？"

张三道："小的原名张大楞，后来改称张三。里长把我老婆强奸了，老婆一根绳子上了吊。小的一怒之下，杀了里长，官府拿住了小的，关在了死囚牢里，不几天就要处死了。前几天，牢头给了我张你的画像，说奉王公公之命，只要杀了你，就能免了我的死罪。我想你一定要住旅店，已经在这必经之路上等你一天了。如今被你拿住了，反正回去也是死，要杀要剐由你吧。"

梁厚本听了，一则是同情张三的不幸遭遇，又考虑到他也是被逼无奈，若真将他杀了，自己也可能遭到杀身之祸，便道："以后若再干这丧良心的勾当，先摸摸自己的脑袋。"

张三忙道："是，是，是！"

梁厚本道："饶你这遭，去吧。"

张三一愣，立即爬起来往外跑。

梁厚本又大喝一声，道："回来。"

张三瑟瑟发抖，磕头犹如捣蒜，忙道："小的真不敢了，不敢了。"

梁厚本递给他一些散碎银子,道:"改名换姓,到他乡去做个小本生意糊口吧。"

张三做梦也没想到,赶忙磕了三个响头,颇为感动地道:"好汉爷,你真是我的再生爹娘哩。"

梁厚本道:"去吧。"

张三又磕了三个响头,才含着眼泪去了。

而梁厚本做梦也没想到,他正在一步步地闯进叛匪窝里。

## 第六章 误投叛匪

半个月之后,梁厚本距离吴元济盘踞的蔡州已经不到一百里地了。

彤云密布,朔风怒吼,鹅毛大雪纷纷扬扬飘着,梁厚本和坐骑也成了雪人骑雪马。他满脸风尘,一路风吹日晒,变得老成了不少,倒像是三十来岁的样子,胡须上凝结着雪花,颇有苍凉之情。他心中情不自禁地道:王守澄仇士良啊,等平了叛乱,我再找你们报仇雪恨。

他跳下马来,倚着山坡上的一棵巨松稍事休息。此处避风,他解开行囊,拿出冻硬的胡饼,皮囊里却已经无水可饮,只好抓起积雪,和胡饼一起吞下,顿时觉得有了精神。

他心中自语道:究竟离蔡州还有多远呢?这里是吴贼的还是官军的地盘呢?还是小心为妙。

想到这里,他解下马缰绳,将马松开,嘴里打了几下呼哨。那马也真听话,随即跑进了路旁的一片树林里,转眼不见了。

他身背行囊,吃力地爬上了身边那棵松树。大雪飘飘扬扬,很快他就满身雪白,与松树上的积雪融为一体了,虽然身上感觉刺骨般寒冷,他却不敢弄出一点声响。雪越下越大,落了一层又一层。

他在树上举目远望,忽然发现山坡下有一小队人马,打着大唐的旗号,荷戈持戟,沿着盘山道走来。他心中自语道:李愬将军的人马此时到了哪里了?这真是大唐的人马吗?兵不厌诈,还是小心为妙。

那队人马走了好大一阵子,才从松树下经过。由于遍地都是厚厚的积雪,他们并没有发现树上的梁厚本。几个士兵嘀咕着,一口河南道的声腔。

一个士兵道:"你说,咱们吴大帅这会子正干啥哩?"

另一个士兵道:"羊羔美酒呗,还管咱们死活哩?"

一个小头目怒道:"不许喧哗,找死哩?"

梁厚本闻言大吃一惊,心想:果然是叛贼吴元济的部下,幸亏我躲在树上!

那队人马冒着风雪,转过了山坡不见了。

梁厚本冻得浑身冰凉,刚想下树,却又看到有一个同样打扮的士兵,一瘸一拐地向大树走来。此人握着一把刀,与前面那队士兵距离一里来地。

他只好仍然在树上挨冻。直到又好大一阵子,那瘸兵才走到了树下。他猛地跳下树来,飞起一脚,将那个瘸子踢倒,刀已经握在梁厚本手里。

瘸兵哀告道:"好汉爷饶命。"

梁厚本感到声音似乎有点熟悉,提起他的衣领,喝道:"你是谁?"

瘸兵道:"小的张三哩。"

梁厚本问道:"认得我吗?"

瘸兵看了一会儿，才道："哦，哦，听声音，像是救命恩人哩？"

梁厚本又问："你怎么干了这个？"

张三叹道："唉，小的倒霉透了。自打好汉爷放了小的，小的便洗心革面，做了个卖胡饼的小生意，谁想刚干了几天，吴大帅派人抓壮丁，把我也抓来了，我偏偏又崴了脚……"

梁厚本问："你是从哪里来的？"

张三道："兴桥栅。"

梁厚本又问："守将是谁？"

张三道："是个黑大个，都管他叫李将军。"

梁厚本问："李什么？"

张三道："好像是李……祐。"

梁厚本又问："这里离兴桥栅多远？"

张三道："也就一个时辰的路。"

梁厚本又问："兴桥栅吴军的暗号是什么？"

张三道："他问'你是哪路藩？'你就答'我是地上仙'。他再说'拿下长安城'，你就说'老子就是天'！"

梁厚本冷笑道："编得可挺像啊。"

张三赌咒发誓道："小的从没见过好汉爷这么好心眼的，若有一句撒谎，我张三就不是人养的哩。"

梁厚本沉思良久，道："愿意听我的吗？"

张三忙道："好汉爷是我的再生爹娘，跟好汉爷上刀山下火海也愿意。"

梁厚本打了两声呼哨。他那匹名为"白雪"的骏马，不知道藏在哪里，这时候便闻声奔驰而来，身上的积雪掩盖着白毛，口鼻里还呼呼喷着白汽，像个蜡捏的了。

梁厚本沉思了好一会儿，终于有了主意，对张三道："你我何不打入李祐军中,待摸清虚实之后,再投奔官军,平叛立功呢?"

张三还是重复着那句话:"好汉爷是我的再生爹娘,跟好汉爷上刀山下火海也愿意。"

白雪马载着二人,冒着寒风大雪,向着兴桥栅方向奔驰而去……

距蔡州城约百里便是兴桥栅,此乃通往蔡州的咽喉要道,吴元济特派亲信大将李祐率兵守卫。

因为早有王守澄的密信,李祐已成了吴元济的亲信大将。

桥上吴兵持刀荷戟,顶着风雪正在巡弋,他们发现有两个人牵着马走来。

几个吴兵手持长枪,冲着他们高声问道:"你是哪路藩?"

张三答:"我是地上仙。"

吴兵又说:"拿下长安城。"

张三回道:"老子就是天。"又说,"带来一个投军的。"

吴兵道:"按规矩办哩。"

几个吴兵将梁厚本和张三绑起来,脸上蒙上了黑纱。

兴桥是木桥,围着栅栏,周围却是崇山峻岭,地势十分险要。桥外山坡下是吴军的帐篷,一个接着一个。兴桥栅吴兵中军帐里坐着李祐,他人高马大,二十八九岁,饱经风霜的脸上犹如墨涂一般,嘴唇下有颗特大的黑痣,两眼中放出傲慢、跋扈的目光。

一个亲兵走进中军帐,道:"报告将军,逮住两个人,怕是唐军奸细,特来报告。"

李祐不屑一顾地道:"吃了豹子胆了,谁敢来送死?带进来。"

梁厚本和张三被五花大绑着,黑布蒙着双眼,被两个刀斧手押进了帐内。

张三跪下磕头，梁厚本却傲然站立。

李祐问道："为何不跪？"

梁厚本道："哼，我穆本早知如此，就该投奔官军了。"

李祐道："松绑。"

俩人被解开了绳索，除去了捂眼的黑纱。

李祐道："老实交代。"

张三跪着道："小的原本就是将军的属下张三哩。"

李祐道："谁知道你是张三李四。他是谁？"

张三道："小的奉命随军去增援洄曲，路上恰好遇到表哥穆本，因为表嫂被里长强奸了，她恼羞不过，就用一根绳子上了吊。表哥一气之下将那里长杀了，官府捉拿他，他走投无路，这才来投奔将军，日后弄个一官半职的，也好报仇哩。"

李祐问梁厚本："会武艺吗？"

梁厚本道："在慈恩寺里学过三年。"

李祐道："耍套拳。"

梁厚本便耍了一套拳。

李祐暗暗点头，却又阴阴一笑，道："念你远来投军，任你为什长吧。"

梁厚本却低头不语。

李祐有些吃惊，忙问："嫌小？"

梁厚本道："我穆本寸功未立，岂敢为十兵之长。"

李祐道："军无戏言，守桥去吧。"

梁厚本与张三唯唯退出了帐外。

李祐对身旁一个亲兵悄声道："速派两个人，暗里好好监视这个穆本。"

亲兵迅速走出了中军帐。

白天,寒风凛冽,梁厚本领着十个吴兵,荷戈持戟地巡弋。

吃中午饭时,梁厚本见士兵们的饭菜很少,便将部分饭菜倒给了士兵,士兵却不敢吃。

梁厚本道:"自家生死弟兄,分啥你我。"

士兵们感激地吃起来。

夜晚,大雪纷飞。一个守桥的士兵正倚着桥栏打盹儿。梁厚本巡哨来到他身边,脱下外衣披在了他的身上,站在他身旁替他守卫。士兵冻醒了,发现梁厚本正替他守卫,自己披着梁厚本的外衣,感动异常,不知说啥为好。

没有几天,梁厚本就与士兵们混熟了,兴桥栅的地形也摸透了。谁知道一个料想不到的杀身之祸却突然降临了。

原来,李祐突然收到王守澄的一封紧急书信,信上说,"梁厚本乃是不轨之徒,倘到你军,务必将其除掉!"心想:我这里刚来了个穆本,没有梁厚本啊。梁厚本?穆本?难道是一人?"

李祐慌忙对亲兵道:"传穆本进来。"

梁厚本被传唤走进中军帐,刚说了句"穆本参见将军",就被几个士兵按倒在地绑了。

李祐诈道:"梁厚本。"

梁厚本心里一惊,但仍从容说道:"小人不解。"

李祐道:"名字?"

梁厚本道:"穆本。"

李祐又问:"来此何干?"

梁厚本道:"投军报仇。"

李祐哈哈大笑道:"你以为能瞒过本将军吗?我细细想起你那路拳法,哪是慈恩寺和尚教的,那不是有名的梁家拳吗?你不是梁厚本是哪个?"

梁厚本一愣,深深懊悔耍拳时竟然一时疏忽大意,正欲狡辩,李祐已大声喝道:"分明是个奸细,推出去斩了!"

几个刀斧手立时将梁厚本推出了帐外。

李祐却又大喝一声:"回来。"

刀斧手重新将梁厚本推回了帐内。

李祐命令道:"一刀杀了太便宜了他们。将他和张三脱了衣服,绑到桥柱子上,慢慢地冻死。着实看紧了!"

郑家人怎么可能知道发生的这些事呢。

这天一早,郑注就在正房前面的院子里搭盖小屋,要建造炼丹的丹房。

李氏不解地问道:"放着郎中不当,怎么又想起炼丹来了?你脑子进水了?"

郑注不屑一顾地道:"娘们儿见识,你知道什么。这些日子没事,我琢磨出个理来,是人都想长生不老。要想发家快,就把金丹卖。再者说,为盈盈这个死妮子,我也不敢出诊去了啊。到开炉时,叫她给我扇火。"

李氏对郑注道:"妹妹夜里着了凉,正发着高烧,满嘴里'梁哥哥',连我也认不出来了,怎么给你扇火炼丹?"

郑注哼了一声道:"她死不了,若不给我扇火炼丹,我就把她献给仇公公。"

李氏火了:"你还是个人吗?"

郑注却道:"为了这死妮子,老子整天把脑袋掖在腰带上。那天若不是老子多了个心眼,借着上厕所的由头从后门溜掉,把二麻子甩了,她早就是仇公公的人了。"

李氏道:"那二麻子回去还不给姓仇的说?"

郑注道:"那小子把我跟丢了,回去还敢说实话?"

李氏道："哼，谁听你臭显摆，我得看妹妹去。"

郑注却一把拉住李氏道："若是那死妮子醒了。你就干脆实话告诉她，别等姓梁的那个小子了，他早已投到叛匪窝里被杀死了。"

李氏吐了口唾沫，怒道："不许你咒梁兄弟。"

郑注却道："你是猪脑子吗？也不想想，官军与叛匪杀得昏天黑地，听说官军也打叛匪的旗号，叛匪也打官军的旗号，他小子能分得清？定是早就投到叛匪窝里，被宰了哩。再者说，听说官军打了好几次败仗，多少官军将领被俘了，姓梁的还比别人强吗？"

李氏怒道："又在瞎说！"

她来到盈盈卧室，见盈盈虽然病体恹恹，却披衣坐着，便倒了一碗水，给她喝了，道："你可把嫂子吓死了。"

盈盈却道："嫂子，别看我发烧，我心里可明白，梁家究竟出了什么事？我听哥在跟你说什么。"

李氏一愣，忙道："你还不知道你哥那个熊脾气，有影没影的，到他嘴里，蚂蚁也能说成大象。"

盈盈急了："梁家究竟出了什么事？嫂子总不能看着小妹急死吧？"

李氏只得说："风传着亲家在家闭门思过，说不出小忽雷能呼风唤雨的秘诀，急得上吊，被他儿子梁正言救了。亲家又要投河，真是求生不能，求死不得啊。"

盈盈仍是追问："梁哥哥呢？"

李氏道："别逼嫂子了，我真不知道。"

盈盈还是不放，继续问道："哥给你说的什么？"

李氏支吾道："说是……"

盈盈更急了："真要把我急死？"

李氏仍然道:"兴许是你哥瞎编的,他嘴里能有几句真话?"

盈盈道:"嫂子也知道小妹的脾气……"

李氏这才说道:"这……你哥说……怕是梁兄弟迷了路,投到叛匪窝里去了。"

盈盈闻言一头趴在床上痛哭起来……心想:我的命运,始终是与梁哥哥联系在一起的,倘若他真有个好歹,我独自活着还有什么意思呢?

郑注这天想起还没给翠花买首饰,便偷偷来到了慈恩寺,寺外是摆地摊的,那里的簪子便宜。谁料,他却有了意外的收获,竟攀上了王守澄的高枝。

自从朝廷派兵平定淮西吴元济叛乱以来,王守澄就做贼心虚、提心吊胆,担心万一吴元济被擒,供出他来,惹下满门抄斩的大祸。由于这些日子心神不定,他便到慈恩寺找胖和尚相面。外面传说,这胖和尚是诸葛亮转世,只要看你一眼,不光能前知五百年,后知五百载,还能断你福禄寿喜、生老病死、七灾八难。

王守澄派手下侍从将那些等着让这位"活神仙"相面的闲杂人等统统赶开之后,独自走到眯缝着眼的胖和尚跟前,拱手道:"敢问高僧,今年下官命运如何?"

胖和尚睁开了眼,看了一下他的脸,道:"阿弥陀佛,公公今年运交华盖,会遇小人,怕是有些不好。"

王守澄一愣,自己身穿便衣,也只带了几个小随从,他怎么叫公公呢?真是神仙转世啊!于是慌道:"可以化解吗?"

胖和尚道:"但看善缘多少了。"

王守澄见旁边有个敞着口的箱子,外面贴着个大大的"善"

字，便连忙放进去十两银子，随后回到胖和尚身边。

胖和尚道："老衲适才未曾注意到公公脸上这颗福痣，相信公公自能化险为夷，以后时来运转，还要官至大将军。"

王守澄心安理得地走出了慈恩寺。

一队禁军担心王守澄的安全，此时也赶来了。

王守澄领着他们在寺外无所事事地游逛起来。

寺内外游客、香客络绎不绝地出入。

寺外小广场上，卖烧纸、长香、佛珠、枣糕、鲜花的小摊比比皆是。小贩们一见太监领着禁军来了，吓得纷纷收摊要跑。

一个小太监从卖枣糕的小摊上白拿了几个热气腾腾的枣糕，跑到王守澄跟前，笑道："小的知道公公喜欢甜食，特地要了几个，黏米加拐枣，还热着哩。"

王守澄也笑道："你小子倒有孝心。"接过来，吃了两口。才过了一会儿，他忽然眉头紧皱，觉得肚子疼痛，便骂道："混账王八蛋，你想害死咱家？砍了！"

"刀下留人。"正在旁边的郑注看在眼里，大声喊道。

他正四处寻找卖簪子的地摊，好应付翠花，却无意中看到了王守澄肚疼要杀人的情景。

王守澄用手捂着肚子，大声道："你是何人？"

郑注连忙跪下，道："小可郎中郑注，公公想是刚刚吃了枣糕？无妨，无妨。"

他迅速从药袋里拿出一个药丸，递给王守澄手下禁军，道："请公公吃下，嚼得越细越好。"

禁军不敢接，看了一眼王守澄。

郑注却连连叩头，道："小可是郎中，敢拿脑袋担保，此药如无奇效，要杀要剐，随便处置。"

王守澄肚子正疼，半信半疑地吃了。说也奇怪，只过了一会儿，肚子就不疼了。

王守澄对郑注道："想不到，你小子还有两下子。"

王守澄这句有口无心的话，却让郑注来了"灵感"。

三日之后，郑注端着一件东西，来到长安永昌坊禁军中尉王守澄府邸门前。门丁将其挡住了。

郑注满脸堆着笑容，作揖道："敢烦大爷通报一声王公公，就说小的郑注前来献礼。"

门丁挺着大肚子，充耳不闻。

郑注悄悄递过一个红包，门丁捏了一捏，道："成全你吧。"并指着郑注端着的那件东西问道："这是什么？"

郑注将蒙在物件上的棉被掀掉，门丁一愣，悄悄走进府门，过了一会儿，回来道："进来吧。"

大肚子门丁将郑注领到客房，王守澄正在室内，手里拿着一把玲珑剔透的烫金雕花的锡壶，慢慢地饮酒。

郑注将那物件放到地上，扑通跪下磕了三个响头。

王守澄问道："跪者何人？"

郑注不敢抬头，道："小人郑注。"

王守澄一愣，道："郑注是何人？"

郑注低声道："小人前几日在慈恩寺边曾有幸遇到公公，是敬献药丸的那个郎中。"

王守澄咂了口酒，道："来领赏吗？"

郑注频频磕头，忙道："小的哪敢。"

王守澄阴阴一笑，道："起来吧。"

郑注连忙将那物件上蒙的棉被掀掉，露出一只扣着的竹笼，将竹笼拿下来，里面竟是一盆怒放的茉莉花，芳香之气，沁人肺腑。

王守澄不觉站了起来，道："如今这天气，竟有盛开的茉莉花。"

郑注道："寒冬之际，罕见茉莉盛开，小的特地买来，借花献佛。"

王守澄心想：好个妙人，朝着咱家心窝里想。嘴上却道："谁人不晓咱家一向清廉奉公，你胆敢前来送礼？"

郑注道："小的该死，只不过是一棵鲜花，不值几何。下次不敢了。"

王守澄笑道："下不为例。小的们，看个座椅儿待茶。"

郑注道："小子何人，不敢入座。"

王守澄道："既是郎中，坐坐何妨？"

郑注道："多谢公公赐座。"他半个屁股沾着椅子坐了。

王守澄问道："除了行医，还会什么？"

郑注不那么紧张了，胡吹海捧的本色开始露头，便道："小的行医那是小生意，倒是对内外丹术略知一二。"

王守澄一愣，道："哦，如今御用的仙丹，都是山人柳泌献的。"

郑注轻蔑地道："那柳山人，小人认得，不过是个串铃卖药的江湖骗子，哪里比得上小人的真传秘授。"

一提起仙丹，王守澄的话就多了，说道："是啊，他的丹药，圣上服了多日也未见奇效。他是梁公公推荐的，不过仗凭着梁中尉的权势拉大旗作虎皮罢了。如今，姓梁的罢官思过，圣上还会继续用他柳泌吗？你若能胜过柳泌的话，不愁荣华富贵。"

郑注从王守澄的语气中听出他对梁守谦不以为然，便道："谁不知道王公公是圣上的得力膀臂啊。"

王守澄被奉承得越发得意，而且已有几分醉意，便道："其实，咱们内管家伺候万岁爷，也用不着多少治国安邦的空话高调，也用不着战场厮杀的十八般兵器。梁中尉倒是有本事，如今还不是罢官思过？咱们当内侍的，理应以皇上万寿无疆为要，只有炼出长生药，保佑皇上长生不老，才是咱家的赤胆忠心。"

郑注近几年悟出了个理：凡是当官的，都对长生不老感兴趣；越是当大官的，越是对烧汞炼丹迷信。因此，谈起炼丹，他也越发来了精神，便道："不瞒公公，设炉炼丹这可是小人的本行，公公赡好就是了。承蒙公公见爱，以后就叫小人做孙儿吧。"

王守澄皮笑肉不笑地道："你有这等医术，做咱家的徒弟也就够了。"

郑注立即扑通跪倒，连连磕头，道："恩师在上，弟子终生跟定恩师，赴汤蹈火，在所不辞。"

王守澄道："只要你有本事炼出金丹来，咱家亏待不了你。"

郑注五体投地磕着响头，道："恩师就是小人的再生爹娘了。小人敢不为父母大人尽孝心吗？"

郑注多年来体会到一个人生秘诀：马无夜草不肥，人无靠山不发，抱上了王公公的粗大腿，不就赡等着数银子吗？

数日之后，梁家别墅的盈盈卧室里，盈盈面容憔悴，两眼显得更大，却满含泪水，痴痴呆呆地望着屋顶，脑子里只有"梁哥哥"三个字。她听到嫂子的脚步声，便躺到床上，扯过被子，连头带脸地蒙上了。

李氏愁容满面地悄悄走进来，拉了拉被子，见盈盈仍在睡着，便替她掖掖被褥，长叹一声，轻轻走出去，坐在厅堂里发呆。

郑注兴冲冲地回到家里，对李氏道："死妮子呢？"

李氏道："你咋呼啥？妹妹不吃不喝，都睡了一天了，你还咒她！"

郑注"哼"了一声，道："相思病，死不了。给你说个喜事，跟王公公说好了，我要给他炼丹了。"

李氏忙道："唉，快别再瞎折腾了，好歹都是命。你整天出入太监家里，也不怕旁人笑话？"

郑注笑道："哼，听蝼蛄叫就不种麦子了？哪日王公公抬举我做了大官，送你一副凤冠霞帔，你还写个辞帖还他不成？对了，我听说了，王公公有个侄子王继祖，比死妮子大个二十多岁，我想托人去说亲，你不会跟我闹别扭吧？"

盈盈闻言忽地坐起来，登时气得浑身乱抖。

李氏惊道："大白天的说胡话，她不是早就许给梁兄弟了吗？你简直糊涂死了。"

郑注道："梁中尉都闭门思过了，怎么办？梁厚本真要被贼军俘虏了怎么办？不瞒你说……"

李氏生气地道："不瞒，不瞒，你的话有几句是真的？"

郑注道："都是从王公公府里传出来的，还能有假？"

李氏叹气道："即便是真的，妹妹那脾气，岂能同意？"

盈盈踉踉跄跄地走了出来，大声嚷道："我同意！"

郑注、李氏都大吃一惊：她是烧糊涂了？

盈盈满腔怒火地说道："不就是一个'亲'妹妹吗？换来郑大官人头戴乌纱帽，嫂嫂凤冠霞帔，比卖药合算多了，妹妹算什么？克死爹，克死娘，省得连郑大官人也克死了！当初那时候，又不是郑大官人巴儿巴儿地赶着和人家做亲，又不是郑大官人死乞白赖地赶着人家下聘礼，又不是郑大官人做的主……"

郑注恼羞成怒，便道："我能做主成亲，就能做主辞婚，也能做主把你许给王家！"

盈盈道："许啊，许啊，不让你人财两空，我就不是你妹妹。不就是个死吗？"

郑注一巴掌打去，盈盈摔倒在了地上。

盈盈急了，说了句"我也不活了！"便一头向郑注撞去。郑注也急了，忙道："你再闹，我就给仇公公说，你是装死，让他来逮你。"

盈盈越发火了："哼，来呀，来呀，不就是个死吗？"

郑注一气之下，硬是将盈盈锁进了卧室，发誓说如果她不答应王家的婚事，就把她活活饿死。李氏趁郑注睡熟时，偷偷从郑注裤腰上解下钥匙藏了起来。等见郑注在东房屋里与翠花鬼混时，便偷偷让盈盈饱吃一顿。郑注佯装不知，每日里出入都神神秘秘。

这么过了几日，盈盈发现嫂子总是魂不守舍，痴痴呆呆，丢三落四，说话吞吞吐吐，想她定是有天大心事，便再三追问。嫂子被盈盈一问，哭得泣不成声，说道："妹妹啊，事到如今，嫂子即使被天打五雷轰，上刀山下油锅，也不能不说了，你那个畜生哥哥，选了个好日子，就是明天，要到王守澄府里给他侄子王继祖说亲。他为抱人家的粗大腿，贪图人家的彩礼，就不管你的死活了。那个王继祖，四十多了，不光一只腿瘸一个眼瞎，还从小就是婴儿瘫，口水流得叫人恶心，脾气暴得不点火就着，前后把三个刚过门的媳妇活活打死了。你说，你说你这个畜生哥哥，不是往火坑里推你吗？嫂子好赖偷攒了两个钱，带上你的琵琶，远走高飞吧，哪里的黄土不埋人，你娘弹琵琶卖唱也没饿死啊！"

盈盈一听，顿时气得浑身乱抖，本想立即与郑注闹个你

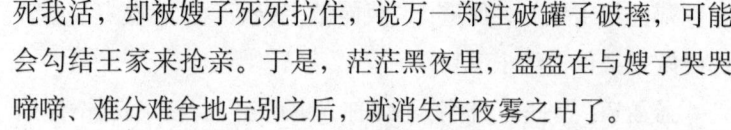

死我活,却被嫂子死死拉住,说万一郑注破罐子破摔,可能会勾结王家来抢亲。于是,茫茫黑夜里,盈盈在与嫂子哭哭啼啼、难分难舍地告别之后,就消失在夜雾之中了。

郑注知道之后,气了个半死,也将李氏打了个半死。他想让仇士良派人去寻找,却因早就撒谎说盈盈已经病死了而不敢去,那不明摆着是自打嘴巴吗?自己去找,人海茫茫,谁知她死哪里去了。走了倒好,自己与翠花鬼混,倒少了个碍眼的。郑注只能这样安慰自己。

其实,郑注即使真的跟仇士良说盈盈跑了,当时的仇士良也顾不上。因为一个太监匆匆跑进仇府中,对仇士良悄声汇报道:"回禀公公,官军平叛被打败了,损失惨重。"

仇士良忙问:"怎么败的?"

太监道:"说是主帅与监军不和,主帅说监军擅自下令硬攻,监军说主帅暗里掣肘,圣上正为不知再派谁为监军犯难哩。"

仇士良愣了片刻,便匆匆到了王守澄府邸。

当时,神策军右中尉王守澄府邸客厅里,王守澄正喜形于色地独自喝酒,他原本担心平叛胜利,吴元济被打败要供出自己了,现在平叛惨败,自己的担心终于烟消云散了。然而,仇士良却向他谈起另外一个问题:"公公定是知晓,官军这次平叛遭到了惨败,朝廷要重新委派监军,不知会委任公公吗?"

王守澄道:"用得着你咸吃萝卜淡操心?"

仇士良却仍然道:"小的早就说过,官军一旦与藩镇交手,定然惨败无疑。而且刀枪无眼,如今官军那些武将,一个比一个跋扈专横,哪个愿意听从监军吆三喝四?明枪易躲,暗箭难防,若他们背后给你一刀一剑,谁能分辨是哪个害的?

谁愿意去当这个倒霉的监军？小的估计，梁公公虽然罢官思过，在家闭门不出，可是，他是否会冒死给圣上奏本，推荐公公为监军哩？公公若不未雨绸缪，岂不落到他的套里了吗？"

王守澄心里一动，他早已料到了这些，便阴阴一笑，模棱两可地说了一句："还不知鹿死谁手呢。"

翌日早朝，王守澄盼着有个合适的机会，向李纯奏上一本，推荐梁守谦为平叛的监军。谁知，偏偏有个太监匆匆来报："启奏圣上，梁守谦的儿子梁正言要求面见圣上，坦白让小忽雷呼风唤雨的秘诀。"

王守澄不禁一愣，心想：难道真有秘诀？

李纯已经下令道："好啊，让他上殿。"

时间不长，梁正言就来到了大殿，在殿门外三跪九拜，高呼着万岁万岁万万岁，行着平民百姓拜见皇帝的大礼。

等梁正言跪好，李纯径直问道："你可知晓小忽雷呼风唤雨的秘诀？"

梁正言跪着高声道："圣上容禀：本来夏天就多雷阵雨，一日，父亲刚开始弹小忽雷，天上忽然下起雨来，他不弹了，恰巧雨也就止了。这不过是巧合。小的在悦来酒店与几个朋友喝酒，喝得醉了就信口雌黄，胡说小忽雷能呼风唤雨。圣上圣明，哪有什么呼风唤雨？哪有什么秘诀？与家父毫无关系，都是小人酒后胡说。今日，小的以死明志，恳求圣上免了家父罪过。小的在阴间也会感念皇恩浩荡，保佑圣上万岁万岁万万岁！"

梁正言说完，一头撞向台阶，当即身亡。小太监们一阵手忙脚乱，把死尸拖了下去。

王守澄火了，当即怒道："启禀圣上，这不分明是以死要挟圣上吗？理当戮尸！"

李纯却叹了口气，道："照朕听来，似乎倒是真的。听说梁守谦就这么一个儿子，他出于孝心死谏，朕一向以孝治天下，倒觉有些于心不忍。如今淮西藩镇叛乱，正是用人之际，陈爱卿又打了败仗，倘若再派遣尔等内官为监军，谁能担此重任呢？"

王守澄想起仇士良的议论，算定平叛必败无疑，无论谁当监军，也是把屎盆子扣到了头顶上，势必弄个非斩即贬的罪过，他听出李纯已经流露出要让梁守谦官复原职充当监军的意思，便连忙道："梁公公有武艺，虽有欺君之罪，但可以令其戴罪立功。"

李纯便道："言之有理，让他戴罪立功。"

王守澄唯唯退下了，心想：这次给姓梁的头上戴了紧箍咒，他阵前一死，我与梁家的恩怨也就一笔勾销了。

## 第七章 只身劝降

按着兴桥栅守将李祐的命令,吴军士兵扒去梁厚本和张三的棉衣,捆在桥柱子上,任由他们冻饿而死。但是,捆梁厚本的这个士兵原是西域人,善于相扑,仗凭着有些蛮力气,对其他弟兄全都不看在眼里,却唯独佩服梁厚本。因为他向这个文文静静的"穆本"挑战相扑时,竟然三次都被摔了个四仰八叉。果然是不打不相识,两个人暗地里倒成了好朋友。

梁厚本悄声对他说:"兄弟,没忘了你发烧时,我穆本怎么伺候你的吧?"

那个吴兵道:"那我也救不了大哥啊!我偷了一瓶酒,藏在衣袋里,给你喝两口算是送行吧。"

吴兵四下环顾,见无人盯梢,便偷偷给梁厚本喝了一通。

梁厚本道:"被你们扒去的棉衣衣袋里有些银子,都送给兄弟,只求兄弟手下留情,绑的时候别把我手脖子勒折,也算帮我留个全尸了,我做鬼也会保佑你的。"

那个吴兵将梁厚本草草地绑在了兴桥栅一头的桥柱子上,

拿了银子,连声叹着气,一步三回头地走了。

熬到二更天了,北风还在呼啸,梁厚本冻得瑟瑟发抖,耳旁仿佛响起了盈盈的声音,"梁哥哥不能死。"他咬紧牙挺着,心里想着盈盈说过的话:"冻死迎风站,饿死不弯腰!"那个吴兵走后,他就开始偷偷地在柱子棱上磨绳子。那几个在桥那头守卫的吴兵被冻得要死,已经陆陆续续地偷偷溜回了军帐,最后只剩一个人倚着桥栏打盹,不知道是冻得睡着了,还是冻晕过去了。

熬到三更天了,大雪犹如鹅毛静静地落在身上,冰冷刺进肌肉里,扎在心里。梁厚本只剩下微弱的喘息。

那酒还是起了作用,加上捆绑得也不太紧,他昏迷之前好歹磨断了绳子,又悄悄地艰难地爬到捆绑张三的桥柱边。张三身边只有一个昏睡过去的卫兵,梁厚本见那士兵睡得像条死狗,便不管他,哆哆嗦嗦地要解开捆绑张三的绳索,但是绳索已经被冻住。

梁厚本向绳子哈着热气,但一时也无济于事。

正在这时,梁厚本觉得背后有喘气之声,他吓了一跳,回头却发现原来是他那匹白马,挣脱了缰绳跑过来。梁厚本暗喜,指指绳索,那马也真懂事,低着头咬那绳索。终于咬断了,白马嘴里流出了鲜血。见梁厚本抱起已经冻僵了的张三,那白马早已趴下。梁厚本艰难地将张三放在马背上,又哆哆嗦嗦爬上了马背,他们悄悄地消失在风雪之中……

当日夜晚,一个唐军小头目按着大将军李愬的命令,率领着七八个侦察兵,踏着茫茫大雪,正悄无声息地迅速向兴桥栅方向进发。

一个士兵小声道:"这么冷的鬼天气,不等咱们逮住放哨的敌兵就先冻死了。"

头目道:"不许喧哗!若是好天,敢去兴桥栅?"

另一士兵猛地小声说道:"有人!"

小头目一挥手,几个士兵便用绊马索轻易地活捉了梁厚本和奄奄一息的张三。

雪光朦胧之下,梁厚本见这几个士兵穿着与吴军不同,猜想可能是官军,便悄悄道:"我们是投军的,知道兴桥栅的情况。"

小头目见这一马二人都没有武器,穿着单薄的衣服,不像是李祐的侦探,便小声地对属下士兵吩咐道:"我们三个带他们去见大将军,其余的断后。"

三天之后,梁厚本已经身着戎装、精神焕发地在文城唐军招讨使大将军李愬的元帅帐中了。

梁厚本对李愬施礼道:"承蒙大将军救得小生性命,实在是感激涕零。据大将军所言,叔父已任监军,不知叔父大人现在何处,能否容小生见上一面?"

那李愬三十多岁,相貌堂堂,沉毅稳健,足智多谋,是个能征善战、屡立奇功、令敌人闻风丧胆的儒将。他从军囊中拿出一张地图,对梁厚本道:"你看,这是蔡州,乃是吴贼盘踞之巢穴;这是兴桥栅,你已知晓,由李祐守卫;这是洄曲,由吴贼的妹夫董重质守卫。蔡州、洄曲、兴桥栅,三地成为犄角之势。吴贼所恃,就是其左膀右臂董重质和李祐。本帅与梁中尉所监之军,原是分作两路,我打兴桥栅,梁公公攻洄曲。我军已经与吴军相持多日,各有胜负。公子急于见到梁公公,也是人之常情,本帅与公公也是世交,理当即刻护送前往。"

梁厚本深施一礼,道:"小生没齿难忘。"

就这样，梁厚本见到了阔别已久的叔父，与其一起攻打驻扎在洄曲城内的董重质。梁正言为了让梁守谦重获自由，于皇宫以死上谏，现在梁家只有梁厚本这根独苗了，梁守谦更是待他视如己出。

倏忽之间，就到了元和十二年（公元817年）十月。梁厚本已经二十岁了。

这天，洄曲城外唐军的中军帐里，禁军中尉梁守谦正与梁厚本对弈。

梁厚本却心不在焉，连连被吃了数子。

梁守谦从容笑道："那年想请白翰林给你提亲时，老夫给你说过的几句话，还记得吗？"

梁厚本一愣，感到莫名其妙：大敌当前，叔父怎么谈起这个来了？便道："这……想起来了。叔父说：'该是你的，不要也不行；不该是你的，想要也办不到！'叔父怎么会想起这个？"

梁守谦微微一笑，对侍从道："召诸将进帐。"

很快，梁守谦手下诸将都奉命走进了帐内，分别侍立在两旁。

梁守谦道："托赖圣上天威，依靠诸位奋战，我军与洄曲董重质对垒已经四十余日了。目前，洄曲城里尚有五千兵马，如果我们继续强攻，即使取得胜利，也难免要损兵折将。本帅意欲派一将军前去董营劝降，不知诸将以为如何？尽可直言，言者无罪。"

诸将闻言，都大吃一惊，纷纷交头接耳地议论起来。

一将道："董重质是个老狐狸，劝降有什么用？"

另一将道："他是吴贼的妹夫，王八吃秤砣，早铁了心了，谁去也是白送死。"

梁厚本咳嗽了一声，待众人稍稍平静了，便看着梁守谦，轻声道："末将能否说上一句？"

梁守谦道："讲。"

梁厚本道："不入虎穴，焉得虎子。兵书云：'不战而屈人之兵，善之善也。'倒也不妨试上一试。"

一将立即反驳道："试什么？你是谁啊，有本事你去啊！"这个将领刚调来一天，并不认识梁厚本。

梁厚本平心静气地道："末将是谁，无关紧要。监军容许大家说话，这不过是我的一得之见而已。"

众将领嚷道："不能去，不能去，不能去！去还不是瞎子点灯——白费蜡吗？要让姓董的投降，还得靠手里的刀枪说话。"

梁守谦"嗯"了一声，诸将顿时肃静无声。梁守谦从容说道："不战而屈敌兵，如此上策，岂能不要？记着：该是你的，不要也不行；不该是你的，想要也办不到。听我命令，"他指着梁厚本道，"命你即刻就去洄曲城里，会会这位董将军。"

就这样，梁厚本仅着平日官服，也未携带任何兵器，骑着马来到洄曲的外城，吴兵看过梁厚本递过去的一封书信之后，道："放行。"

洄曲内城，董重质身着戎装，如临大敌，手持大刀站在战车之后，只露出半个脑袋。部下持刀荷戟，执弓握剑。

梁厚本轻松地跳下马来，对董重质哈哈大笑道："就我梁厚本一人，手无寸铁，还用得着这个阵势吗？双方打了四十多天了，是不是也该歇歇了？"

董重质低头不语，暗暗佩服梁厚本的过人胆量，心想：那关羽单刀赴会，不过是说书唱戏，手里还握把大刀哩，这梁厚本竟敢赤手空拳闯我这千军万马，果然英雄盖世。

梁厚本道："董将军，当今圣上十一岁封王，二十一岁为太子，二十六岁君临天下。励精图治，朝夕惕励，才九个年头，就使得国泰民安，贞观盛世再现于今朝，难道不是天命神授的明君贤帝吗？谁能违背天命呢？"

董重质不语。

梁厚本道："将军一定知道，堂堂大唐，疆域多么广袤，有多少兵马。一个区区淮西竟敢对抗朝廷，岂非以卵击石、蚍蜉撼树？"

董重质低下头，仍是沉思不语。

梁厚本道："诚然，自从大唐开国以来，确有某些藩镇妄自尊大，拥兵叛乱，安禄山、史思明、李希烈、刘辟、李琦，哪个不是身败名裂，遗臭万年？前车之鉴，董将军不会冥顽不化吧？"

董重质慢慢放下了大刀，仍是沉思不语。

梁厚本道："将军定然知道，淮西节度使吴少阳逝后，吴元济对其父之丧匿而不报，本来已是悖天逆伦，朝廷却仍然派遣使者前去吊祭，可谓至善至仁。可是，吴元济却拒见来使，擅自继位，屠舜阳，烧叶城，掠鲁山，攻襄城，焚烧官钱三十万缗、梁谷三万余斛，难道将军要为此等罪大恶极者卖命吗？"

董重质频频擦起汗来。

梁厚本道："本将问你，吴元济虽然与你有亲，但他果真信任你吗？为何不允许你将妻儿老小带来洄曲？你看你身边，老弱残兵，他们谁没妻儿老小？哪个情愿为你白白送死？梁监军信上说得明白，董将军倘能弃暗投明，他作为监军，可以担保降者一律不杀，将军仍任原职。"

董重质欲言又止。

梁厚本道:"这几十天的厮杀,将军也看到了,官军日益增多,你手下还剩多少人马?监军一声令下,洄曲登时就会灰飞烟灭,只是监军有好生之德,何况大家本都是天子臣民,监军心诚意诚,对天可表。我就是监军的嫡亲侄儿,如果将军不信,可以把我作为人质扣留在营中。而且,朝廷已经封你为兵马散使,请看印玺!"

梁厚本解下背上的包袱,捧出印玺给董重质看了。

董重质慌忙跪下,道:"罪将甘愿听凭监军处置,不敢把将军作为人质。"并对众兵道:"放下武器!"

梁厚本却道:"慢!请将军过来。"

董重质下令打开内城之门,走到梁厚本面前,施了一礼。梁厚本慌忙将他扶起来,对其耳语道:"将军妻小尚在蔡州,我出城之后,你仍然打着吴军旗号,装作照样守城,约束兵士,万万不可泄露风声,待破了蔡州,救出将军老小,再……"

董重质感激涕零。就这样,梁厚本平安地回到了洄曲城外梁守谦的中军帐内,交给了梁监军一封董重质的亲笔信。

梁守谦满意地拍了一下梁厚本的肩膀,道:"小子长大了!"

梁厚本道:"叔父放心了吧?您可以好好休息了,侄儿为您站岗。"

梁守谦道:"吴贼未灭,岂容休息?老夫已经接到圣旨,要我去参加吐蕃开国盛典。"

梁厚本道:"那侄儿定是要跟随叔父前往了。"

梁守谦却道:"不可不可,岂能总在老夫身边。大将军李愬智勇双全,正是尔等楷模。明日你即可返回文城李愬之处,听其调遣。"

梁厚本听后有些犹豫。

梁守谦斩钉截铁地道:"这是命令。"

梁厚本忽然想到:妹妹这时候在干什么呢?她还在我那乡间别墅里吗?仇士良那厮,不会知道她藏在那里吧?她那个混账哥哥,不会再打她的主意吧?给她捎封书信吧,又怕暴露了她藏身的地点,不写吧,彼此又不通音信,这可怎么办呢?

## 第八章 盈盈逃难

盈盈自深夜与嫂子洒泪告别之后，就穿着郑注的衣服假扮男子，身背琵琶，孤苦一人，浪迹天涯。她吃过饭店里的残羹剩饭、荒地里的死鸟野菜，对饥肠辘辘已是习以为常；身上穿着的那件衣服，破了又补，补了又破；也住过荒草野坡，也住过牛棚破庙；走过荒山野岭，也走过城镇闹市。幸亏身上还背着梁哥哥赠送的那面琵琶，她靠弹琵琶卖唱的技艺，经过了数月凄风苦雨。

这天黄昏时候，她来到了一个挂着"宾之家"酒幌的客店。经历了这些天的风风雨雨，盈盈虽然难掩清秀本色，但毕竟早已皮肤粗糙脸色黝黑，嗓音也有些喑哑，已经像个流离失所的野小子了。

一个慈眉善目的老汉满面春风地迎了出来，打量了一眼盈盈，道："对不起客官，实在是没有房间了。"

盈盈疲惫不堪地问道："前面的客栈还有多远？"

老汉道："不瞒客官，远倒不远，只有三十多里，只是路不好走,也不太平……"

盈盈心想:上次就遇到过强盗,被他们将兜里的几个铜板抢了去,还踢了我两脚,好歹没有看出我是个女的,已是万幸了!便道:"实在不行,我在柴房里躺躺就行。"

老汉道:"倒也怪可怜的,你不嫌弃的话,就在我屋里睡个地铺吧。"

盈盈看看天色已黑,大风呼啸,犹豫不决地站着不动:不住吧,到哪里度过这个寒夜?进去吧,他却是个男的。好在老汉也未能识破自己是女扮男装,盈盈牙一咬,心一横,随老汉进了他住的那个房间。房间里,靠墙的是一张木床,铺着被褥,大概老汉就睡在那张床上。

睡床旁边的地上有张木板子,上面也有被褥,盈盈想可能是客人多时,临时就在那上面过夜,这就是所谓"地铺"了吧。

盈盈躺在地铺上,盖上那条薄薄的被子,依然浑身冰凉,肚子里饿得咕噜咕噜地乱叫。她不觉想起了梁哥哥:如今他在哪里呢?平叛打仗,舞刀弄枪,他不会有闪失吧?

屋外北风呼啸,刮得窗纸扑啦啦地响。盈盈只盖着一床薄薄的被子,冻得缩成了一团。她担心着梁哥哥的生死存亡,回忆着与梁哥哥相识以来的一切,毫无睡意。

老汉一个劲地咳嗽,也翻来覆去地睡不着,他道:"小伙子,这么冷的天,干脆你也钻我被窝里得了。"

盈盈一听,吓了一跳。正不知怎么办好时,那老汉裸露着瘦骨嶙峋的膀子下了床,拿起地铺上的被子就搭在了他自己那张床的被窝上。

盈盈正胆战心惊不知所措时,老汉又伸出手来,把她拉上了床。

她虽然躺进了老汉的被窝,却吓得两手紧紧捂住胸口,离老汉有一尺远,平身躺着,心都跳到嗓子眼了。

不过老汉并没有什么歹意,也没看出她什么破绽,只是咳嗽不止。

盈盈便道:"大爷,你怎么咳嗽得这么厉害?你的水在哪里?我给你倒碗水去吧。"

老汉却道:"早年我抽旱烟,落下了痨病。这一会儿还好了些,你不必麻烦了。"

盈盈连忙道:"大爷,那你就给我讲个故事吧,或许就不咳嗽了。"

"我就会讲有鬼的故事,你害怕吗?"老汉倒有兴趣。

"不怕。"盈盈只好说道,心想:只要他不对我动手动脚的,管他讲什么哩。

于是老汉真的讲开了,什么吊死鬼狐狸精的,吓得盈盈不敢喘大气,几乎要吓哭了,死死抓住床板边沿。

那老汉又道:"今儿个真冷,要不俺搂着你睡,都暖和。俺孙子小时候,都是俺搂着他睡,谁知他不到十岁就得霍乱死了,不然也有你这般高了,看到你,俺就想起俺孙子。"

盈盈听出老汉并无歹意,也没有看破她女扮男装,但是还是又冒出一身冷汗,情急智生,她连忙道:"大爷,我要去拉屎。"

老汉道:"茅房在院子东南角,小心别摔着。"

盈盈见老汉闭着眼打盹儿,长出了一口气,连忙摸起自己的琵琶,走到院子里,放到墙角,在月光下却见一个女子,有十七八岁,慌里慌张地系着腰带,从厕所走出来。她一见盈盈,一把拉住她的衣袖就往屋里拽,还说着:"哎哟,哎哟,我屋里爬进来一只蝎子,快帮我弄死。"

蝎子也是药材,盈盈见得多了。她信以为真,况且自己本来就是个女的,也就跟着那女子进了房间,心想:总比在老汉屋里提心吊胆要好得多啊。

那房间与老汉的房间紧挨着,是一间小客房。

屋里点着油灯。灯光下,只见那姑娘身穿粉红衣裙,眉眼俊秀,模样与盈盈还有几分相似,只是比盈盈稍矮些,稍胖些。

那姑娘笑道:"奴家莺莺,就是'打起黄莺儿,莫教枝上啼'的莺莺,叫我莺儿就是,饿了吧?你叫什么名字,多大了?"

"我……叫郑重,十五了。"盈盈忙答道。她看到室内桌子上摆设着茶水、果点、饭菜、酒杯、老酒,可能是莺莺刚才正一个人喝闷酒。

莺莺脉脉含情地瞟着盈盈道:"你我也是有缘分,奴家梦中的情郎,也没有官人你的风姿啊。十五了?也该知道男女之间的事了吧?"说着,顺势往盈盈怀里钻。

盈盈吓得慌忙躲过,也是情急生智,便用憨厚的男音说道:"是啊,没想到我……我郑重的缘分却在这里,咱们还是先小酌几杯,暖暖身子吧。"莺莺高兴地点头。

盈盈确实饿了。她狼吞虎咽,不住地给莺莺添酒。盈盈心想:先把她灌醉了,自己好脱身啊。

盈盈自小没碰过酒,但这数月来疲于奔命,偶遇天寒地冻,衣兜里有铜板时,也能喝上几杯白酒,奇怪的是,她从来没有醉过,莺莺哪里是她的对手?没过十来杯,莺莺早已醉得一塌糊涂,嘴里还呜呜呀呀地说着:"来呀,来呀,咱们这就歇息了吧。"此时不走,更待何时?盈盈匆忙带上房门,拿起门外的琵琶拔腿就跑,很快便消失在茫茫夜色之中。

她想起客栈老汉讲的那些可怕的鬼怪故事,神不守舍地四下乱看。偏偏天越来越黑,月亮被一片乌云遮住,北风呼呼刮着，贴身的衣服已被汗水湿透了。不敢再回老汉的房间，也不敢再回莺莺的房间，茫茫黑夜里，到哪里去呢？她想唱支小调，为自己壮壮胆儿，却又怕人听到。

总觉得身后突踏突踏地响，像是有人跟在身后，盈盈慌忙小声问了一句："谁？"却没人回答。她回头看，却是什么也没有。

再往前跑，又是那样，身后传来突踏突踏的脚步声。她又小声问了一句："谁？"仍是没人回答。回头看，依然什么人也没有。

她更害怕了，心想：是鬼吧？盈盈吓得头发根儿都竖了起来。

她正胆战心惊地跑着，突然发现迎面走来一个怪物，她吓得立时不敢走了。只见朦胧的月光下，在她前面几十步远的小道上，站着一个怪物：比三个人还高，身子直直的，脚上是人穿的鞋，肩膀上却长出一匹黑驴，黑驴斜斜插向天空，龇牙咧嘴，牙有小手指那么长。黑驴两个雪白的眼珠子，比鸡蛋还大。这怪物说人不像人，说驴不是驴，狰狞可怕，像是要吃人的样子。她慌忙从地上摸了一个土坷垃，冲着那怪驴砸去，只听咔嚓一声，土坷垃却砸进怪驴肚子里去了，仿佛听到有个人"哎呀"了一声。她闹不清为什么，连忙拼命绕开怪驴，钻进庄稼地向前跑去。

她哪里知道，当地风俗与长安不同：谁家死了人之后，都要从扎彩铺里买一头纸扎的黑驴和一些纸轿之类，等出丧时一齐烧掉，意思是让死者骑着毛驴坐着彩轿到阴间报到。那个人扛着纸扎的黑驴，黑咕隆咚的，把盈盈吓了个半死。

盈盈拼命向前跑，觉得头皮阵阵发麻，好在月亮已经钻出了云层，她稍微稳定了一下心神，好歹才又找到了那条乡间小路。

突然，盈盈听到刷拉一声，从路旁的草丛里钻出一条长蛇：有水扁担那么长，比胳膊还粗，浑身鳞甲，两只小圆眼透着阴森可怕的绿光，特别是那一伸一缩的尖尖舌头，仿佛时刻会扎进她的胸膛。长蛇忽地立起来，比盈盈还要高。她哪见过如此粗大可怕的毒蛇啊，心想：难道是这蛇成了蛇精了吗？

盈盈夺路而逃，她向前直跑，蛇精就径直追赶；她忽左忽右地拐着弯奔跑，蛇精就也忽左忽右地拐着弯追赶；她一蹦一跳地爬坡过沟，蛇精就一伸一纵地追赶。别看它没脚，速度却是极快。

蛇精张开大嘴，眼看要咬到盈盈的脚后跟了，盈盈却忽然扑通一声，掉进地上的一个窟窿里。那窟窿有半间屋子那么大，一人多深。她正惊慌不已，又听呼隆一声，咔嚓一响，眼前出现了更为惊心动魄的情景：那个蛇精也掉进了这个大窟窿，而且被一个二尺多长的铁夹子夹住了脑袋。尽管那条蛇精被夹住了头，却离她不到半尺远，它尾巴乱缠乱打，舌头仍是一伸一缩地冲着盈盈刺来，眼看要咬到她了，也不知她是哪里来的胆量和力气，终于连抓带挠地爬出了深坑，原来那是猎人为捕蛇设下的陷阱。

恍恍惚惚中，盈盈向前跑着，也不知跑了多长时间，也不知跑到了哪里，她感觉身子越来越轻，身上越来越暖……

"盈盈，盈盈，醒醒，醒醒，我是嫂子啊！"

她惊恐地睁开了发紧的眼皮，发现原来是一场噩梦，此时天已是大亮了，她竟然躺在嫂子怀里，旁边是一个大竹篮子，里面盛着几块窝窝头，篮子旁边横着一条疙瘩棍子。盈盈百感交集，哇的一声，抱着嫂子放声大哭。

自从盈盈深夜逃走之后，郑注对妻子越发不满，整日里拳打脚踢。李氏心如死灰，吃不下，睡不着，梦里总是看见盈盈的七灾八难：被狗咬了，被人逮了，被强盗糟蹋了，饿晕了，冻死了，被人卖到窑子里去了……她越想越害怕，越想越坐卧不宁，于是便也逃出了家门，要着饭，到处寻找盈盈。

也是老天不负有心人，该着盈盈大难不死，终于有了这场意外的姑嫂相遇。可是今后怎么办呢？盈盈吃着地瓜面黑窝窝，道："有嫂子给我做着伴儿，梁哥哥给的琵琶也没丢，我沿街弹琵琶卖唱，还能饿死咱吗？"

就这样，盈盈算是绝处逢生，嫂子陪着她沿村弹琵琶卖唱，一路打听着，向李愬驻军的文城行进。盈盈不时想到：梁哥哥若知道我这些胆战心惊的痛苦经历，不知会多难过呢。他如今到底在哪里呢？平定叛匪，何时才能取得胜利？

这天，她们姑嫂二人正在乡间小道上赶路，已经接近战场前线了，难民也越来越多。今天不同以往，不少男女老少居然说说笑笑地从她俩身边匆匆经过。原来，前面不远的琵琶岭今晚要举行一年一度的琵琶大赛。还有人说谁若赢了能得十两银子。盈盈觉得眼前一亮，拉着嫂子向着琵琶岭跑去。她哪里料到，这是她与梁厚本相遇的天赐良机。

## 第九章 平叛立功

梁厚本奉叔父之命，快马加鞭地回到了文城，见到了招讨使大将军李愬。李愬已经得到了梁守谦快马报捷，要梁厚本稍稍休息，暂解鞍马劳顿之累。

这天，一个偏将匆匆走进中军大帐报告道："回禀大将军，我军前哨派去侦探兴桥栅的十几个人，中了李祐那厮的埋伏，是否再派一批？"

李愬命令道："速传命令，停止侦探。"

梁厚本道："回禀大将军，小生对兴桥栅的地形略知一二，请求前往参战。"

李愬道："只是公子才从梁监军处回来……"

梁厚本道："大敌当前，顾不得了。"

李愬便嘱咐道："李祐那厮素来不把官军放在眼里，如今伏击小胜，必然要乘胜率兵前往张柴村偷袭，抢夺我军粮草。梁公子可带一哨人马，星夜赶赴张柴村，与那里的守将会合。记着，村北二里有一片树林，你们就埋伏在那里，待李祐赶到时，你们虚张声势，诱其出击，定可一举擒获李祐那厮。"

果然，数日之后，梁厚本满脸风尘，匆匆走进李愬的中军帐内，报告道："回禀元帅，元帅神机妙算，李祐被俘，已经押至帐外。"

李愬道："带进来。"

李祐被梁厚本押了进来，虽然被五花大绑，仍是冷笑不止。

李愬端坐在虎皮交椅上，对昂首屹立的李祐道："手下败将，见了本帅为何不跪？"

李祐看着梁厚本道："本将是遭他埋伏，心里不服。倘若单打独斗，我未必会输给他。"

梁厚本听罢哈哈大笑，对李愬施礼道："请求元帅将他松绑，小将让他口服心服。"

李愬对李祐道："你想与梁将军比什么？尽管说来。若你赢了，立即放你回去。"

李祐颇为高兴，忙道："比剑！"

梁厚本将李祐松绑，拿了两把利剑。两个人就在中军帐外，你来我往地厮杀起来。

李祐求胜心切，连连快步直刺梁厚本的咽喉，梁厚本却连连后退，迅捷闪过。

李祐虚晃一剑，猛地下刺，直冲梁厚本的胸口。梁厚本却反手一拨，顺势一挡，当啷一声，剑刃火花四溅。

李祐未曾料到梁厚本能有如此功力，正暗暗称奇，那梁厚本却撤剑上步，举剑冲李祐头顶砍来，李祐急忙横剑拦挡。谁知梁厚本这招是虚张声势，他手腕一拧，顺势一绞，将李祐的剑拨出好远，被一旁观战的李愬轻轻接住剑柄，扔在了地上。李祐仓皇转身，梁厚本手中的宝剑已经直指李祐的咽喉。

李祐扑通跪倒，对梁厚本道："我服输。"却又补充了一句道，"本将败而不降。"

梁厚本轻蔑地一笑，看向李愬。

李愬对梁厚本道："梁将军且去休息吧。"

李愬又对李祐道："你随我进来。"

李愬坐在了虎皮交椅上，指了指身旁另外一把虎皮交椅，示意李祐坐下。

李祐坦然坐了。

众将不解，正在交头接耳，李愬却轻轻说了一句："都给我出去。"别看声音不大，但是军令如山倒，谁个不怕？

众将不情愿地走出了中军帐。

李愬又轻声地喊了一句："回来。"

众将闻声回来，不知道李愬有何吩咐。只见李愬解下了自己佩戴的宝剑，交给了亲兵，亲兵犹犹豫豫地不敢接，李愬道："本帅与李将军本为一家，一笔写不出两个'李'字，刀剑是用来对付自家弟兄的吗？还不退出？违令者，格杀勿论！"

亲兵拿着李愬的佩剑心怀担忧地出了帅帐。

军帐里只剩了李愬和李祐。李愬亲自端起酒壶，斟了一杯，自己一饮而尽，然后斟上酒推到李祐跟前，什么也没说。李祐也一饮而尽。

李愬道："将军可曾知晓，自大唐建立以来，有过多少次藩镇叛乱？安史叛乱，泾原兵变，还有李希烈、李怀光、杨惠林、刘辟、李琦，哪次成了正果呢？"

李祐只是盯着李愬，一语不发。

李愬道："我来问你，那淮西节度使本是吴少诚，与吴少阳名为生死之交，但是吴少诚死后，吴少阳却将少诚之子杀死，自家继承了节度使之位。忠孝节义，吴少阳能占哪一个？吴少阳死后，他儿子吴元济匿丧不报，擅自继位，骚扰东都，攻略城池，杀人放火，荼毒百姓。忠孝节义，他又能占哪一个？"

李祐仍是一语不发。

李愬道："识时务者为俊杰，良禽理应择木而栖，我看将军也是条好汉，难道还要执迷不悟吗？"

李祐终于心动了，扑通跪下道："听凭元帅发落。"

李愬将他扶起来道："将军既已弃暗投明，待本帅奏过朝廷，你就是散兵马使了。"

李祐感动不已地道："末将愿意将吴军实情如实交代。"

李愬道："将军但说无妨，本帅一向用人不疑。"

李祐确实受了感动，这才老实说道："吴元济所依靠者，一是将军董重质，镇守洄曲，原有一万兵马，虽然死伤大半，但所余人马均为精兵良将；二是末将，守卫兴桥栅，统帅三千兵马，末将被俘之后，由偏将李进义统领。末将与董重质、李进义全都熟识，末将愿意给他们二人各写一封书信，劝他俩弃暗投明。但是，董重质乃是吴元济的妹夫，李进义是吴元济的义子，而且他们平日与末将貌合神离，都未必理会末将的劝说。他们手下都还有数千兵马，且又占据有利地形，官军如要继续硬攻，便难免损兵折将。倒是蔡州城里，虽号称有五千兵马，实际只有三千多人，其中老弱病残就有一千。赖有洄曲、兴桥栅为其屏障，自立藩以来，蔡州城从未与官军交锋，定然防备懈怠，倒有可乘之机。"

李愬道："将军所言，正与本帅侦察相符。将军速速修书去吧。"

李祐道："末将得令。"

元和十二年（公元817年）十一月，前线的局势越来越明朗。

这天,李愬的中军帐里,只有大将军李愬和一旁侍立的梁厚本。梁厚本因为只身匹马劝降了董重质,一战生擒敌将李祐,立了两次战功,这样一来,就可以减轻他叔父的罪过了。梁厚本有时想起再向叔父提出到郑家问名会容易些的事,不禁心生欢喜。李愬提出要他升职为参谋时,他虽然嘴上谦逊地道:"小生才学浅疏,从戎不久,未建功勋,岂敢担当参谋重任。"心里却是踌躇满志的。

李愬看出他的心思,笑道:"你以为本将军是看在梁监军的份上,才赏你个参谋吗?你以为白翰林曾有书信来,极力称道你文武全才,就白给你个参谋之职吗?本将军乃是看你,一者,敢于勇闯千军万马,只身劝降董重质;二者,敢于勇闯兴桥栅,死里逃生;三者,一战而生擒李祐,使本帅得知敌军虚实;四者,武艺精到,杀了李祐威风。你确有忠心报国之志,斩将搴旗之能,为何反倒推诿?本将军要的不是头衔,而是你的破敌良策。"

梁厚本道:"既然如此,小生也就当仁不让了。"

李愬问道:"可有破敌良策?"

梁厚本道:"元帅向以避实就虚、出其不意而著称,定然已是成竹在胸了,您看看帐外。"

李愬从容踱到中军帐外。漫天大雪正静静地落着,纷纷扬扬,越下越大。

梁厚本也跟随其后,来到中军帐外。大雪飘飘,无声无息。两人几乎是同时各自抓起一把雪,相视而笑了。

李愬从容回到中军帐,梁厚本也跟着回到了中军帐里。

梁厚本感慨道:"这雪可来得真是时候啊。"

李愬问道:"参谋的意思?"

梁厚本道:"如果此时我军不是从正面攻打兴桥栅,叔父那边,也不是从正面攻打洄曲,而是两处联兵,绕道突袭蔡州,给吴贼一个出其不意攻其不备,将会如何呢?"

李愬拍拍梁厚本的肩膀道:"正是应了那句话,英雄所见略同!不过,本帅稍有修正,梁公公那里,可以留下部分人马,以防董重质反悔,表面继续雷厉风行地大举佯攻,将洄曲董重质所属军队缠住;这里留下一千人马,打着我的旗号,将兴桥栅的偏将李进义紧紧牵制,你我就可集中精锐,绕道跋涉,雪夜奇袭蔡州了。"

梁厚本佩服地道:"还是元帅思虑周全。"

元和十二年(公元817年)十二月十八日夜晚,唐军招讨大将李愬亲率精锐部队五千,以李祐为向导,梁厚本为先锋,顶风冒雪,连走六十里地,来到张柴村后安营下了寨。

一小头目对属下官兵道:"这雪越发大了,咱们已经跋涉六十多里,料想今晚不会有什么将令了,抓紧开饭,喝上两杯,然后在帐房里美美地睡上一觉吧。"

于是,唐军士兵席地而坐,吃喝完毕后相枕以卧,随即睡着了。

那大雪却是越下越大,遍地茫茫,北风呼啸,满天雪花飞舞。

大雪下了一个时辰,还在飘洒;士兵们睡了一个时辰,还正在梦中。

梁厚本奉命晃醒了士兵,李祐见有的士兵晃也不醒,便将其踢醒。两人都低声喊道:"起来,起来,都起来,别睡了。"

士兵睡眼惺忪地问:"这么晚了,这么大的雪,哪里去?"

梁厚本道:"元帅有令,到蔡州活捉吴元济去。"

小头目怀疑地道:"这样的大雪,怎么去得?莫不是中了李祐的奸计了？"

李祐怒道："胡说，元帅有令，不许喧哗，不许掉队，违令者斩首！"

士兵们只得急行赶路，跌跌绊绊，极为狼狈，好不容易在将近四更时分赶到了蔡州城外，忽然有鹅鸭叫声传来。

李祐下令道："快到蔡州城下了，那里有个鹅鸭池，军士们，干脆搅它一番，正好掩护咱们行军。"

唐兵便搅乱鹅鸭池，鹅鸭大叫起来。

唐兵趁乱竖上云梯，爬上了城墙，城墙上的吴兵在睡梦中就被砍了头颅。

唐兵只留了吴军一个巡街的更夫，他还敲打着梆子，哆哆嗦嗦喊着："平安无事啊！"

蔡州内城吴元济的节度府里，吴元济正在花天酒地，已经喝得半醉了。他豹头燕颔，衬托得鼻子特大，谁也不会相信他才三十四岁。

他正喝得高兴，一个亲兵跑进来道："报告元帅，城外鹅鸭池乱叫。"

吴元济怒道："混账！这等大雪，你是鹅鸭也得乱叫。再来扫兴，小心狗头。"

四更了，吴元济早已酩酊大醉，却没忘记下令："本帅……回内宫……歇息了……好好守护外宅……谁若胆敢……喧哗惊寝……枭首示众……"

他还不知道唐兵杀到了外宅。滚木礌石、铁蒺藜、车辕条等将其外宅围成了坚固的堡垒般的小城，吴兵躲在堡垒里嘶喊，唐军则在小城之外嘶喊。一亲兵死命捶打着吴元济内宅的大门，吴元济被惊醒了，骂道："妈的，何人喧哗？"

内侍道："像是乱军。"

吴元济骂道:"定是董重质手下那些饿兵,又来闹粮食了,快去拦挡。"

小城内喊声越发大起来。

梁厚本下令道:"放箭。"

万箭齐发之下,吴兵不敢嘶喊了。唐兵却狂喊起来:"吴元济,投降!吴元济,投降!"

小城内,被现实惊醒的内侍绝望地捶打着吴元济内宅的大门,喊道:"元帅,不好了,官军打进来了。"

吴元济这才披衣坐起来,见外面大雪纷飞,怒道:"妈的,又在胡说,这等大雪,他们从天上飞来的不成?谁再胡说,立斩不赦!"

梁厚本见射箭、狂喊作用不大,便下令道:"放火烧他!"

顿时,烈火浓烟,燃烧着的滚木礌石,砸进了吴元济的内宅,顿时传出了吴军的惨叫之声。

预料之外的是,大雪纷纷加上所带柴草很少,火势逐渐弱了。梁厚本急得抓耳挠腮,一时无计可施。

正在这时候,却见一群蔡州百姓,男女老少都有,各自抱着柴草,高声呼喊着:"老少爷们儿,都去烧吴元济啊,那个孬种,再不能让他祸害咱们老百姓了,老天爷睁眼了,官军来了,都跟着快去啊!"

柴草越积越多,大火越烧越旺,浓烟滚滚,火借风势,风助火威,烧向吴元济的内宅,这下可够吴元济受的了。

吴元济慌了,大声喊道:"董重质呢?李祐呢?该死的,还不前来救驾?"

李祐闻言高声喊道:"我已弃暗投明了!我已弃暗投明了!"

一听这话,吴元济真的慌了,内宅门开了,吴元济浑身乱抖着走了出来。

梁厚本下令道:"打入囚车。"

吴元济被打入了预先准备好的囚车,押入后营。

剩下的吴兵见元帅进了囚车,便纷纷弃戈投诚。

只有那个更夫,还继续敲着梆子大声喊着:"平安无事啊!"

李愬亲率后续部队赶到,他拍着梁厚本的肩膀笑道:"梁参谋,看这样子,更夫要打到八更天了。"

梁厚本也笑了,道:"多亏元帅英明。"

他卸下盔甲,回到帐中休息,却忽然想到:好妹妹啊,知音人啊,咱们就要久别重逢了。你可知道,我已经立了多次战功,升任了参谋之职,待回京之后,待叔父参加吐蕃盛典回来之后,我就立马要求叔父派人到你家问名,咱们的婚事指日可待了。他激动不已,兴奋异常。

梁厚本正想着,却见军中文书刘蕡走进来道:"梁参谋,元帅有令,说是平叛大捷了,官军放假休息一天。今晚附近的琵琶岭上有琵琶大赛,梁参谋去看吗?"

梁厚本眼前一亮,心想:若是盈盈妹妹参加大赛,我一定去看。可是,那怎么可能呢?自己不是白日做梦吗?

这刘蕡与梁厚本是结拜兄弟。半年之前,梁厚本一次在军营外面正百无聊赖地徘徊,掣肝锥心地思念盈盈,却听到附近河边传来一阵箫声,凄凄切切,断人心肠,不觉走了过去,认识了正在悲愤吹箫的刘蕡。交谈之下,他才知道这刘蕡也是大家子弟,老父安排好他的婚事,让他娶杨御史之女,入赘杨门。虽然那杨御史之女花容月貌,却是自小娇生惯养,脾气极为暴虐,一连折磨死三个身边丫头。刘蕡难以忍受悍妻,一气之下也逃出家门,弃笔投戎,参加平叛了。不过,他没有梁厚本那样的武艺,只在军前担任文书一职。

梁厚本同情刘蕡的不幸遭遇,又钦佩他为人老成直快,写的一手好诗词,所以两人结拜为兄弟,刘贲长梁厚本一岁,自是大哥。刘贲一说琵琶岭有琵琶大赛,梁厚本便跟着他去了。

别看那琵琶岭只是一个不大的山村,却是远近闻名的琵琶之乡。因为那山坡上的树木、竹林,都是制作琵琶的最好原料,家家户户、男女老少没有不会制作琵琶的,没有不会弹奏琵琶的。举国琵琶大赛的前十名中,总有琵琶岭的人。

当梁厚本和刘贲赶到比赛现场时,两人都被那极为壮观的场面震惊了:

那舞台设在一片广袤的场子里,坐北朝南。南面是山坡梯田,此时没有庄稼又被垫平,层层平坦如镜。

梯田里早已摆满了一排排的长凳,坐满了男女老幼。舞台是用木架搭成,台面是寸余厚的松木,大约有一座宫殿大小。顶上悬挂着四个特大红灯,照得整个舞台如同白昼。舞台的横梁上有一副红绸贯串东西,上面是斗大的醒目大字:琵琶大赛。两旁各有书写于红绸上的对联,也是斗大的字:上联是"龙吟虎啸一时发",下联是"弹破碧天云飞扬"。舞台左右各有门帘,以便出入。

台上还有一排桌椅,上置茶壶茶杯之类。座椅上已经坐了一排官员,个个谈笑风生,身佩宝剑,傲气十足。官员身边,武士站立,举刀侍从目不斜视。

舞台左右各设两桌,坐着四个评判,桌上各有两个盖碗,却无人添茶,不知这盖碗有何用途。

只听梯田里突然一阵噼噼啪啪的爆竹声响,坐在台上中间位置的一个肥肥胖胖的官员站起来,故意高声咳嗽了两声,用公鸭嗓子拖着长腔喊道:"琵琶比赛,现在开始!"

观众立时寂静无声了,都伸着脖子看舞台。

从帘子里面走出来一个女子,身穿大红衣裙,脸上涂满脂粉，稍微有些发胖。她到了台上，一言不发，慢慢将琵琶斜竖在怀里，认真调了调弦，一边弹着，一边唱道：

> 有一美人兮，见之不忘。
> 一日不见兮，思之如狂。
> 凤飞翱翔兮，四海求凰。
> 无奈佳人兮，不在东墙。
> 将琴代语兮，聊写衷肠。
> 何日见许兮，慰我彷徨。
> 愿言配德兮，携手相将。
> 不得于飞兮，使我沦亡。

弹到这里，那女子不弹了，深施一礼后退下了舞台。梁厚本对刘蕡悄声道："这不是司马相如的《凤求凰》吗？用琵琶弹奏，倒也别致。"

刘蕡点了点头，又指着坐在舞台两旁的评判道："看！"

原来那四个评判，从衣兜里取出几个红豆大小的圆球放到了面前的盖碗里。

随后，盈盈出场了。她身穿郑注那身旧衣服，却使梁厚本大吃一惊：难道是盈盈？可是为什么这么瘦削？为什么是男装打扮？转而又想：天下之大，长得相似的多着哩，她怎么会到这里来呢？他顾不得多想了，因为那个人已经开始弹唱了，一口喑哑的男中音：

> 凤兮凤兮归故乡，遨游四海求其凰。
> 时未遇兮无所将，何悟今兮升斯堂！
> 有艳淑女在闺房，室迩人遐毒我肠。

何缘交颈为鸳鸯,胡颉颃兮共翱翔!

刘蕡道:"也是《凤求凰》啊。"

梁厚本无心应答,台上这人用的琵琶,梁厚本虽看不大清楚,却是越看越像自己送给盈盈的那把。他正在疑惑不定,却见那四个评判取出几个红豆大小的圆球,放到了面前的盖碗里。随后,从那排坐着的官员中走出一人,将四个评判盖碗里的圆球收了过去,点清数目后,走到台前拉着长腔道:"我宣布:第一局,左兴娘与郑重,得分相同,难分输赢。继续第二局比赛。"

梁厚本这才知道,原来第一个出场的就是长安有名的琵琶高手,琵琶大家曹善才的弟子左兴娘,第二个出场的乃是名为郑重的小男子。郑重?也姓郑?难道是盈盈女扮男装?他抑制不住兴奋和激动,不觉又向前挤了几步,想进一步看个仔细。然而,座位满满当当,哪有他立足之地,旁边的人生气地道:"坐下,挡着我了。"

他只好重新坐下,因为第二局已经开始了。仍然是左兴娘先演奏,她一边弹着琵琶,一边唱道:

昭君拂玉鞍,上马啼红颜。
今日汉宫人,明朝胡地妾。
汉家秦地月,流影照明妃。
一上玉关道,天涯去不归。

起初似乎还没有什么特别高明之处,待到弹了几声,唱了两句,左兴娘却突然将琵琶从左面一下子转到了右面,将右手弹奏换成了左手弹奏,声音似千军万马,暴风骤雨,让人惊心动魄。初时，观众只是屏气敛声，静心啼听，待弹奏结束良久才想起鼓掌叫好，欢声雷动。梁厚本心想：无怪乎人称左手左兴娘，怕是那郑重要甘拜下风了。

然而，出乎梁厚本意料的，接着出场的却是一位白发苍苍的中年妇女，双手高举着琵琶，面向台侧，却不是对着观众。那是盈盈的嫂子李氏，梁厚本只见过她几面，她又历尽沧桑，面色黧黑，梁厚本哪里认得？这时，又有两人抬着一张长方形的桌子放到了中年妇女的对面。随后，身着男装的郑重走上了舞台，赤着脚躺在了那个长方形的桌子上，中年妇女仍是举着琵琶站在桌子旁边。难道还会躺着用脚弹琵琶吗？天啊，哪见过这样的技艺啊！

果然，郑重用脚轻轻弹了几声，定了定匙头，流畅地演奏起《王昭君》：

> 白日望归雁，
> 夜晚数星辰。
> 肝肠几回折，
> 月影伴泪人！
> 春风无南北，
> 何必出塞吟。
> 琵琶苦调多，
> 人生贵知音！

那十个脚指头，忽上忽下，忽左忽右，忽轻忽重，忽快忽慢，竟然比手指还要灵活。而那歌声，悠扬婉转，动人心魄。低时，犹如切切私语，情人夜话；高时，又如轰轰巨雷，荡人心弦。郑重越唱越悲愤，声音越来越高亢。声音回环转折，就像在云彩里歌唱，仙乐来到了人间。忽然，人弦俱寂，两旁的评判都站了起来，继而成千上万的观众大声喝彩。

然而，偏偏此时不幸的事情发生了：郑重高兴地从桌子上忽地坐了起来，头上的帽子却也随着掉到了地上，一头长发披在了双肩。

"啊，女的？"

"女的！"不知是谁大惊小怪地嚷道。

梁厚本也认出了盈盈，情不自禁地高声喊了一句："盈盈，妹妹！"

"谁是盈盈？哪个死妮子是盈盈？"从台上那排座位上站起一个人高声喊道，一听声音，一看那人的长相，梁厚本和盈盈都吃了一惊——不是别人，正是仇士良。

原来，仇士良奉命为皇上采购供佛物品恰好路过琵琶岭，当地官员为了巴结他，特地请他来主持大赛。只是近日他患上了伤风，只知道参赛人有个名叫郑重的，他也未曾在意。他在台上戴着个带捂嘴的貂皮薄帽，盈盈和梁厚本哪能料到？焉能认得出来？

梁厚本见仇士良指挥手下武士要包围现场，不放任何人逃跑，他深深懊悔刚才自己那冒冒失失的一声呼喊。不过，平叛的刀山火海他都经历了，阳沟里还能翻船吗？好在他身背弓箭，他迅速拉开弓，一连射出四只利箭，将舞台上的四盏灯全部射灭了，整个大赛现场漆黑一片，观众乱了套。

待仇士良令人点起灯笼火把四下追赶时，哪还有盈盈姑嫂和梁厚本的影子。

## 第十章 怒倒丹炉

元和十三年（公元818年）的春天。

由于去年关中一带大旱无雨，导致庄稼颗粒不收。今年春天春脖子又长，晴一天阴一天，好像与饥肠辘辘的穷百姓开玩笑似的，你越盼雨，那一阵风又把头顶上的黑云彩刮得无影无踪了。三春了，柳树上刚吐出小米粒般大小的绿芽，夜里忽来一场北风，第二天又被冻得蔫了。百姓中逃荒的，要饭的，抢劫的，出殡的越来越多。不久，瘟疫也流行开了。按说这该是郑注大显身手的机会，然而连肚子都混不圆的穷哥们儿，哪有闲钱补笊篱？郑注眼看着馅饼就在嘴边转悠，可是自己是武大郎盘杠子——两头不着地，就是吃不到。他越急就越找事，越找事就越拿着盈盈和李氏出气。

自从盈盈和李氏先后离家出走之后，郑注倒可以天天恣意与翠花调情鬼混了。但他哪里想到，这两个眼中钉肉中刺偏偏是大难不死，又几经颠沛流离回来碍事了呢？而且，他得知梁守谦戴罪监军的事后，心思有了改变，不敢贸然就把盈盈许给王守澄的侄子。因此他便拿李氏出气,张口就骂李氏"老不死的""老乞婆""混账老东西"。对盈盈,他有所忌惮,只能哪里疼就戳哪里,今天说,平叛被打败了,官军的将领被俘了;明天又说,梁厚本给他托梦了,说他被叛军扔进冰窟窿淹死了,搅得盈盈越发心神不安,忧心忡忡。信吧,他狗嘴吐不出象牙来,哪有一句人话?不信吧,他又极会撒谎,说得有鼻子有眼。

更要命的是,郑注认定了烧汞炼丹借以攀附权贵、发财致富的伎俩,天天硬逼着盈盈为他扇火炼丹,气得盈盈将丹炉推倒,一病不起了。

已经十七岁的盈盈又长高了半头,她虽然面黄肌瘦,但眉眼却更加俊秀。她躺在床上,呆呆地望着屋顶,病体恹恹,憔悴不堪。

嫂子李氏坐在她身旁,劝说道:"好妹妹,你不能老是这样,不能跟你这个瞎折腾的混账哥哥硬碰硬。你不吃不喝,无非是想俩眼一闭死了,那倒利索,可是你能真信他瞎白话的那些?还记得琵琶大赛的那天晚上吗?是谁喊了一声盈盈?我听那声音好像是梁兄弟,可是声音又那么粗,又不大像。若真是梁兄弟,一旦他立功回来了,你倒先走了,那不是要他的命吗?"

盈盈闻言,茅塞顿开,吓得大汗淋漓,忽地披衣坐起来,道:"那该怎么办?"

李氏道:"该吃吃该喝喝,随你哥他瞎折腾,不去管他,省得他炼不出丹来拿你出气。"

盈盈苦笑道:"怪不得俗话说老嫂比母呢。"她忽然觉得嫂子可不是没主意的人。

李氏戳了盈盈前额一指头,道:"你也学会奉承人了?

快起来吃饭吧。"

正如李氏所说,"瞎折腾"的郑注也加快了"折腾"的步伐。没多久,他就把院子靠东墙边的石榴树刨了,在那里新搭盖了一间简陋的小房,即所谓的丹房了。

房内别无所有,只在正中设一火炭炉子。

这天,炉上一口小小砂锅内咕咕作响,冒着热气。炉火渐息了,坐在炉前小机子上的盈盈打着瞌睡,手里的扇子落在地上,不一会儿就进入了梦乡。她嘴里小声叫着"梁哥哥",脸上浮起了幸福的微笑。她梦见梁哥哥平叛胜利,骑着高头骏马回来了,她不顾一切地向马前奔跑,梁哥哥也飞速跳下马来,一把抱起她,放在马背上,自己跨上马将她揽在怀里,道:"妹妹坐稳了,咱们要回家了。"

盈盈感到无限的温暖,洋溢在幸福之中。忽然,一只恶狗迎面扑来,她"啊呀"一声惊醒了。

没有了梁哥哥和猛扑过来的大狗,只有一阵脚步声。知道是郑注来了,盈盈拾起扇子懒懒地扇火。

郑注身着纶巾羽服,装模作样地倒背着双手,大摇大摆地进了丹房。

郑注见盈盈扇火,喜道:"这还不错嘛,明白过来了?"盈盈不想言语,低着头只顾扇火。

郑注却继续数落着:"噢,长大了?有能耐了?作怪了?我叫你许配王公公的侄儿王继祖,你却偏偏要为梁家守节。看到过磨道里的驴吗?就得用鞭子抽!说我是势利小人?你不也是怕我告诉仇公公你是装死,也就老实了?"

盈盈憋着怒火,低头不语,使劲扇起火来。

郑注忙道:"轻轻地扇,这可是奉了王公公之命,给当今万岁爷炼的长生不老金丹,配着人参、鹿茸、熊掌、虫草,多少名贵药材啊！要炼七七四十九天，日夜不息，童女扇火，诚心诚意。今天才第七日，你别怕辛苦，等炼成了丹，何愁不来荣华富贵。"

盈盈怒道："不等你炼成了丹，就把我累死了。"

郑注教训道："不能再想梁家了，死了心吧。"

盈盈道："士为知己者死，我生是梁门人，死是梁家鬼！"

郑注怒道："心跑哪去了？仔细扇火。"

盈盈道："我寸步没离，能跑到哪里？"

郑注抬手一巴掌，打得盈盈一个趔趄。

盈盈记起嫂嫂不要"硬碰硬"的嘱咐，强忍住疼痛，强压住怒火，恨恨地说道："哥哥打死小妹，也没什么，你有的是银子，再花钱雇个童女，还不是一样？"

"银子"二字，确实有效，郑注哆嗦了一下，却又道："是啊，如今这年头，买官不难，买个小丫头更容易，她们比猪狗还便宜。"

盈盈闻言，更加生气，不觉狠劲扇了几下。

郑注举手又要打。盈盈忍不住了，怒道："我就是头猪，是条狗，也不能不叫吃，不叫歇，被你关在这小屋里，不分昼夜，一个劲地扇火吧？你还是我哥哥吗？难道一点手足之情都没了？"

郑注也来了气，怒道："你当你还有什么仗势，什么盼头？姓梁的一老一小怕是早就死在乱兵堆里了，还能顾得上你？你当你是谁？千金小姐吗？会弹两下琵琶，能当吃当喝？长大了顶多也就是个扫地抹桌子的丫鬟，给人家当小老婆！你不是不愿意嫁给王公公的侄子吗？人家早有三妻六妾了，即使同意，你也不过是个七姨太！谁是你哥哥？你个赔钱货，能跟我郑大官人比？"他摇摆着自己的纶巾羽服，继续道："俺是丹台的贵士,紫府的仙长,跟你称兄妹?也不撒泡尿自个照照?"

盈盈真的被郑注的这番打骂羞辱激怒了,她高声喝道:"哼,贵士?仙长?脸皮比城墙都厚!你算什么神仙?灵丹妙药,灵丹妙药,你见谁成仙得了道了?不过是哄骗豪门的酒食罢了,不过是做梦升官发财罢了!猪狗也比你有脑子!"

郑注闻言暴跳如雷,上去又是两巴掌,嘴里骂着:"你真想找死?竟敢笑话我的大道!这丹炉是有鬼神守护的,岂能容你胡言乱语,亵渎神灵!"

李氏急忙跑了过来,挡住了郑注,高声质问道:"你真想把妹子打死?"

郑注的声音更高,咆哮道:"打死也是她自找的!我叫这死妮子守着丹炉,她不用心就该打,还骂我假丹骗人,触犯了丹神,如今把真丹都吓走了,不打死她,留着她把我气死啊?"

郑注推开李氏,又要打盈盈。

盈盈胸中怒火燃烧,气愤填膺地叫道:"本来就没丹,往哪里跑?"

她猛地将丹炉蹬倒,跑进自己卧室,关上了房门,趴在床上放声大哭起来。

郑注却傻了眼……

不过,你不要小瞧了郑注这类无耻小人。对他个人来讲,他信奉"不管别人怎样骂你,那个当不了吃喝,办成事才是赢家"这句不知是他哪个狐朋狗党的"名言",越是坏事,他越是拼命拉犁尖,一个劲儿地向前直拱。

这不,数日之后,梁家别墅的院子里又重新搭起了丹房,房内重新摆设了丹炉,郑注买来一个十多岁的小丫头,名叫金花，在守炉扇火。

盈盈被郑注锁在了房间里，郑注赌气要饿死她，死了活该她命短。他自己则独自灌起"儿马尿"来，弄了个酩酊大醉。

郑注和衣睡在床上，呜呜呀呀说着梦话、醉话："哼，两条腿的牛马……不好找，两条腿的……小丫头，五两银子……买一车！"

李氏悄悄走进屋来，趁郑注翻身时，偷偷将其拴在腰里的一把钥匙解下来藏在了席子底下。

过了不久，郑注打了一个激灵，醒了，匆匆忙忙披衣往外走。

李氏小声嘟囔道："又给那个什么王公公舔腚去了？"

郑注没听清，知道不是好话，便骂道："死老婆子，你懂个屁。世上之人，谁不势利得要命？谁跟乌纱帽、银子有仇？舍不得孩子套不住狼，后日是王公公的生日，做徒弟的理当拜寿，王公公如同自己的爹娘，我能不去吗？"

他嘟囔着走了。

李氏赶紧拿出钥匙，打开盈盈卧室门上的锁，道："瞎折腾的走了，快来吃饭吧。"

## 第十一章 军功易主

第二日，禁军中尉王守澄的府邸，门丁班头挡住了郑注。

班头道："郑相公又来了？"

郑注指指身后一个带着礼品的厨子道："明日是恩师的华诞，正客必定甚多，哪里能轮到小可。因此，小可特地叫了个包酒的苏厨，备有薄礼酒宴，来为公公拜寿。"

班头道："既是上寿，那是有规矩的。"

郑注又是弯腰又是点头地道："这是自然。"说着悄悄递过去一个红封。

班头接过来捏了捏，撇着嘴说："不知道涨价了？"

郑注只得又悄悄递过去一个红封。

班头脸色缓和下来，挪了挪身子闪开一条缝，道："将就着，进去吧。"

这时，王守澄正在府邸客厅里等着收礼。他身着蟒袍玉带，侍从分立两旁，正神气着哩。

郑注三叩六拜道:"弟子郑注祝愿恩师位极人臣,寿比天高,福如东海。"

王守澄点点头,问道:"贤契,后面捧的是什么礼品?"

郑注道:"弟子备有薄礼鲁酒,惟愿公公多福多寿。"

跟在郑注身后的苏厨立即点上风烛一对,挂上锦帐一幅,施礼叩拜后退下了。郑注斟了酒,敬献给王守澄。

郑注道:"全赖公公赤胆忠心,辅佐圣上,才有这国泰民安,承平盛世,才有这人间帝都,天上仙府啊。待他日炼成金丹,公公定会寿比天高,返老还童,千岁千千岁哩。"

王守澄听得像是吃了人参果,浑身舒泰,嘴里却说道:"贤契太过誉了,像尔等采药炼丹,才是神仙哩。"

郑注受宠若惊地忙道:"岂敢与恩师相比,折煞徒儿了。"

王守澄叹道:"说来惭愧,从来也没有太监能做神仙的啊。"

郑注心里知道,王守澄说的是实话,但他脑子来得快,说道:"那麻姑毛女,是女子之身,尚且可以掷米成珠,长生不老,何况公公时刻沐浴浩荡皇恩,上承天子之气,下接黎民之福。"

王守澄闻言又来了精神,道:"说的倒也有理。"

王守澄瞥了一眼郑注的鲁酒,略一沾唇,算是喝过了。

郑注又招呼苏厨道:"请菜!"

苏厨献上了菜。

王守澄夹了一口菜,算是吃过了。天天山珍海味,他还有什么食欲呢?

郑注命令苏厨:"请汤!"

苏厨献上了汤。

郑注跪着一一敬献给王守澄。苏厨悄悄退出去了。

王守澄道:"弟子好有礼性,起来吧。"

郑注又磕了三个头,才爬起来道:"多谢恩师。"

忽然,一个侍从匆匆走进来报道:"有淮西塘报人报捷。"

王守澄便道:"叫他进来。"

只见一个士兵头戴毡帽,腿上打着裹腿,身背一小小包袱,进来叩头道:"塘报人给公公叩头。"

王守澄道:"起来细说吧。"他示意侍从退下,郑注也欲走开。王守澄说道:"贤契不是外人。"

郑注便小心地侍立在侧,谁知这却给他带来了冒滥军功的好机会。

塘报人打开包袱,取出那封捷报,毕恭毕敬地献给了王守澄,说道:"报告公公,大将军李愬雪夜奇袭蔡州,活捉了吴元济,现有捷报敬上。"

王守澄一听活捉了吴元济,心里大吃一惊,脸上却是故作大喜过望。

郑注哪里知道王守澄和吴元济勾结的内幕,趁此机会献媚道:"虽说是李愬小捷,照弟子看来,还不是恩师您这根定海神针的功劳啊。"

王守澄接过报捷书,对塘报人平静地说道:"外厢领赏去吧。"塘报人叩头谢恩,退出了客厅。

王守澄看着捷报,轻声念道:"首功大将军李愬,偏将李祐等。参谋梁厚本,运筹有功,当居第一。"

郑注听罢大吃一惊。

王守澄却诧异道:"这梁厚本不就是个犯上作乱、惹事生非的不轨之徒吗?梁中尉的侄子而已,为何偏偏还要叙上他的功劳?还不是梁中尉假公济私,让他有意冒滥军功吗?淮西之役,梁中尉本是总监督,为何圣上命他出使吐蕃?还不是圣上宽大为怀,给他个台阶好下吗?现如今,捷报上没有梁中尉之名，还能有他侄子？这梁中尉，也太会算计了吧？岂不知，凡是报捷之书，先得在咱家这里过目之后才能上奏，咱家又岂能让他们的阴谋得逞呢。"

郑注闻言转惊为喜，忙道："是啊是啊，这个梁厚本原就是个狂妄书生，不过是仗着他叔叔的势力，胆大妄为、狐假虎威罢了。若是这样的奸佞得了志，定然会不利于朝廷，不利于恩师啊。"

王守澄生气地拿起毛笔，一下将"梁厚本"三字抹去了，沉思着自语道："这样的纨绔子弟，我这里偏不用他，换上谁好呢？"

郑注闻言扑通跪倒，悄声道："恩师一向抬举孩儿，亲爹亲娘也不过如此，如今可是个极好的机会！"

王守澄笑道："说的有理，这就改成：'参谋郑注，运筹有功，当居第一'。咱家命文书房照此挖补，一同上奏便了。"

郑注磕头如捣蒜，感激涕零地道："恩师就是孩儿的亲爹亲娘！"

王守澄道："起来吧，如今你也是个官儿了。"又喊道："来人，速将吴元济斩首示众！"这才是王守澄关心的要命的大事。

"功居第一"的梁厚本还正盼着奉旨凯旋，早日见到知音人哩。

一个月之后，梁厚本跟随大将军李愬来到了李府府邸客房。

梁厚本对李愬道："恭喜大将军，如今奏凯还朝，加官晋爵，指日可待了。"

李愬叹道："遗憾的是，未等淮西大捷，梁公公又奉旨参加吐蕃庆典，否则，你们叔侄一同受封，岂非双喜临门？下官那叙功本上，已经开列了参谋之功，圣旨一到，参谋必会升职。"

梁厚本喜道:"多谢大将军。"

话音刚落,门外高呼道:"圣旨下!"

李愬、梁厚本等闻声立刻到客厅门外,跪下听旨。

只见宦官王守澄手捧圣旨,大摇大摆地走进李府,高声道:"圣旨已到,跪听宣读。诏曰:淮西招讨大将军李愬,奖率诸军,克定淮蔡,功莫大焉,擢升山南东道节度使,封凉国公,即刻赴任,不得有误。其在功人员李祐等,俱为左右神武将军。郑注参赞有功,授晋王府司马。领旨谢恩。"

李愬谢恩领旨后,王守澄大摇大摆地走出了府邸。

梁厚本惊异地站起来,心中自语道:叔父前去参加吐蕃庆典,尚未回还,此次圣旨上未有封赏,倒也有理。怎么没有小生名字,反倒有郑注的名字呢?这就太奇怪了……

李愬已经换了国公服饰,对梁厚本道:"当时捷报上明明有贤侄的大名,何以圣旨上只字未提,反有郑注呢?"转脸对侍从道,"传塘报人。"

不大会儿,那个塘报人就来到李愬跟前,叩头道:"参见国公爷。"

李愬问道:"当日在王守澄那里挂号报捷,何人在场?"

塘报人道:"只有王公公和一个亲信。"

李愬忙问:"亲信?"

塘报人道:"精瘦的一个小个子,眯着眼。"

梁厚本道:"难道是郑注?"

塘报人恍然大悟地道:"想起来了,他自称郑注。"

李愬挥了挥手,道:"去吧。"塘报人退了出去。

李愬对梁厚本道:"此事必有蹊跷。贤侄试想,本帅刚刚奏捷回朝,圣上为何下旨让我立即赴任,不得有误?显然是不容我等过问朝事，任由宦官为所欲为。再者，平定淮蔡期间，梁公公与本帅谈到，吴贼被俘之后，万万不可当即斩首，定要审问他究竟有无朝中内奸。谁料，圣上于兴安门接受献俘，未曾审问就将吴贼及其亲信斩首、妻孥发配了。老夫岂能听之任之？贤侄请随我进宫面君！"

梁厚本连忙拦住道："元帅三思。如今圣旨已下，圣命难违，岂能为小生连累国公呢？再说，吴贼及其亲信已死，难取实证，如果元帅鲁莽行事，难免被奸佞倒打一耙。"

李愬道："贤侄所言极是，圣上要下官即刻赴任，不得有误，其他之事也顾不上了。贤侄就在这里暂且住下，静候梁中尉还朝吧。"

梁厚本无可奈何地道："遵命。"心想：李国公既然说其他之事顾不上了，自然也包括我的事了，我何必再自找麻烦呢？但是郑注之事，使他愤愤不平。

梁厚本望着李愬匆匆远去的背影，心想：淮西平叛时，何曾见过郑注的影子，怎么叙了他的功劳呢？大将军李愬一向黑白分明、办事严谨、诚信待人，既然说是叙功表里有自己的名字，当然毋庸置疑。肯定是朝中有人捣鬼，很可能就是王守澄一伙儿。想到这里，梁厚本心头升起一股怒火。

他见李愬阖府上下都在为国公爷赴任之事忙得手忙脚乱，自己也插不上手，也不愿意给李愬增添麻烦，便郁郁不乐地出了府门。

他满腹狐疑、漫无目的地走着，正在郁郁之际，却忽然听到一阵喝道之声，梁厚本定睛一看，正是郑注峨冠博带、趾高气扬地骑着马过来了。

郑注的侍从高声吆喝着："闲人闪开，闲人闪开，晋王府司马郑大官人进朝了！"

梁厚本轻蔑地一笑，迎着郑注一伙径直走了过去，心想：这郑注也人模狗样起来了？乌纱象简，仆马跟随，他倒不害臊啊。我得问他两句，看他如何答对。

梁厚本拦住马头，迎面作揖道："这不是郑大官人吗？恭喜恭喜啊。"

郑注正在马上做着白日梦，猛听到有人在马前问话，不禁吃了一惊，连忙停下马，将鞭梢微微一抬，眯缝着细眼打量来人。郑注认出是梁厚本，惊得出了一身虚汗，心想：三十六计，走为上计。便冷笑道："原来是你这个骗子，姓梁的，本官忙着去鸿胪寺谢恩哩，休得在此放肆！小的们，将他赶开！"

侍从们不知道个中底细，连忙呵斥着推开梁厚本，簇拥着郑注远去了。

梁厚本气得浑身发抖，对着郑注的背影骂道："狗仗人势的小人！"

一个侍从却返回来高声喝道："姓梁的，你这个骗子，听好了，老爷有令，限你三日之内滚出长安，不许骚扰官府。否则，老爷即刻面见晋王，捉拿你归案！"

到了第二天，郑注已经将家搬进了晋王府司马的官邸。

客房里，郑注独自坐在圈椅上品茶，一个侍从进来磕头道："小的过去只是跟随老爷背背药袋的小二，如今老爷发迹，提携小的也做了门官，小的岂能秃子跟着月亮走——沾光不觉？小的定尽生死之力，报答老爷。"

郑注叹道："起来吧，你哪里知道，如今人心大坏，一旦你富贵了，原先那些八竿子打不着的人，也来冒充亲戚。等会儿倘若有个叫梁厚本的无赖来胡搅蛮缠，一定把他轰出去。"

侍从道:"保证连个苍蝇也叫它飞不进来。"

这个门官赶忙带领两个家丁把守着府门。你可别说,这郑注还真有"先见之明",梁厚本果然又找上府来了。梁厚本心想:即使郑注赖婚了,盈盈总不能也赖婚吧?他还得到郑府问个究竟。但是,门官却将他挡在了门外,高声喝道:"你是何人,胆敢乱闯?"

梁厚本客气地说道:"请禀报郑大官人,妹丈梁厚本拜见。"

一听真是梁厚本来了,那门官怒道:"胡说!无怪乎老爷说,如今人心大坏,八竿子打不着的无赖也来冒充亲戚?"

梁厚本怒道:"你这奴才,竟敢胡说!元和十一年,你家主人将他妹子盈盈许我为妻,我们是纳过采、下过聘礼的,怎的说没有?"

门官冷笑道:"谁有闲工夫听你胡编乱造!也不怕放屁砸了脚后跟?立马走开,可别疤癞眼照镜子——里外不是人!来人啊!"

门内涌出了一群家丁,动手就要打梁厚本。倘若是过去,梁厚本定会让这几个奴才滚的滚,爬的爬,个个像王八吃西瓜。现如今,梁厚本经过了这许多的历练,已经老成了不少,他不屑与这班小人争斗,一边恨恨而去,一边琢磨着如何能见到盈盈。

那门官却跟在后面,高声喊着:"姓梁的,你这个骗子,听好了,老爷有令,限你三日之内滚出长安,否则,老爷即刻就去面见晋王,悬赏捉拿你归案!"

这话是梁厚本第二次听到了。初听时,还以为是郑注拉大旗作虎皮的一时恐吓之语,这第二次听到,却使梁厚本大吃一惊。因为他知道晋王府司马并非什么了不起的大官儿,可是这晋王,却是当今皇帝的胞弟,叔父梁守谦曾经跟他讲过,这是个不分青红皂白、胡作非为的亲王，不能不提防。

这时候，晋王府司马郑注的官邸里，郑注正与二夫人翠花喝酒。翠花与金花都是郑注买来的丫鬟，都被郑注先奸后娶，做了小老婆。郑注今天做贼心虚，即使喝酒，也是郁郁不乐。

翠花见状便道："王公公不是答应还要升老爷为神策军判官吗？为何你还闷闷不乐呢？是不是还是因为你那个难缠的妹妹？"

郑注叹气道："是啊，姓梁的那小子来捣乱我不怕，实在不行，就给他胡乱安上个罪名，撵出长安就是。难的是那个死妮子，忘不了她那个知音人，还不死心。"

翠花笑道："奴家倒有个主意，你那个老不死的就办了……"

郑注知道那"老不死的"是指李氏。

翠花对着郑注的耳朵嘀咕了一番，郑注笑道："没想到，你比我还坏。"

翠花道："人家巴巴地给你出谋献计，你倒狗咬吕洞宾，不识好人心了。你先别高兴得太早了，你那个老不死的，还不知道能不能中计哩。"

郑注道："那个直肠子驴，哪有你这么些弯弯绕儿。"

李氏确实心地直率，她正病在床上，没有想到有人正盘算着利用她。

小丫鬟匆匆跑了进来，道："奶奶，老爷来看你了。"

李氏一愣，想不到那黑心贼还能来看她，便对丫鬟道："扶我坐起来。"

郑注匆匆走进来，用手捂着鼻子，问道："还没好？"

李氏冷笑道："今儿个太阳从西边出来了，还想着到这屋落落脚？"

郑注道:"你知道什么!这两天晋王忙着审案子,审问淮西大捷时俘获的吴贼将领,他非要我陪审,累得我脑袋都大了,真是官身不自由啊。"

李氏道:"我也不听你臭显摆,你还是抽空去看看妹妹吧,我也是叫她愁病的,究竟有没有梁兄弟的准信儿?"

郑注一本正经地道:"你千万不要告诉她,梁厚本死了。"

李氏看惯了郑注的伎俩,讽刺道:"又在那里瞎编。"

郑注却一本正经地道:"你真是个榆木疙瘩!以前,我不是给你说过,姓梁的闯进叛匪窝里了吗?这回审问吴元济的一个偏将,他交代,吴元济亲自下令,将那姓梁的绑在桥头柱子上冻死了,这紧要关头,还能有假不成?"

李氏一听郑注这话,似乎是有根有据,便一头晕倒了。郑注早已捂着鼻子扬长而去了。

李氏本来已经病了多日,哪能经受得住这个晴天霹雳的打击?她发起了高烧。小丫鬟去找郑注,郑注不理,还将她臭骂了一通。去找盈盈吧,盈盈也正病着。正在万般无奈之际,盈盈病体恹恹地来探望嫂嫂了。

小丫鬟忙道:"啊,小姐,您好些了?"

盈盈道:"你回房休息去吧,这里有我呢。"小丫鬟退下去了。

盈盈将一块热毛巾敷在嫂嫂的前额上,坐在她床前,眼里含着泪花。

李氏说着梦话:"梁兄弟……你那么个聪明人……怎么能……闯进叛匪……窝里……被人绑在桥头柱子上……冻死呢?这不是……要妹妹的命吗……"

盈盈知道嫂子是个实在人,做梦也不会撒谎的,她想推醒嫂子问个清楚,又见嫂子烧得满脸通红,情急之下,自己也晕倒了在床前。她真的相信了。

就在此时,长安左中尉梁守谦府邸梁厚本的书房里,梁厚本正气愤地来回踱步。一个小厮匆忙跑进来,惊慌失措地道:"大街上贴着捉拿公子的通缉令,说公子冒滥军功,扰乱治安,这里还有一封书信。"

梁厚本气得浑身乱抖,他接过书信,示意侍从退下。

梁厚本看着信,长叹一声,将信放在书案上,沉思不语了。叔父梁守谦来信说:"宦海浮沉,若有寻衅滋事者,切切不可鲁莽。你可暂投白乐天,他已由江州司马升任杭州太守。贤侄南渡读书,亦不失为韬晦之道。那吐蕃原本就与大唐交好,老夫单枪匹马,亲到吐蕃参加其庆典,彼此结为联盟,两家关系更为友好,尽可放心。万万不必来此边塞,万万不可逞勇恃强。念兹在兹,切切勿忘……"

他紧攥拳头,狠狠砸向书案,心里道:盈盈啊,妹妹,我的知音人啊,如今你怎么样啊?难道说我没有建功立业吗?为什么反要悬赏捉拿我呢?为什么你我知音,却不能相见呢?你我又要天各一方了,这天理公道何在啊?这天理公道何在啊?

他气愤难禁,弹起了一首即兴而作的琵琶曲《难问天》:

血洗功业浮云散,
天理何在难问天。
知音咫尺成天涯,
世情岂能淡如烟。
高山峨峨河漫漫,
何处大道通长安?
男儿不息自强志,

独抱琵琶挂长帆。

翌日,二十一岁的梁厚本便愤懑不平地踏上了奔赴杭州的漫漫旅途……

转眼之间,到了元和十四年(公元 819 年)的初秋。杭州白居易府邸里,白居易批罢文书,正要去看望病中的梁厚本,一个平日侍奉梁厚本的小厮慌里慌张地跑来,道:"回禀老爷,不好了,梁公子接到一封什么郑注的来信,说梁公子的未婚妻不愿改嫁王公公的侄儿,为他殉情了,梁公子急疯了,要到韬光寺出家去。"

白居易一愣,立即叫来侍卫官,令他火速去韬光寺把梁公子拉回来。

韬光寺的禅室里,住持和尚举起剃刀正要为梁厚本剃发,侍卫官闯进了禅室,大声喝道:"且慢!"不由分说,与几个士兵架起梁厚本就走。

回到府邸书房后,梁厚本已是痛不欲生了。

白居易轻轻拍着梁厚本的肩膀,道:"郑注是什么人,你比我清楚啊。他说盈盈为你殉情了,你就真相信?再者说,即使盈盈已经为你殉情,难道你为红颜知己遁入空门,就是她之所愿吗?你叔父梁公公视你如同己出,难道他愿意看到你如此英雄气短吗?人之一生,谁不遭遇坎坷崎嵫?你这等短视,如何兼济天下?"

梁厚本哽咽道:"话虽如此,情何以堪!"

白居易请他放宽心,许诺派人去京城打探盈盈的消息。梁厚本虽然暂时打消了出家的念头,却总是无精打采,郁郁不乐。他哪里知道,正是这个时候,朝政却发生了巨变。

## 第十二章 盈盈入宫

元和十五年（公元 820 年）正月二十七这天，李纯做梦也想不到，开创了元和中兴、被称颂为"一代明君"的他，末日即将来临了。

他中年之后，总想长生不老，便让属下宦官没黑没白地给他烧汞炼丹，那些仰其鼻息、唯命是从的阉宦也乐得借此取宠。谁知，李纯越是服丹吃药，就越是虚弱，再加上那些三宫六院的嫔妃，煞费苦心、千方百计地引诱他恣情纵欲，李纯的身体已经被掏空了。

这天一大早，按着王守澄和仇士良的吩咐，小太监给李纯摆上了酒宴，李纯哆哆嗦嗦地端起酒杯，许久才举到唇边，那酒却已经洒出了一半。他登时暴躁起来，愤怒地将酒杯摔在地上，将案上的酒菜呼啦推了一地。

王守澄是个见过大阵势的人，可是也从来没见过李纯像今天这样暴躁任性，他一时有些胆怯，犹豫了一会儿，对仇士良耳语了一句什么，仇士良便出殿传来一个肥肥胖胖、白白净净的和尚。和尚见此情形，早也失了定力，手敲着木鱼心不在焉地念佛，念着念着，偷偷瞥了一眼李纯。李纯偏偏看到了和尚偷觑的神情，当下大怒，飞起一脚将木鱼踢飞了。和尚吓得浑身筛糠，惊惶失措地退下了。

王守澄与仇士良见此情景，也吓得匍匐在地，瑟瑟发抖，猜不透李纯究竟意欲何为。

倒是仇士良终于壮着胆子，对李纯道："圣心高远，奴婢们不能窥其万一。想是皇上刚刚服过柳泌新进的金丹，这批金丹药性奇佳，初服下时，不免热燥。稍待片刻，圣上就会精神倍增。"

李纯稍稍平静了些，说道："殿外伺候。"

王守澄与仇士良擦着冷汗退出了殿外。

王守澄摸着脖子，对仇士良道："亏了你小子这几句。"

仇士良道："奴才能有今日，还不是公公一手提携，奴才甘愿为公公剖肝沥胆！"

王守澄对阶下传令道："侍卫一干人等，都撤于午门之外，谁若惊了圣上安眠，立斩不赦！"

众侍卫巴不得这一声命令，都悄悄撤到午门以外。

突然，寝殿里传出一阵响动，那个常在李纯跟前侍奉的小太监吓得急忙奔出殿门禀报，王守澄与仇士良慌忙跑进寝殿，只见李纯脸色青紫，青筋暴涨，在龙床上忽跳忽坐，声嘶力竭地哑着喉咙喊道："凌迟……灭族……逆贼王守澄……奸佞仇士良……给朕毒丹……传太医……传梁守谦……"

王守澄与仇士良吓得魂飞天外，知道是丹药突然恶性发作，大事不好了。

仇士良忙问王守澄道："传太医？"

王守澄冷汗直流，他也一时没了主意。

仇士良又问:"到哪里传梁守谦?"

王守澄擦擦冷汗,低着头不言语。

仇士良急了,忙道:"大人,该下狠心了!"

仇士良咬牙切齿地对王守澄耳语了一番。

王守澄犹豫不决地小声道:"太子李恒那边……"

仇士良道:"他跑到洛阳打猎去了,咱们趁势把他拥立了,公公还不是当朝元老?"

王守澄仍然担心地道:"倘若梁守谦回来呢?"

仇士良道:"等他回来,咱们早把生米煮成熟饭了,还用怕他?"

王守澄咬牙切齿地道:"看你小子的了!"

不大一会儿,寝殿的灯烛突然一一熄灭了。

坐了十五年龙椅的李纯就在仇士良手下"长生"了,他在历史上被称为唐宪宗。

小太监在殿外透过门缝把这一切偷看了个一清二楚,当场吓得几乎昏死了过去,心想:合谋弑君,这不是满门抄斩的弥天大罪吗……

第二天,禁军左中尉梁守谦率领着一大队人马敲着得胜鼓、打着得胜旗,正浩浩荡荡地赶回长安,距离洛阳已经不到二十里地了。

忽见一个梁家家丁鞭打着坐骑迎面飞驰而来,他奔到中军旗下,滚鞍下马,气喘吁吁地呈上一封家书。梁守谦看过后,大吃一惊,沉思不语了。

梁守谦悄声问那个家丁:"昨夜是何人在宫里为皇上侍驾?"

家丁小声道:"王守澄公公、仇士良公公。"

梁守谦沉思不语,片刻之后,又悄声问道:"可曾发丧?"

家丁悄声道:"只是全城戒严,搜查奸党,文武百官都被王守澄率领禁军囚于殿内,仇士良却率领着一支禁军向洛阳出发了。"

梁守谦一惊,稍一沉思,便果断地下令道:"直奔洛阳,飞速前进!"

洛阳郊外的山林里,太子李恒正率领家将兴高采烈地打猎。他才二十六岁,是个只会花天酒地的纨绔公子。

他头戴朝天冠,身穿银灰锁子连环甲,足穿牛皮短腰龙头靴,跨一匹枣红战马,手里拿着一张弓,看上去很是英武骁勇。他正一马当先地追赶一只野鹿,连发三矢,却均未射中,李恒气急败坏地狂呼乱喊起来。

梁守谦一马当先,率领一大队人马,迎面奔驰而来。梁守谦迅速跳下马来,拦住了李恒的马头。

李恒吃了一惊,怒道:"大胆!"他迅速拔出了腰中宝剑,待看清来人是梁守谦时,有些惊异地看着他。

梁守谦小声说了几句什么。

李恒似乎早有预感,不以为然地道:"死也不看个时候,我这太子还不是个摆设?反正也不会容我继位。"

梁守谦道:"殿下不必焦虑。为今之计,必须速回长安,难道还能将龙位拱手让人不成?殿下试想,无论你哪个兄弟继位,谁能够容得下你呢?"

这几句话确实使李恒恍然大悟,他忙道:"全靠公公鼎力辅佐。"

梁守谦传令道:"速回长安。"

李恒与梁守谦两支人马合二为一,浩浩荡荡地向长安急速飞奔而去。

长安兴庆宫德麟殿里，文武百官正在禁军的监督下，惴惴不安地等待着时局的变化。

禁军中尉王守澄，率领禁军，荷戈持戟、杀气逼人地于大殿内外巡逻，也在等待仇士良迎请太子李恒前来即位称帝。正在不耐烦之际，却见五坊使仇士良率领禁军的一支人马，气急败坏地飞驰到殿下。仇士良滚鞍下马，来到了王守澄跟前，一副满脸沮丧、如丧考妣的样子。

王守澄小声问仇士良道："太子呢？"

仇士良气急败坏地小声道："回公公，不好了，咱们迟了一步，让梁守谦得了手。谁知道他偏偏正是这个时候回来！他挟持着太子即刻就要进京，跟他拼了吧？"

王守澄一愣，无可奈何地叹道："咱们才多少人马？"

仇士良忙道："难道还等死不成？"

王守澄不愧为善于见风使舵的行家，立即对仇士良耳语了一番，仇士良频频地点着头笑了。

王守澄对文武百官下令道："随咱家迎接太子进殿继位！"

王守澄、仇士良、文武百官等急忙赶赴午门之外，纷纷跪拜。

就这样，在一片"万岁"声中，李恒黄袍加身，登上了皇位，他就是历史上的唐穆宗。

李恒故作悲痛地说道："父皇仙逝，朕痛不欲生。朕自知德才浅疏，岂敢君临天下？无奈江山社稷，不可一日无主，只好暂摄国政，以待圣主。全赖诸位爱卿忠贞体国，着梁守谦升任枢密功德使大将军，总揽朝政，王守澄升任禁军左中尉，仇士良升任右中尉，文武百官，各升一级。"

李恒即位后，改元为长庆元年（公元821年）。其时，梁厚本已经二十四岁，郑盈盈二十岁了。

杭州白居易府邸，梁厚本正在书房里看书，白居易兴冲冲地走了进来，道："可喜可贺！下官刚接到报告，梁公公因为拥立之功，荣升枢密功德使大将军了！"

梁厚本听了很是惊喜，道："小生倒急于回京了，一则担心叔父身边无人侍奉，二则前些日子虽打听得盈盈尚在人间，但迄今我二人尚未相见，我仍是放心不下。"

白居易道："是啊，言之有理，待下官交代好公事之后，便与你一同回京。"

然而，他们哪里知道，这个刚刚登上宝座的李恒，就已经开始荒淫无度了。

长庆元年（公元821年）五月初七这天，枢密功德使大将军梁守谦正汗流浃背地领着一支禁军和数名小太监，在兴庆宫里寻找李恒，因为今日乃是李纯下葬的日子，却不见作为主祭的李恒的踪影。

永安殿外，梁守谦正在审问一个小太监："皇上哪里去了？"

小太监跪在台阶上，瑟缩发抖，低头不语。

梁守谦命令侍立的手下太监道："割他的舌头。"

小太监吓慌了，赶忙道："皇上打猎去了。"

梁守谦问道："何人护驾？"

小太监道："王公公、仇公公。"

梁守谦又问道："皇上不知道今儿个是什么日子吗？"

小太监道："知道，皇上还留下口谕，说'父皇安葬之事，由梁枢密全权操持，朕御体不适，就不去景陵了。'"

梁守谦听了，真是哭笑不得，恨不能照自己脸上打一巴掌，心中暗道：安葬先皇都不去的人，瞎子也不该拥立他啊！

我这是办的什么窝囊事啊!

五日之后,这天乃是李恒于兴庆宫德麟殿会见文武百官的日子。朝拜的文武百官已在殿下恭候多时了,还不见李恒的影子,朝臣们开始还鸦雀无声,等了一个时辰还没见皇帝驾临,便开始纷纷交头接耳起来,起初只像苍蝇乱嗡嗡,后来就越发大声了,值殿官打了三次响鞭也弹压不住。

殿上,梁守谦烦躁不安地来回踱步。

一个小太监匆匆跑来道:"回禀大将军,皇上刚刚在宸辉门看了会子角抵戏,就不知哪里去了。"

梁守谦命令道:"再找!"

小太监急匆匆跑下去了。朝臣们只得耐下心来等待着。

另一个小太监又匆匆跑来报道:"回禀大将军,皇上刚刚在九仙门看了会子杂戏,又不知哪里去了。"

梁守谦怒道:"再找!"

小太监又匆匆跑下去了。朝臣们只得继续耐心地等待着。

又一个小太监匆匆跑来报道:"回禀大将军,皇上在宝庆殿宴请众妃,喝醉了。"

无可奈何,梁守谦只好对等候多时,已浑身酸痛的文武百官道:"退朝。"

数日之后,已经是日上三竿了,李恒还在德麟殿里拥妃而卧。

禁军左中尉王守澄、右中尉仇士良,率禁军立于殿下侍立着。

仇士良看着宫中计时的时漏,瞅瞅日上三竿的太阳,对王守澄道:"禀公公,今日早朝,文武大臣恭候多时了,皇

第十二章 盈盈入宫

上……"

王守澄怒道："多嘴！皇帝御体重要还是上朝重要？"

仇士良忙道："是，是。"

直到日中时分，一个小太监传呼王守澄、仇士良进殿。

李恒睡眼惺忪地坐在龙椅上问王守澄："先皇在时，上朝之前先干什么？"

王守澄道："阅读列朝实录。"

李恒问道："实录是什么？"

王守澄道："文人编写的，记载历代圣君明主治理国家大事的书。"

李恒闻言笑道："那些腐儒酸生，又没当过皇帝，哪能知道如何治理国家？此项免了，接着要干什么？"

王守澄道："三日一早朝，会见文武大臣。"

李恒一听就不耐烦了，忙道："江山社稷都是朕的，是皇帝说了算还是听大臣瞎嚷嚷？此项也免了。"

王守澄一愣，心想：自古以来，皇帝哪能不会见朝臣？便支吾道："这……"

李恒道："那就仨月一次。"

王守澄只得说道："是，是。"

李恒又问："再干什么？"

王守澄道："批阅奏章。"

仇士良抱过来一摞奏章，置于御案之上。

李恒瞅了瞅那些奏章，心想：朕最烦写字了，怎么批阅？他不耐烦地道："这些琐事，还要朕亲自劳神？尔等就坐享俸禄？此项也免了！"

王守澄忙道："是，是，奴才一定为主子代劳。"他倒是乐意听这几句，心里暗想：如此一来，什么事能逃过我王守澄的眼睛呢？还不是由着我任意处置吗？"

李恒又问："朕命你扩修永安殿、宝庆殿，修得怎么样了？"

王守澄道："因为正建的仙山倒塌，砸死七八个民工，梁大将军命暂时停了。"

李恒一听就火了，怒道："胡说！死几个贱民就停工？倘若在乎这个，朕的宫殿岂不都破败不堪了？继续扩修！"

王守澄忙道："是，是。"

李恒又忽然想起什么，忙道："朕来问你，从全国选拔秀女的圣旨发下了吗？"

王守澄道："被梁枢密扣下了。"

李恒勃然大怒道："混蛋！他今日为何不来朝拜？"

王守澄道："说是偶感风寒，在家养病。"

李恒怒道："混蛋！他是皇帝，还是朕是皇帝？这梁守谦是吃海水长大的？管得也太宽了！朝事不让他管了，让他到景陵去护陵好了！"

王守澄大喜，吩咐仇士良道："速去传旨！"

仇士良更加高兴，忙道："是是。"

仇士良得意洋洋地跑去了。

李恒仍在气愤之中，满腹不平地对王守澄继续道："懂吗？即使乡里财主，风调雨顺时还要置侍妾、买丫鬟，何况朕这一国之君？如今承平盛世，难道朕就该只有这么些不顺眼的嫔妃吗？知道晋武帝吗？后宫宫女有三万人，他老人家，乘坐着特制宫车，用羊拉着在宫内巡行，那羊停在哪家宫前，就在哪家住宿。宫女们为了迎接圣驾，特地于宫门外插上青枝绿叶，撒上盐水，吸引宫车，这是千古佳话。难道朕就不该以此为楷模吗？选拔秀女的圣旨，即刻发下，否则，抄家灭族！"

王守澄忙答应道:"是,是,是,奴才立即执行。"

梁守谦去守陵的消息,梁厚本很快就知道了。

长庆元年(公元821年)的夏天,杭州白居易府邸里,梁厚本正在收拾衣物书籍,打算即刻回京。白府衙役给他送来梁守谦的一封书信,他轻声念着:"……老夫罪莫大焉,不该盲目拥立,如今老夫被贬于景陵守陵,已是万念俱灰,痛不欲生,惟在先帝灵前衷心忏悔,以赎前愆,你万万不可来此是非之地,好歹也为梁家留下一脉,切切!"尚未读完,梁厚本已是泣不成声了……

白居易也收到了梁守谦的书信,知道新皇帝下令广选宫娥秀女后非常气愤,此时他正在书房里准备奏疏,要求释放宫女,坚决反对广选宫娥秀女。老院公匆匆走进来,道:"老爷,老爷,不好了,老奶奶仙逝了!"白居易听说母亲病逝,热泪盈眶,呜咽道:"速备车马,即刻丁忧回乡。"

朝中大臣明明知道不该广选宫女,但大都是明哲保身,装聋作哑。这项扰民之举可把黎民百姓糟蹋苦了。

长安大街上,一个衙役正站在墙边,打着锣,嘴里高声喊道:"新帝登基,要选拔宫娥秀女喽,都来看告示啊!皇帝要选拔宫娥秀女喽,都来看告示啊!"

墙上确实贴着一张告示,一个人正在念着:"……皇上新登宝位,全国普天同庆,为正礼仪,特命选拔宫娥秀女。举国之内,所有未嫁女子,年满十四岁到二十岁者,俱赴礼部报名,听候选用。藏匿不报者,罪及四邻。"

围观者议论纷纷,摇头的,叹气的,吓跑的,小声叫骂的,咬牙切齿的,表现不一。

忽然,有人喊道:"看,娶媳妇的!又一个……又来一个！"伴随着吹打之声，一顶又一顶花轿匆匆抬着走过去了。有女之家争相出嫁，真是闻所未闻……

不知谁喊了一声"禁军来抓人了"，百姓都纷纷散去了。盈盈的又一次灾难即将降临了。

郑注的司马府邸里，李氏已越发憔悴不堪，显得更加苍老，她正在呆坐着，心烦意乱地独自唠叨着："这梁兄弟不在了，妹妹可怎么办呢？"

话音没落，郑注就匆匆跑进李氏卧室里，大声喊着："老乞婆，你还没死吧？给我听好了！"

李氏懒得看他，自语道："在哪里又吃错药了？"

郑注道："混账东西，你给我听着。满大街都是皇家的告示，因为新帝继位了，下令要选拔宫娥秀女。所有未嫁的女子，凡是十四岁到二十岁的，都得到礼部报名，听候选用。藏匿不报的，连四邻八舍都要株连。你没见哩，满街都是嫁闺女的，有的两家争一个吃奶的男孩儿当女婿；有的黄花闺女，匆忙嫁给一个五六十岁的老头子；有的人家，宁可拉个和尚当女婿；有的也不顾男的秃瞎瘸聋了，找个女婿就行。盈盈二十了，还能逃掉选拔？"

李氏道："妹妹听说梁兄弟死了，也不想活了，闹死闹活地要为梁兄弟殉节。我们几次派人去见梁枢密打探消息，无奈始终未能见到。再说，梁枢密不能给皇上说说，求个情，把妹妹免了？"

郑注道："糊涂！听说新帝不喜欢梁枢密，让他到蒲城景陵替先皇守陵去了，还能顾得上咱？本来梁家又没问名，仅仅纳采，未行六礼，姓梁的又是死人了，这一页就掀过去了，休再提了。焉敢不报名？干等着全家被戮吗？"

李氏道："哪有这么严重？"

郑注急道:"死人,你还蒙在鼓里呢!先帝吃了柳泌的金丹,药性发作,登时驾崩了。新君一继位,就把柳家全家诛戮了。我也是炼丹的方士,正怕受到牵连。当务之急,只能是出妻献子在所不惜,赶快献出妹妹,与朝廷结为国戚,我就是皇亲国舅,小妹也能荣华富贵啊。赶快去给妹妹梳洗打扮,一会儿仇公公就来领人了。"

李氏闻言,一头栽倒,又一次晕厥了过去。果然,郑注话音刚落,仇士良率领禁军与小太监闯进院子,高声喊道:"好啊郑司马,你还胆敢让你妹妹装死,欺骗咱家。咱家如今是禁军中尉了,你妹妹跟咱家当了伴食,有你享不尽的荣华富贵。美人呢?出来上轿吧。"

郑注迎出来,恭手作揖道:"不知公公大驾光临……"

盈盈从室内坦然走出来,冷笑道:"仇公公还贼心不死吗?"

仇士良命令道:"抱她上轿。"

盈盈不要命地两手乱打起来,心想:宁可一头撞死,也不能给姓仇的这个孬种当伴食。她猛地挣脱两个太监的拖拉,用力向门框撞去,顿时鲜血从额头流了出来,晕死过去了。

仇士良大吃一惊,心内自语:妈的,撞死了,没福的贱货。

仇士良怒道:"留下两个守在门外,随时给咱家报信,其余的跟咱家回去。"

三日过后,一个小宦官跑进仇府对仇士良报告说:"郑盈盈只是撞晕了,还没死哩。"

仇士良稍一沉思,怒道:"不愿跟老子,有你好看的!"便立时领人闯进了郑注府邸,郑注闻声拱手走了出来。

仇士良趾高气扬地道:"咱家是奉旨选拔秀女的,抬盈盈上轿。"

# 第十二章 盈盈入宫

盈盈在病床上拼命挣扎，还是被几个小太监捆起来，强行抬上了轿子。

仇士良一伙簇拥着轿子扬长而去。盈盈在轿子里气得要疯了，连踢加踹，放声大骂，声音已经嘶哑了……

摔倒在地上的李氏也哭得死去活来……

## 第十三章 梁楚偕行

长庆元年（公元 821 年）秋天，兴庆宫李恒的寝殿里，正在侍立的禁军左中尉王守澄可真是煞费苦心了。俗话说，伴君如伴虎，一不小心一句话说错了，就会立时吃个伸腿瞪眼丸，与荣华富贵永远地再见了。李恒近来越发喜怒无常，忽而烦闷暴躁，忽而又狂笑大叫，王守澄伴君的多年经验就是一个字：顺。只能由着他任意折腾。

这会儿，王守澄正小声对李恒道："皇上去听百戏？"

李恒却不耐烦地道："腻了。"

王守澄堆着笑脸道："皇上去看相扑？"

李恒大声呵斥道："无聊！"

王守澄跪拜道："皇上去听歌舞？"

李恒狂叫道："还不是那老一套？朕命你举国选拔秀女，选了多少了？"

王守澄总算摸清了皇帝的兴奋点，稍稍平静了一下道："启禀皇上，奴才打算为皇上选拔秀女三千，第一批快到了。"

李恒反倒更火了，怒道："没用的混账东西，这点子事儿，就这么拖拖拉拉？"

王守澄慌忙跪下，打了自己一巴掌，忙道："奴才该死，第一批秀女一到，就立马请圣上御览。"

谁知李恒忽然想到了另一件事，问道："先帝不是有把名贵的小忽雷吗？怎么不拿来给朕演奏？"

王守澄道："奴才该死！"

他立即爬起来，对太监命令道："速传教坊女乐，携带小忽雷前来演奏。"

侍从太监立即退了出去，不大会儿的工夫就带领宫女们来到了寝殿，小心翼翼地立在台阶上。

李恒问一个宫女："你会什么技艺？"

那个宫女道："奴婢会弹弦子。"

李恒又问另一个宫女："你呢？"

另一个宫女道："奴婢会弹古琴。"

李恒挥了挥手，骂道："无用的东西，滚！"

两个宫女赶忙退了出去，暗自庆幸皇上只是说了个"滚"字而不是"杀"字。

李恒又问："谁会弹小忽雷？"

宫女们默不作声。

李恒问王守澄道："先帝在时是谁弹奏？"

王守澄忙道："原是女乐楚润娘擅长此艺，只是后来她流落到宫外了。"

李恒怒道："那就派人去找她啊，一群窝囊废！"

王守澄忙道："是，是，是，奴才立即办理。"

王守澄赶忙派了一些下属和侍从，到处寻找楚润娘的下落。

# 第十三章 梁楚偕行

杭州西湖湖畔的新亭酒店里，已经二十四岁的梁厚本正在雅座独喝闷酒，不无醉意地频频干杯，顺手抓起身边一本李贺的诗作，自问自答道："李贺，你说'男儿何不带吴钩，收取关山五十州'，如今我带了宝剑有个屁用？郑注那厮收过一城一地吗？李贺，你说'请君暂上凌烟阁，若个书生万户侯'，我梁厚本淮西平叛，九死一生，战功赫赫，我上凌烟阁了？封万户侯了？你这老夫子，你这李贺，怎可……怎可胡说八道呢？"

他把李贺的诗作猛地扔了出去，将正忙着端茶送水的酒保打了个趔趄。

酒保不敢发作，他捡起诗作，凑将过来，放在梁厚本面前的桌上，赔笑道："客官，小店新来了一位卖唱的女子，弹得一手好琵琶，给官人弹一曲儿吧？"

那个卖唱女子已经走到了桌前，弯腰施礼道："官人行行好，照顾一下吧。"

梁厚本心中一动，看那女子，大约有二十六七岁，虽然面色憔悴，倒颇有姿色，似乎有些熟悉，疑惑道："你是……"

那女子道："贱妾楚润娘啊，是……梁相公吧？"

梁厚本脸露凄楚之色，不由得想起了天齐庙前听楚润娘演奏琵琶的情景，想起了白居易贬官江州时，他去送行，又一次遇到楚润娘的情景：

那是在长安之东的灞桥之下，渭水水边的一只有篷的官船上，梁厚本正为贬官江州即将赴任的白居易设宴送行。二人俱是悲愤国事，牢骚不平，不过三杯两盏后已经都有醉意。此时附近一只小船上传来一阵琵琶声，技艺精绝，两个人都站起来聆听。在这僻静乡野边，怎么会有如此绝美的琵琶弹奏？白居易叫人询问，仆从回话说演奏者是商人外眷，原是从京师下来的歌伎。白居易就将她唤到了官船上演奏。

琵琶女整理琴弦，试着弹了几声。

白居易来了诗兴，诗句脱口而出："转轴拨弦三两声，未成曲调先有情。"

梁厚本心想：白大人真真胸襟坦荡，虽被贬官，却仍然不乏诗兴。

琵琶女高弹时，白居易吟诗道："大弦嘈嘈如急雨。"

琵琶女低弹时，白居易吟诗道："小弦切切如私语。"

琵琶女忽高忽低地弹奏时，白居易吟诗道："嘈嘈切切错杂弹，大珠小珠落玉盘。"

琵琶女悲切地弹奏时，白居易吟诗道："弦弦掩抑声声思，似诉平生不得志。"

梁厚本一边赞叹着白居易的诗句，一边对琵琶女道："小生冒昧地问一句，小娘子可认识楚润娘？"

那琵琶女道："正是小妇人。"

梁厚本不免吃惊，道："听说你后来任职宫中女乐中丞了，可怎生又流落到此地？"

润娘道："说来伤心。小妇人自被五坊使仇士良那厮掠入宫中弹奏小忽雷，后来侥幸升为中丞，但因为不从仇贼，不愿做他的伴食，又被他偷偷弄到宫外，卖给了一个贩卖茶叶的商人。如今，我家老爷到浮梁贩茶叶去了，撇下我孤身一人，我想起半生沦落漂泊，不觉弹了一曲，这才幸遇二位。妾身斗胆，不知能否请大人赐诗一首，以为终生生色？"

白居易道："我等是贬谪之官，润娘也是飘零之人。正所谓同是天涯沦落人啊，下官做一首长歌《琵琶行》，聊以相赠吧。"

润娘连忙对白居易施礼道："多谢大人。"

梁厚本道:"小生带有红绡一幅,就将白学士的大作抄写上吧。"

润娘赶紧对梁厚本施礼,道:"多谢相公。"

梁厚本回想起这些,不禁诧异地问楚润娘:"你怎么到了这里呢?"

楚润娘叹道:"唉,如今我家老爷病故,撇下奴家孤身一人流落到这里,只能唱些小曲儿,聊以糊口。相公怎也到了这里?"

梁厚本感慨道:"也是一言难尽,现下小生在白学士府里藏身,白学士在这里任太守,倘若不是他已经回乡丁忧,你也该去拜见才好。"

润娘道:"可怜我楚润娘沦落到这般地步,无颜拜见白大人。"

一个高个子差官一直在旁冷眼看着他俩,听楚润娘说完,匆忙走过来,问道:"你可是楚润娘吗?我们可算找到你了。"

梁厚本盯着那个高个子,怒道:"大胆!想干什么?"

差官道:"官人息怒,只因内廷教坊宜春院里缺少教弹小忽雷的教习,圣上有旨,特命楚润娘回宫任职哩。"

梁厚本喜道:"润娘总算有出头之日了。"

杭州至长安的驿道上,高个子差官手提皮鞭,骑着白马在头前走着,后面跟着一顶平头黑幔的四人抬小轿,轿子里坐着的就是楚润娘。

靠着梁厚本的资助,她已改换了行装,已俨然是个颇有姿色、能歌善舞的仕女了。轿子正从杭州向西北方向的长安行进,已经走了数日。

轿夫们已经疲劳不堪,见轿前骑马的差官已经把他们落下了几十步远,便不禁唱起了《轿夫歌》:

> 喜盈盈,笑盈盈,
> 抬着娘子进京城。
> 京城贵人多,
> 没咱穷乐活!

高个子差官挥舞着皮鞭,回头冲轿夫们高声喝道:"不许唱!"

轿夫们闭了嘴,生气地故意晃动轿子,轿内传出润娘的呕吐之声,轿夫们偷着笑了。

四个抬轿人又继续小声地唱道:

> 抬头望,把坡上,
> 你坐轿子咱肩扛。
> 牲口不说话,
> 鞭子当干粮。

高个子差官再次挥舞着皮鞭,回头冲轿夫们高声喝道:"还唱?"正要抽打轿夫时,忽然从路旁树林里杀出七八个强盗,大声喊着:"留下买路钱!"

高个子差官顿时吓得胆战心惊,鞭打着白马落荒而逃了。

轿夫们扔下轿子,也慌忙逃命去了。

那七八个强盗见轿里跌出一个花容月貌的女子,便围了过来,有的大声喊着要银子,有的扑头上脸地撕衣服,润娘两手乱打着,疾呼"救命"。

忽见轿后不远处纵马驰来一员干将，他手舞宝剑，冲着强盗赶杀起来。

那些强盗本来也没什么真本事，顿时也就作鸟兽散了。而那员干将也并不恋战，没再追赶，他惊奇地看了一眼被救的女子。

润娘吃惊地道："啊，梁相公？"

梁厚本吃惊地道："润娘！"

润娘道："多亏相公救了奴家一命，相公这是要去哪里？"

梁厚本道："只因白大人回乡丁忧，小生又牵挂叔父，牵挂未婚之妻，呆在杭州也无心读书，正要回京哩。"

楚润娘闻言，忽然想到了什么，便道："奴家有句不知深浅的话，不知相公是否容得奴家道来？"

梁厚本道："你我也是故交，但讲无妨。"

楚润娘道："那差官已经畏盗逃跑，自知已经犯下死罪，必定是逃之夭夭不敢回来了。由此地至京都，恐怕还有两千多里地，又有盗贼出没，奴家哪敢只身前往？奴家是否可以随从相公，暂充仆婢，同路回京呢？"

梁厚本犹豫道："这……男女有别……"

楚润娘潸潸落下泪来，道："既然相公为难，权当奴家未说，有劳相公将奴家送到前面有人家之处，奴家重操旧业，继续卖唱为生也就是了。"

梁厚本见她说得可怜，便叹道："也罢，权当姐弟同行吧。"

楚润娘高兴地道："奴家岂敢高攀呢。"

梁厚本将楚润娘扶上马，自己要牵着马走。楚润娘却道："奴家从没骑过马，吓死我了。"

梁厚本只好也翻身上马，坐在楚润娘的身后。楚润娘却又道："奴家还是害怕啊，相公你……你就不能揽着奴家吗？"

倘若奴家摔个好歹……"

梁厚本只好一手揽着楚润娘，一手抖着马缰绳，两人同骑一马，由慢到快飞速地奔驰起来。楚润娘像偎依在情哥的怀里，害羞道："相公，奴家害怕跌下马来，你……搂紧些……"

梁厚本脸一红，只得更搂紧了，心想：这若是盈盈该多好。

楚润娘心里暗喜：亏了这些强盗，一辈子这样的话，死也值了。

她紧紧地靠在梁厚本的怀里，紧紧握着梁厚本揽着她的那只大手，幸福地闭上了双眼，让呼啸而过的清风吹拂起她的秀发……

傍晚，他们过了铜陵，来到了一个驿站。驿站差役见梁厚本牵着骏马领着一位年轻夫人走进来，赶忙接过马缰绳。梁厚本递过在杭州太守府签发的文书，差役看后还给梁厚本。

楚润娘抢先吩咐道："要间上好客房。"

梁厚本一愣，赶忙道："不，不，要两间。"

差役道："实在对不起，本站没有套间宽房，都是单间。"

梁厚本道："那就两个单间。"

楚润娘道："最好是紧邻的。"

差役道："错不了。"

这天夜晚，月明星稀，微风轻拂。

忽然，差役到梁厚本的房前轻轻地叩门，道："老爷，夫人请你去。"

梁厚本一愣，知道是差役误会了，随口说了一句"知道了"，便轻轻地去叩紧邻的另一间房门，楚润娘打开门，请梁厚本进屋。

只见室内烛光摇曳，楚润娘已经重新洗漱打扮，她身着粉红绸衫，修眉俊眼，脉脉含情，显得格外妖娆迷人。梁厚本心里微微一惊,这才发现楚润娘竟然还有这样的妖娆风姿。

室内茶几上已摆设好四样果菜和酒壶酒杯。

楚润娘将房门关好,将梁厚本让在上座,自己在对面坐下,深施一礼道:"贱妾承蒙相公搭救,特备薄酒聊表谢意,相公请。"

两个人连饮了三杯,楚润娘双颊红晕,更添了几分娇媚。

楚润娘轻声道:"没想到,奴家能与相公在杭州奇遇,又能一路同行,也是一段缘分啊。相公怎么也到了杭州呢?"

梁厚本道:"说来也是一言难尽啊。自从叔父罢官之后,小生奔赴蔡州充任参谋讨伐叛贼吴元济,九死一生,立下战功,却被妻舅郑注勾结宦官将功冒领了,他被封为晋王府司马。更气人的是,我去他府上认亲,他非但不认,不许我与未婚之妻盈盈相见,还命一帮奴才将我赶走,又禀报晋王捉拿于我。因叔父远在边塞,小生只得前来投奔白学士。"

楚润娘道:"唉,同是天涯沦落人啊。"

润娘又给他斟满了酒,问道:"那盈盈小姐后来呢?"

梁厚本道:"小生也曾数次遣人到郑府询问,谁料郑注那厮执意攀附权贵,竟要将盈盈许配给宦官王守澄的侄子,听说盈盈誓死不从,以头撞墙,现在生死不知。"说着说着,他已是眼含热泪了。

楚润娘亦甚悲伤,她坐到梁厚本身边,轻轻为他擦着眼泪,情不自禁地握住了他的手,顺势倒在梁厚本怀里,呜咽道:"贱妾有句不知深浅的话,如今像梁相公这样的公子,哪个不是三妻六妾?倘若相公不嫌弃奴家丑陋卑贱,奴家甘愿为妾,侍奉相公。至于日后遇到像盈盈那样的小姐,奴家甘愿为小作妾,任凭相公正式婚配。"

梁厚本连忙将她轻轻推开,道:"不,不,小生仍然觉得盈盈未死,她虽刚烈,但是未见小生之面,岂能轻易殉节呢?你我还是姐弟相称,天色已晚,小生告辞了。"

他觉得再也不能多坐片刻,担心自己把持不住,一时冲动做出有负盈盈之事。如今,自己说出这番话来,倒觉轻松了许多,径直回了自己房间。

楚润娘只得无可奈何地关上了房门。她独自拿起酒壶,自斟自饮干了数杯,心里更加苦闷,索性搂着枕头,趴在床上,呜咽着进入了梦乡……

翌日早饭之后,驿站的院子里,梁厚本牵着马,楚润娘站在他身旁,并没有离开要走的意思。

驿站衙役匆匆赶来,道:"回禀老爷,实在对不起,小站本来轿子就少,这两日来往官员又多,真真是一乘轿子也没有了。"

梁厚本无可奈何地道:"只好如此了。"

他将楚润娘扶上马,自己也跨上马,驰出了驿站。

楚润娘暗自高兴,心想:天遂人愿也,这才是有缘千里能相会,我再用番心思,不愁你不动心。想罢便道:"相公还得搂紧些,奴家害怕。"

他们继续向着西北方向奔驰,黄昏时候,在一个名为"宾之家"的客栈前下了马,一个慈眉善目的老汉满面春风地迎了出来。老汉将马牵入马厩,回来道:"正好还有一间上好客房。"

梁厚本道:"要两间。"

老汉皱眉道:"实在是只有一间了,客官夫妇看了,就知道被褥茶具一应俱全的。"

梁厚本生气地斥道:"休得胡说,这是我大姐。前面驿站还有多远?"

老汉道:"不瞒客官,远倒不远,只有三十多里,只是路不好走,也不太平……"

楚润娘忙道:"可别再碰上强盗,奴家一听就胆战心惊了。"

见梁厚本犹豫不决,老汉便道:"实在不行的话,老汉倒有个主意:紧邻那间上好客房的,就是我女儿的闺房,若不嫌弃,可否让这位夫人委屈一下,同我女儿暂住一宿?"

梁厚本道:"只好如此了。"

楚润娘只好将不满之情压在了心底。

老汉立时高声喊道:"莺莺,来客人了。"

梁厚本闻听喊"盈盈",大吃一惊。只见一个十七八岁的姑娘,身穿粉红衣裙,苗条俊秀,模样真的与盈盈有些相似,只是比盈盈稍稍矮些,稍稍胖些。

莺莺笑道:"奴家莺莺,就是'打起黄莺儿,莫教枝上啼'的莺莺,叫我莺儿就是,客官万福,跟我来吧。"

莺莺将楚润娘领进自己卧室,道:"夫人先休息片刻,请客官到那间看看。"

她开了紧邻的另一间房门,让进梁厚本,又走出去端来茶水、果点、饭菜、酒杯、老酒,动作麻利,步履轻盈,还不时地偷偷瞟梁厚本几眼,心想:奴家梦中的情郎也不如这个官人的风姿啊。

梁厚本不想喝酒,与楚润娘匆匆吃过了晚饭后便道:"天不早了,请大姐歇息去吧。"

楚润娘低头不语,噘着嘴进了隔壁莺莺的房间。梁厚本正欲睡下,却听隔壁莺莺与楚润娘的争吵之声。梁厚本开门去看究竟,楚润娘已经生气地走出来,道:"没见过这么不讲理的,你自己去看吧!"说完,匆匆进了梁厚本的房间。

梁厚本见莺莺房门开着,便站在门外问道:"怎么回事?吵什么?"

谁知莺莺却一把将梁厚本拉进了门内,关了房门。

梁厚本未曾预料到这一招,顿时怒道:"想干什么?开门!"

莺莺笑道:"嚷,嚷,大声嚷,你说私了还是官了?"

梁厚本感到莫名其妙,怒道:"胡说什么?"

莺莺微微一笑,道:"官了,我就告你夜入闺房,调戏民女;私了,我看公子也不是缺那点钱的。"

梁厚本气得七窍冒烟,怒道:"无耻至极!明天再跟你算账!"

他气呼呼拉开门闩,进了自己那间住房,关了房门。

在梁厚本住的那个房间里,楚润娘知情后嘟囔道:"怨不得这浪妮子,没说两句,就跟我吵上了,原来是想引你上钩啊。如今可怎么办呢?"

梁厚本道:"君子不做亏心事,鬼来叫门也不惊。"

楚润娘道:"相公哪里知道,但凡黑店都与官府勾结,你我又能奈何得了她吗?这般时候争闹起来,你我两个外乡人,能说得清吗?等到天明我们上路就是,谅她做贼心虚,也不敢再来纠缠。只是……奴家害怕,不敢再到她屋里去睡了,说不定半夜里她给我灌上迷魂药,把奴家药死哩。"

梁厚本为难了,楚润娘道:"看来,这千里姻缘一线牵,咱俩就在这一张床上挤挤得了。"

楚润娘情不自禁地来拉梁厚本,梁厚本将她一把推开,正色道:"人非鸟兽,孰能无情?只是,小生既然已经心许盈盈,盈盈心中也只有小生。她之生死存亡,迄今并无确信,小生岂能有负于她呢?"

楚润娘叹道:"看来,还真是无缘对面不相逢啊,公子既然真是坐怀不乱的柳下惠,你我那就都坐等天明吧。"

梁厚本与楚润娘就这样互不相犯地走了两个月之后,于长庆元年(公元 821 年)深秋的一个傍晚来到了昭应城渭水之滨的梁家别墅。楚润娘骑在马上,梁厚本牵着马,发现大门关着。

梁厚本拍着黑漆大门,叫了半天,才走出一个白发苍苍的老汉,原来是梁家的老院公。

老院公惊喜地叫了一声"少爷",连忙抓住了梁厚本的手。

梁厚本忙问:"郑家一家呢?"

老院公叹气道:"早搬走了。"

梁厚本忙问:"搬哪去了?"

老汉道:"回京了。"

梁厚本问道:"都回京了?如今呢?"

老汉道:"都这么长时间了,哪有准信,只是听说郑郎中当大官了。"

梁厚本问道:"他妹妹呢?还在吧?嫁人了?"

老汉道:"少爷还不知道?"

梁厚本问:"嫁人了?"

老汉道:"不,不是。"

梁厚本问:"不在了?"

老汉道:"不,不是。"

梁厚本急了,忙道:"是什么?你可说啊!"

老汉道:"听说新皇帝登基,全国选秀,小姐被选进宫中去了。"

梁厚本犹如五雷轰顶,顿时晕倒在地上了。因为那高大的宫墙,无疑是阻绝自己与知音人的高山峻岭、刀山火海,自己企图依靠自强不息、奋斗不已而自主婚姻的愿望，登时就烟消云散了。梁厚本忧心如焚的心里，又被浇上了滚滚沸油。

梁厚本也没心思吃晚饭，他把楚润娘安排在原来郑注与李氏居住过的两间卧室之内，自己则住在原来盈盈住过的那两间卧室内。两个卧室之间是厅堂。

夜里，他辗转反侧不能入睡，直到拂晓时，脑子里依然全是盈盈幽禁宫中的苦难情景：她被皇帝糟蹋了，气急败坏地用头上的簪子刺破喉咙，登时死了。他痛恨自己无能为力，于绝望之中昏昏睡去，却梦着一位高道教会了他飞檐走壁、穿墙之术，他登时携带宝剑，夜入深宫，杀得禁兵丢盔弃甲，他抢出盈盈，与她远走海角天涯……

楚润娘也是彻夜难眠。自幼从师学唱的心酸，走街串巷卖唱的凄苦，被掠入宫的屈辱，嫁于茶商的无奈，幸遇梁厚本的幸运和幸福美梦的死灰复燃，对未来终身有靠的渴求，重入宫中之后命运难以预料的愁苦，幸福近在咫尺却可望而不可及的烦恼……但她并不甘心，她还要孤注一掷。

梁厚本忽然听到一声惊叫和急促的敲门声。他连忙穿衣下了床，打开房门，只见楚润娘一手举着蜡烛，慌里慌张地走进来道："老鼠跑奴家床上去了，吓死了，打死我也不敢一个人在那屋里睡了。"说着，她放下蜡烛，扑在梁厚本怀里，紧紧搂着他，呜呜咽咽地抽泣起来。

梁厚本给她擦擦眼泪，轻轻推开她，他将楚润娘扶在床上坐了，自己则坐到床下的一个圆杌子上，轻声道："小生也并非铁石心肠，知道润娘对小生的一片真情实意。你我也算知音，润娘给我一年时间，如果小生确实与盈盈今生无缘再见，那就甘心情愿与润娘终生厮守。但是在此之前，你我不能逾越姐弟之限。"

润娘颇为感动地道："有弟弟这句话，润娘就死而无憾了。弟弟真乃有情人也，奴家回屋了。"

润娘辞别后，梁厚本插上了房门，独自呆呆地坐着，心里默默地念叨着："盈盈啊盈盈，我的知音人啊，如今你究竟怎么样了啊？"

## 第十四章 也算知音

那时候,最对盈盈牵肠挂肚的当然是梁厚本,他要把自己的一切都心甘情愿地献给妹妹,他的知音人。除他之外,盈盈还有一个知冷知热的亲人,那就是嫂子李氏。

盈盈被选入宫之后,晋王府司马郑注升任为神策军判官,如今他鸟枪换炮,已迁居善和里,又把第三个小丫鬟云花升格为第三房小妾,把他那结发之妻李氏抛到九霄云外去了。

李氏正喘着粗气躺在床上,瘦骨嶙峋、病体恹恹地咳嗽不止。小丫鬟将她勉强扶起来,让她半倚半躺地和衣坐着,问道:"奶奶吃点东西吧?"

李氏痛苦地道:"心里堵得慌,吃不下了。"

丫鬟又问道:"奶奶喝点水吧?"

李氏皱着眉头道:"心里满满的,喝了就吐。"

丫鬟只得说:"叫老爷来瞧瞧?"

李氏叹气道:"快别提他了,我自从嫁了他,受了半辈子罪,缺吃少穿。谁想他得了官,却娶了两个小老婆,朝欢暮乐,倒把我这结发之妻当成了仇人,他还有点儿人味吗?竟然连妹妹也送进宫里,那种不见天日的地方,谁知道她的冷热?我一闭上眼,就看见盈盈在那里哭,他倒好,连个人影儿也不见了。"

丫鬟道:"老爷跟二娘、三娘、四娘在花楼下,正和一班访客玩乐呢。"

果然,一阵阵丝竹管弦之声,夹杂着郑注得意洋洋的笑声频频传来。

李氏这才知道郑注又弄了个四娘,气得更加咳嗽不止。她气喘吁吁地道:"我只是挂着妹妹,那里谁是她的亲人?不是活受罪吗?"说着,忽然呕吐不止,一口气上不来,晕过去了。

丫鬟疾呼道:"奶奶不行了,老爷快来!"

郑注只得捏着鼻子来到了跟前,生气地道:"老厌物死了?"

丫鬟晃着李氏身子道:"奶奶苏醒,老爷来看你了。"

李氏的头微微动了一下,艰难地睁开眼,有气无力地对郑注道:"反正我也不行了,只是求你一件事,叫人到宫里去看看妹妹,我死也放心了。"

郑注不屑一顾地道:"我还要陪着她们去李大人花园看花哩,哪有工夫?"

丫鬟也有点儿急了,忙道:"奶奶病成这样,老爷快别去了!"

郑注怒道:"放屁!人家酒席都准备好了,哪有不去之理?"

李氏挣扎着起来,想去抓郑注的衣袖,气喘吁吁地道:"去……看看妹妹……她究竟怎……怎样……"郑注厌恶地推开李氏，李氏摔倒在床下，咽下了最后一口气。

郑注"哼"了一声，扬长而去。

丫鬟伏在李氏身上嚎啕大哭起来，还呜呜咽咽地安慰着李氏道："奶奶啊，放心走吧，别挂着姑娘了，她兴许好着呢。"

小丫鬟哪里知道，盈盈焉能好着呢？她经历了一段何其痛苦的岁月啊！

唐长庆元年（公元 821 年）夏天，李恒下令选拔秀女，年已二十岁的盈盈，被仇士良一伙强行抬上轿子之后，送到了仇士良的府邸。

仇士良洋洋得意地坐在檀木圈椅里，两旁有几个太监侍立，客厅砖地上站着郑盈盈。她心想：知音多患难，患难见真情。如今我深陷这仇府中，就是我第三次灾难了，不就是一死吗？

仇士良冷笑道："死妮子，没想到也有今天吧？"

盈盈只是鄙夷地"哼"了一声。

仇士良命令道："抬上来。"几个太监立时抬上来一个直径约有三尺的瓷盆，放到了盈盈面前。

另一个太监抱来一只大红公鸡，也放到瓷盆里。那公鸡的尖嘴利爪都镶着铁尖，它挺胸昂首，咕咕地叫着。

又一个太监拿来一个拳头粗细的圆形铁筒，打开铁筒，向瓷盆里倒进一个黑乎乎的东西。盈盈感到纳闷，不知道这仇士良又耍什么鬼把戏，便瞥了一眼，原来是一只三寸长短的毒蝎。那毒蝎尾巴高翘着，围着瓷盆转圈，却难以爬出。

那公鸡并不急于吃它，而是先将其毒刺啄下，又用利爪逗弄毒蝎，将其翻过来覆过去，一次又一次地在瓷盆里摔打。折腾了好一阵子，公鸡才将那只半死不活的毒蝎吃了。

盈盈觉得仇士良此举愚蠢可笑，心想：真是个蠢猪，你姑奶奶自小在药铺里长大，什么毒蝎没见过？毒蝎也是常用药材，死的，活的，大的，小的，哪个地方不许碰，哪个地方伤不了人，她都一清二楚。

仇士良洋洋得意地冷笑道："如今，你就是这只蝎子，没毒刺也没仗恃了吧？"

她却微微一笑，道："还有更大的吗？"

仇士良道："没看够？再放一只。"

侍从又立时拿来那个铁筒，将一只更大的毒蝎倒进了瓷盆里。

盈盈故作害怕，高声喊道："哎呀，吓死人了。"一边说着，一边却迅速弯下腰，飞快地捏起毒蝎紧贴毒刺的尾巴处，冲着仇士良扔了过去。盈盈平时常弹琵琶，有意留了长长的指甲，当她用指甲掐起毒蝎时，那蝎子的毒针却难以蜇到盈盈的手指。

仇士良哪里料到这一手，急忙用手遮挡，但是毒蝎早已掉进他的衣领里，狠狠地蜇了他一下，仇士良顿时疼得大声喊道："哎哟，妈的，杀了她！"

两个太监忙着给仇士良解开衣领，弄死毒蝎后小声道："秀女都是登记过的，王公公指名要她进宫，如果真弄死了，万一王公公怪罪下来……"

仇士良气得七窍冒烟："坠上石头，扔曲江里去！"

两个侍立的太监将满腔怒火的盈盈拖了出去。

盈盈心想：为了梁哥哥，我豁出去了。

她挣扎着大声骂着："孬种，放开我，放开我！"

两个太监不管盈盈怎样怒骂，仍是架着她向曲江走去。

忽然一位官员骑着马，带着随从迎面走来，挟持盈盈的两个太监想要躲避时已经晚了。

那个官员见状，大喝了一声。盈盈拼命挣扎，只见那个官员二十七八岁，面貌酷似梁厚本，只是多了几分斯文，少了几分英武。

太监认出对面是新任翰林的进士李训,便道:"都是叫这死妮子闹的,不想挡了李大人的大驾,死罪死罪。"

李训用鞭梢指着盈盈问太监道:"她是谁?"

太监不敢说实话,只得说道:"是王公公让仇公公选拔的秀女,正要往内廷教坊押送哩。"

盈盈嚷道:"胡说!奴家是有夫之妇,凭什么选拔奴家?他们要杀奴家,想把我扔曲江里去,大人救命!"

李训惊问道:"你叫什么名字?"

盈盈喊道:"郑盈盈。"

李训问:"丈夫是谁?"

盈盈答:"梁厚本。"

太监赶忙道:"大人别听她胡说,梁厚本早已死了。"

李训继续问盈盈道:"你家中还有何人?"

盈盈喊道:"哥哥郑注,还有嫂子。"

李训惊异道:"晋王府判官郑注吗?"他转问太监:"怎么连官宦人家的女子也选拔了?"

太监道:"大人别听她一面之词,是郑大人有意让仇公公选拔她入宫的。"

李训沉思片刻道:"本官正要进宫,你们两个回去回复仇公公,本官将她护送到教坊就是了。"

太监支吾道:"这……"

李训大声道:"还不相信本官?"

两个太监垂头丧气地走了。

李训问盈盈:"小姐芳龄几何?"

盈盈道:"二十。"

李训又问:"与梁厚本结婚了?"

盈盈道:"纳过采了。"

李训又问:"问名了?"

盈盈道:"没有。"

李训又问:"为什么?"

盈盈道:"先是他叔……"

李训性急,忙问:"他叔是谁?"

盈盈答道:"梁守谦。"

李训道:"枢密功德使大将军梁公公吗?"

盈盈"嗯"了一声。

李训又问:"梁厚本呢?"

盈盈泣道:"他到淮西平乱去了……哥哥说他不在了……"

李训问道:"你打算怎么办呢?"

盈盈道:"奴家生是梁门人,死是梁家鬼。"

李训道:"小姐志向可嘉,若有官员能够奏请圣上,放你出宫,你愿意去服侍他吗?"

盈盈明白了李训的用意,忙道:"让奴家说实话吗?"

李训道:"那是自然。"

盈盈斩钉截铁地说道:"不愿意。"

李训愕然了,忙问道:"为什么?"

盈盈低头道:"奴家与梁哥哥彼此知音多年,心里只有梁哥哥,奴家不相信他已经去世。"

李训道:"不过,你一旦入宫,也就身不由己了,难道你还敢违抗圣命吗?"

盈盈平静地道:"大不了一死罢了,那就来世再与梁哥哥结亲吧。"

李训叹道:"可敬,可敬!如今本官护送你到教坊,至于以后,那就看你的造化了。"

盈盈感激地道:"多谢老爷。"

盈盈被李训护送到内廷教坊的第二天,就赶上了李恒在兴庆宫清思殿里对所选的第一批秀女进行"御览"。他对侍立的王守澄道:"拖了这些时日,选的全都平平常常,朕不看了。"

王守澄拿着名册道:"下一个圣上定能满意。郑盈盈!"

郑盈盈来到殿前,低头不语。

李恒命令道:"抬起头来。"

盈盈抬头望了李恒一眼。李恒精神为之一振,忙问:"名字?"

盈盈道:"郑盈盈。"

李恒又问道:"芳龄?"

盈盈道:"二十。"

李恒笑道:"这么大了,还未适人?"

盈盈道:"奴家原是有夫之妇。"

王守澄怒道:"胡说!这是朝廷!欺瞒圣上可是死罪!"

李恒继续问盈盈道:"朕来问你,你丈夫是谁?"

盈盈答道:"梁厚本。"

李恒不解地问道:"梁厚本是谁?"

盈盈道:"梁守谦的侄儿。"

李恒继续问道:"结婚了?"

盈盈道:"纳采了。"

李恒笑道:"六礼才一礼,算什么结婚?会唱歌吗?"

盈盈道:"不会。"

李恒问:"会弹琴吗?"

盈盈道:"不会。"

李恒问:"会舞蹈吗?"

盈盈道:"不会。"

李恒问:"识字吗?"

盈盈故意道:"不识。"

李恒怒道:"什么都不会,算什么秀女?"

盈盈道:"奴家本来就不是秀女。"

王守澄怒道:"大胆!还想进御吗?"

盈盈故作没能听懂地道:"让奴家到哪里弄条鱼献给皇上?"

李恒闻言哈哈大笑,正要说什么,只见一个小太监匆匆跑来,道:"启禀皇上,皇家马球队输了两个球了,圣上是否御驾亲征?"

李恒忙道:"混账,怎不早来禀报?"他指着盈盈对王守澄道:"令她先回教坊,待朕赢了这场球,命她进御。"

盈盈大吃一惊,心想:这下可真没法活了。

李恒哪管她一个宫女的死活,他骑着红色高头骏马,手里挥舞着马球球杆,向着兴庆宫清思殿前的马球场飞速奔驰。忽然,马蹄在石板上一滑,骏马乱了步伐,将正在得意的李恒摔下来,跟来的太监、侍从赶忙去扶李恒,他却嘴歪眼斜,被众人抬进了清思殿。

仇士良对王守澄不无遗憾地道:"看来,又不能让盈盈那死妮子进御了。"

王守澄忙道:"还顾得了那个?速传御医!"

仇士良垂头丧气地匆匆跑去了。

然而,御医的医术再高明,也是治得了病治不了命。即使御医们持续治了几年,李恒的中风偏瘫仍越来越严重,只能躺在一个特制的绳床上,已经连续两年没有上朝了。而且他还吃丹成瘾,喜怒无常,像宪宗李纯临终之前那样,摔酒杯、砸嫔妃、骂侍从、斥宦官,不时歇斯底里地大发作。

长庆四年(公元824年)正月二十二日晚,王守澄、仇士良于李恒寝殿外间侍立,王守澄对仇士良叹道:"又跟先皇一样了,服丹成瘾,喜怒无常,早晚你我……"

仇士良悄悄道:"那就让他找先皇去,咱们也不是大闺女上轿头一遭,只是,太子才十六……"

王守澄心想:老子还嫌他大哩,越小越无知,岂不越容易摆布?嘴上却道:"再小也是龙子龙孙,天意难违啊,只是可别再让梁公公插手了。"

仇士良道:"他在景陵守陵,知道什么?大人看我的就是。"

仇士良见王守澄暗地点了点头,会意地走出寝殿,对阶下传令道:"尔等都撤于午门之外,谁若惊了圣上安眠,立斩不赦!"

众太监、禁卫悄悄撤至午门以外了。

寝殿里只剩了李恒、王守澄和仇士良。

突然,寝殿绳床上的李恒,艰难地辗转反侧,嘴里语无伦次,声嘶力竭地哑着喉咙道:"想毒死朕吗?逆贼……奸佞……"

王守澄与仇士良互看了一眼,知道丹药药性已经恶性发作,该下手了。

王守澄对仇士良道:"你力气大,去吧。咱家去殿外看着,以防不测。"

仇士良一愣,心中骂道:妈的,你这个红毛老狐狸,封官时怎么不让老子领先?

他愤愤不平,咬牙切齿地走向绳床。

寝殿的灯烛突然——熄灭了。

谁知李恒"哎呀"一声，还没等仇士良下毒手，就一命呜呼了，他只做了不到四年皇帝，刚满三十岁。

翌日，即长庆四年（公元824年）正月二十三，文武大臣低头跪在殿外台上祭灵，准备在灵前拥立唐穆宗李恒的长子李湛继位称帝。但是，这位年仅十六岁的太子，却是比其父李恒在吃喝玩乐方面更加"青出于蓝胜于蓝"，至今仍不见踪影。

王守澄与仇士良在殿外阶下急得团团乱转。

一个太监匆匆跑来道："回公公，太子刚才在飞龙院里练了一会儿搏击，不知道去哪里了。"

又一个太监匆匆跑来道："回公公，太子在西偏殿打马球哩，不巧，被对方误击了一马杖打瘸了。"

王守澄怒道："混账！还不抬来？"太监匆匆而去。

文武大臣在殿内哭泣，声音却越来越小了。

太子李湛，一个只知吃喝玩乐的纨绔子弟，被两个太监架着，一瘸一拐地来到了灵前，哭道："等我射中第一球，您老再走也吉利啊。"

文武大臣齐声高呼："吾皇万岁万岁万万岁！"

他就是历史上的唐敬宗李湛。

在这个年仅十六岁的小皇帝统治的宫廷里，盈盈的命运又将如何呢？

一个月之后，内廷教坊宜春院大厅里传出了乐器弹奏的声音，这是宫廷内教坊教授宫女歌乐的机构。唐穆宗病重的这几年里，选拔的秀女并没有被赦免，因为皇上病重期间不得娱乐，她们也没有被教授歌舞，整日里无所事事，被禁宫内。现在新君登基，自然是歌舞重启，内廷教坊宜春院负责教授她们乐舞礼仪。只见几个宫女，有的弹胡琴，有的弹筝，有的弹箜篌，只有郑盈盈对着面前案上的琵琶痴痴呆呆，眼含热泪，越发显得憔悴不堪，弱不禁风。内廷教坊教习楚润娘虽然来京已有几年，但今天才是第一天上任，她慢慢走到郑盈盈面前，生气地问道："业精于勤，为何偷懒？"

郑盈盈默默不语，端详着楚润娘。

楚润娘问道："你叫什么名字？"

盈盈仍是默默不语，忽然记起九年前在长安天齐庙广场听琵琶女楚润娘演奏琵琶的情景。

楚润娘提高了声音，重复道："叫什么名字？"

盈盈一愣，才从回忆中回到现实，答道："郑盈盈。"

楚润娘一惊，又问："多大了？"

盈盈道："二十三岁。"

楚润娘问道："家里有什么人？"

盈盈道："哥嫂。"

楚润娘又问："哥哥是谁？"

盈盈道："郑注。"

楚润娘道："神策判官郑老爷吗？"

盈盈"嗯"了一声。

楚润娘更加吃惊，却对其他宫女道："你们都到各自屋里练习去吧，好生下功夫。"

其他宫女各自怀抱乐器走了。

楚润娘继续盘问盈盈道："既然二十三了，早该有婆家了。丈夫是谁？"

盈盈道："梁厚本。"

楚润娘闻言大吃一惊，急问："哪个梁厚本？"

盈盈冲口而出："就是梁哥哥呗。"

楚润娘问道:"他父母是谁?"

盈盈道:"早不在了,他叔抚养他长大的。"

楚润娘又问:"他叔是谁?"

盈盈道:"梁守谦公公。"

楚润娘问:"枢密功德使大将军梁公公吗?"

盈盈点了点头。

楚润娘更加吃惊,迫不及待地又问:"你跟梁厚本结婚了?"

盈盈道:"纳彩了。"

楚润娘越问越清楚,原来她就是梁厚本的未婚妻郑盈盈。

楚润娘心里忐忑不安,说不清是悲欢愁喜,继续问道:"你多长时间没见梁相公了?"

盈盈道:"九年零六天了。"

楚润娘道:"知道他现在在哪里吗?"

盈盈眼泪潸然而落,道:"哥哥说他……他……不在了……"

楚润娘沉思不语,一时不知所措,仿佛心不在焉地说道:"噢,原来如此,师父也是随便问问,练琴去吧。"

盈盈低头走去,心里道:这师父怎么这么像当年那个卖唱的琵琶女呢?她为什么问这些事儿呢?

当晚,内廷教坊楚润娘的卧室里,楚润娘确实有些坐不住了。她和衣躺在床上,辗转反侧,矛盾重重,一夜无眠。渭水之滨梁家别墅内,她与梁厚本那番真挚谈话的情景又出现在眼前,这番情景楚润娘终生铭刻在心,永志难忘。而如今,既然盈盈与梁厚本心心相印,绝无他人插足的空隙,自己理当告诉盈盈梁厚本健在的消息,也应该抓紧时间找到梁厚本,告诉他盈盈的消息,自己也就死了那份痴心妄想。但是,梁厚本那英俊的面容,那曾经许诺厮守到老的话语,又使她恋恋不舍,情思悠悠,抽刀断水水更流。楚润娘一夜无眠,迟疑不决。

翌日上午,内廷教坊楚润娘的卧室里,楚润娘与盈盈并肩坐在床上,她将昨日两人的谈话又重新问了盈盈一遍,可盈盈泪如泉涌,再也说不下去了。

润娘真的感动了,一边替她擦干泪水,一面柔声道:"傻妮子,若是能使梁相公活了呢?"

盈盈连忙跪下磕头,道:"师父若是能使他活了,奴家情愿给您当牛做马!"

润娘将盈盈一下子搂在怀里,道:"师父在杭州见到他了。"

盈盈兴奋地念道:"阿弥陀佛!"

润娘道:"别念佛了,师父给你从头说吧。淮西平叛时,他任职参谋,立了大功……"

盈盈听了润娘的一番话,自是百感交集,热泪盈眶,便问道:"师父知道梁哥哥现在在哪里吗?"

润娘不好意思说梁厚本是与自己一同进京的,便道:"说不定也回京了,我帮你打听,一旦有信,立马告诉你。"

盈盈兴奋难抑,喜道:"奴家的病叫师父全治好了,你就是我亲娘了!"

楚润娘却忽然抑郁不乐地道:"怕只怕新皇帝不日又要亲选秀女,万一选中了你,即使梁相公健在,他也进不了宫,师父即使同情你,也救不了你啊!"

盈盈一听,眼泪又潸然而出了,她心想:事到如今,我岂不是断线风筝吗?即使自己冻死迎风站,饿死不弯腰,但我能飞出这宫墙吗?我被幽禁深宫,梁哥哥能进得来吗?梁哥哥如今到底在哪里呢?一种彻底绝望的悲伤,让她几乎要站不稳了。

楚润娘此时向盈盈表明身份说她就是楚润娘,这犹如给盈盈忧心如焚的心里滴上了一滴温水,但怎么改变她既定的悲惨命运呢?梁哥哥究竟在哪里呢?

虽然梁厚本与楚润娘有一年之约,可一年过去了,梁厚本总以各种理由拖延。这几年间,梁厚本或寻找机会打听盈盈消息,或与回京的白居易相商,或与仍在守陵的叔叔梁守谦相商,或去郑府打探消息,但是均毫无进展。郁郁之余,梁厚本也会离京去李愬那里待一段时间。

时间飞快,这次他回长安已经有一个月的时间了,他想:新君登基,或许先帝所选秀女会被特赦出宫。

## 第十五章 宫禁难会

这几天,梁厚本勉强打起精神,经常到兴庆宫前的街道上走走,他远远地望着戒备森严的高大宫门,心急如焚却无可奈何,既不能停留,又不许张望。今天,他走过两个来回,已经引起沿街巡弋禁军的注意,盘问了他好久才将他赶走了。

他垂头丧气地也不知走了多长时间,走了多远,也不知走到了哪里,忽见一个太监赶着一辆小巧玲珑的宫车缓缓走来,他只得贴着路边让路。

谁知那辆车却在他身边停下了,他听见有人叫了一声"梁相公"。原来车里坐的是楚润娘,她从宫车的小窗口里看见了梁厚本,便让车停下并告诉他:"奴家在晋王府侍宴,刚刚回来,正要回教坊哩。"

她向梁厚本暗里使了个眼色,道:"数月不见了,梁相公怎么如此憔悴?你要多保重,奴家有急事得赶紧回教坊,新收的弟子郑盈盈还等着向我学琵琶哩。"

梁厚本心里一惊,刚要说什么,却被楚润娘用眼色制止,随后她就示意太监赶着宫车走了。

梁厚本悲喜交加，手足无措地痴痴地立在路边，望着宫车越走越远，他心里想道：想不到我几载奔波未得到消息，润娘入宫不久就找到了盈盈，真是苍天有眼，苍天有眼啊！可是，我如何能够进宫见到她呢？

希望越大，梁厚本越急，他被突如其来的好消息和一筹莫展的窘迫挤压着，发疯似的漫无目的地走着，也不知道走了多长时间，也不知道走到了哪里。

天渐渐暗下来。

一个庄稼汉赶着一辆满载着紫草的马车正吃力地迎面爬坡过来。那车紫草足有两人多高，大车四周也是满满当当，连车轮子都看不到了。

老马瘦骨嶙峋，无论庄稼汉怎样抽鞭子，那老马也只是喘着粗气，绷紧四蹄，车却是纹丝不动。

庄稼汉猛地又抽了一鞭子，那马的前腿一下跪倒，想是支撑不住了。

庄稼汉急忙去抬车辕条，但是人单力薄，车子依然纹丝不动。

梁厚本见状，急忙跑过去帮着抬车辕，却仍然抬不动。路上已无行人，老马喘得更厉害了。

庄稼汉慨叹道："啊，看相公的打扮，定然是个少爷。您这样好心，老汉感激不尽！"

梁厚本道："老丈不必客气，你先卸下一部分紫草，等马站起来拉过坡顶再装上吧。"

庄稼汉恍然大悟地道："唉，急糊涂了，相公再帮把手吧。"

两人急忙从车上往下卸紫草。

快卸了一半时，梁厚本见车上的紫草里露出一条武士巾，庄稼汉惊慌地看了梁厚本一眼，赶忙把它塞进自家怀里，那马这时也猛的一下站起来了。

庄稼汉撩起衣襟擦汗，也累得筋疲力竭了。

梁厚本忙问："拉这么一车紫草干什么？"

庄稼汉道："好相公，你有所不知，如今宫内崇尚紫色，宫里的嫔妃都喜欢穿紫色衣裙，所以宫里的染匠向俺们收购紫草，好做染料。"

梁厚本一愣，忙问道："怎么你的紫草车里还有一条头巾？难道车里还藏过人吗？"

庄稼汉慌了，扑通跪下就要磕头。

梁厚本赶忙拉起他，小声道："老丈不必如此，你老实说吧。如今的庄稼人面朝黄土背朝天，也不容易。"

庄稼汉又要磕头，支支吾吾地道："这头巾……是老汉才买的……装紫草时……一时粗心，装进车里了。"

梁厚本质问道："这头巾叫什么名字？花了多少钱？在哪家买的？你买这个干什么？庄稼汉戴这个吗？"

庄稼汉支支吾吾，不知怎样掩饰。

梁厚本道："老丈放心，此事天知地知，你知我知。"

庄稼汉四下看看无人，只好结结巴巴地说："俺看相公真是菩萨心肠，也瞒不得你了。是宫里的染匠头儿，说有几个亲戚多年没见面了，让我把亲戚藏在车里拉进去见见面，偷给他拉一个就给我五两银子。这条头巾是先前拉的那人落在车底的。小的这些年缺吃少穿，穷孬了，也就不顾命了，隔几天就捎带一个。"

梁厚本心里一惊，忙问："宫里的禁卫不搜查吗？"

庄稼汉道："我进出宫门多少年了，那几个太监认得俺，俺有鱼符，他们看俺老实巴交的，搜查也不过是敷衍了事。"

梁厚本闻言大喜，心想：真是天无绝人之路，今天刚知道了盈盈的消息，就有这么一个机会进宫，忙道："我给你十两银子，把我也拉进去吧。"

他见庄稼汉犹豫不决，便道："我的银子扎手？你没干过这事？我也是想进去见个内廷教坊的亲戚。一者，内廷教坊远离皇上寝宫，戒备不那么严；二者，往前走就是一路下坡了，即使多个人马也拉得动。"

梁厚本将银子悄悄塞给庄稼汉，庄稼汉四下看了看，便悄声道："千万可别出声。"

梁厚本见街上并无行人，迅速钻进草车最里层，庄稼汉赶忙装好紫草，冲老马打了一鞭子，马车顺着下坡，越走越快。梁厚本激动兴奋的心跳，比马蹄的嗒嗒声还要快得多。

转眼到了宫门前面，庄稼汉亮出鱼符，守卫用腰刀冲着紫草车边上胡乱捅了几刀就放行了。

走过一重门，仍是如此。

又进一重门，还是如此。

又来到一座殿前，两个太监挡住了车马，看过老汉的鱼符后厉声质问道："有无藏掖？往下卸草，检查！"

庄稼汉顿时一愣，面上装作若无其事的样子从车子边角开始往下卸草，心里却害怕得要命：这下可没小命儿了！

藏在紫草里的梁厚本闻言也大吃一惊，心里道：妹妹啊，哥哥先走了。为了你，死也值了！

紫草卸了一个角，两个宦官又用腰刀冲着草车乱捅了几刀，不耐烦地道："行了，谅你也不敢找死。"

天完全黑了，运草的老汉感觉今天不妙，待马车走到一个偏僻的小巷时便让梁厚本偷偷下车，让他先找个不起眼的角落藏好。老汉告诉他，小巷尽头右拐就能到内廷教坊。

# 第十五章 宫禁难会

李湛在兴庆宫的清思殿里，正准备更衣去打马球，王守澄和仇士良侍立两旁。

李湛问道："马球准备好了？今日怎么个玩法？还是那老一套吗？"

忽然，一个太监气喘吁吁地跑来，大声嚷着："不好了，不好了，染匠头儿造反了，乱兵杀来了，乱兵杀来了！"

王守澄还算镇定，忙问道："胡说什么？怎么回事？"

那个太监越急越结结巴巴地说不出话来。

王守澄对仇士良命令道："你速带禁军前去看看。皇上会暂且回避。"

仇士良率领部分禁军匆匆而去。

为时不长，仇士良便返回了清思殿，对王守澄悄声道："回禀公公，原来是那个染匠头儿曾叫人算过一卦，说他有帝王之命，他便信以为真，假借向宫中运输紫草之际，将其死党数十人藏于紫草车里分批偷偷运进宫中。这厮胆子越来越大，起初只是让一辆车偷运，一次藏一个，后来竟然又找了另一辆车。多亏咱家手下有个小厮，发现草车沉重起了疑心，命令卸下紫草搜查，他们便提前动手了。区区几十个人，还能成了气候？乱兵已被全部诛杀，那个染匠头也投井自杀了。"

王守澄怒道："死有余辜，将他诛灭九族！是否还有余党未尽？你速去搜查！"

仇士良领命带领禁军走了。

梁厚本悄悄来到一个宫门附近，见门额上有"教坊"二字，里面还传出笙歌弹唱之声，门口有两个太监守门，他无法进去，便躲在一棵高大的海棠树后偷偷观望。

忽然,几个太监大声嚷着:"都去杀乱兵啊,都去杀乱兵啊,还愣着干什么?"守门的两个太监闻声跑走了。

梁厚本不敢怠慢,一溜烟似的跑进了内廷教坊。

内廷教坊里,楚润娘正在卧室内替盈盈擦着眼泪,她劝说道:"傻妮子,吉人自有天相,你就算命大的了。先皇在时,仇士良那厮想让你进御,不巧穆宗皇帝失足落马,患了中风。现在新君继位了,你都是老秀女了,新君未必还拿你们当回事儿,还不该念佛吗?再者说,梁相公也进京了,虽说师父也没法让梁相公进得了宫,但是凭着你的悟性,凭着你的技艺,说不定什么时候就能打动圣上的恻隐之心,放你出宫与知音人破镜重圆哩。你哭坏了,梁相公岂不伤心?"

盈盈擦着眼泪道:"听师父这么一说,奴家也不想死了,说不定什么时候,真能见到梁哥哥哩!"

话刚落音,虚掩着的室门咣当一声开了。

楚润娘与盈盈大吃一惊,她们简直不敢相信自己的眼睛,面前竟然站着梁厚本。

楚润娘惊呆了,忙问:"啊?梁相公!你怎么进来的?"

盈盈喊道:"梁哥哥!"

她顾不得楚润娘在一旁,跑过去一头扑在梁厚本的怀里,五味杂陈的泪水顺着脸颊潸潸流了下来。

楚润娘忙道:"我出去看着,这里可不是久留之地。"说着便急速走出门外,反手将两扇门关好。

梁厚本抱着盈盈哭道:"我以为这辈子再也见不到妹妹了……如果那样我也不想活了。"

盈盈哭道:"傻哥哥,妹妹还没见到哥哥哩,怎么会死哩,还想与哥哥都活一百岁,一千岁,一万岁,都成了神仙也不死哩。"

## 第十五章 宫禁难会

屋门咣当一声被推开了，润娘面无人色地跑了进来，道："坏了，坏了，李大人和仇公公来了！"

盈盈怒道："这个孬种！师父，哪个李大人？"

润娘道："新近任职的礼部郎中李训，管着教坊，人倒和气，只是仇士良那个孬种不好对付。"

梁厚本气愤地道："跟他拼了！"

润娘一把将他拦住，忙道："这可是在宫里！"

说话之际，李训和仇士良率领着禁军已经进了内廷教坊宜春院，楚润娘向梁厚本的衣袋里偷偷地掖进一个什么东西，然后满面春风地迎了出来，施礼道："李大人、仇公公万福。"

李训见楚润娘颇有姿色，喜道："润娘才艺双馨，定然将弟子教得技艺精熟了？下官与仇公公奉圣上旨意，前来省视检查。"

仇士良问道："盈盈那死妮子呢？"

楚润娘道："不是贱妾说嘴，弟子之中顶数她技艺精熟，不日就能给皇上演奏了。"

仇士良大模大样地道："哼，命她来见。"

盈盈走出润娘卧室，施礼道："二位大人万福。"

仇士良怒道："死妮子，若不是看在李大人面上，你早死好几回了！为何磨磨蹭蹭这么久？在屋里搞什么鬼？"

润娘与盈盈心里一惊，见仇士良抬腿就往屋里闯，更加胆战心惊，却见梁厚本愤愤不平地走了出来。

仇士良一见大怒，骂道："妈的，哪里来的一个臭儒生？这可是教坊禁地，岂容尔等闲杂人员擅自进来鬼混！"他喝令禁军道："还不把他拿下？"他还没认出是梁厚本。

几个禁军一拥向前，要捆绑梁厚本。

李训道："且慢。"禁军暂时退下了。

梁厚本从容道："请教仇公公，儒生读的是圣贤之书，哪里臭来？你却满嘴脏话，目不识丁，香在何处？你生生将良家女子抢入教坊，天理何在？丈夫来见妻子一面，有何不可？怎说是闲杂人员？"

仇士良道："越发胡说！谁是你的妻子？"

梁厚本道："这郑盈盈就是小生聘定的妻子。"

李训道："下官倒是听郑盈盈说过。"

梁厚本道："请李大人与小生做主。"

仇士良大怒，对着梁厚本吼道："咱家想起来了，你……你就是梁厚本那个狗杂种吧？大柳树下你用弹弓射咱家，曲江岸边你又打咱家，如今又擅自私闯内廷教坊，犯下十恶不赦之罪，老子岂能饶你。"

他喝令禁军："给我拿下！"几个禁军又要向前。

李训对禁军道："不得无礼！"

仇士良道："李大人，不是仇某官报私仇，你问他梁厚本，是怎么进宫来的，他有鱼符吗？"

梁厚本支吾道："我……"

仇士良哈哈大笑道："咱家替你回答吧！如今，这染匠头子造反，用紫草车向宫里偷运死党，你肯定是他的死党，被藏到紫草车里偷进来的，这可是诛灭九族的死罪，李大人也救不了你。你还不束手就擒，老实伏法？"

闻听此言，楚润娘、梁厚本、郑盈盈都倒抽一口凉气，心急如焚，手足无措。

李训也将信将疑，知道真要如此自己也无计可施，断然也不敢惹火烧身。

仇士良洋洋得意地命令禁军道："来呀，速将这个叛匪的死党捉拿归案！"

几个禁军一拥上前，又要捆绑梁厚本。

楚润娘高声道："且慢！"

她挺身而出，大声道："事到如今，贱妾也不得不说了。是奴家将鱼符偷偷给了他，他才进得宫来。梁兄弟，从口袋里把鱼符拿出来吧。"

梁厚本这才知道，润娘刚才往他衣袋里偷偷塞下了鱼符，于是便拿出鱼符，高举着亮了亮，递给了李训。

李训接过鱼符看后还给了楚润娘。

仇士良哈哈大笑，对楚润娘道："真真奇了怪了，咱家一向听说是英雄救美，如今倒是美人救英雄了。润娘，你可想清楚了，擅自借用鱼符，可是死罪！"

楚润娘冷笑道："仇公公，你就不审问审问奴家，为什么敢冒死罪，借给他鱼符吗？"

仇士良对润娘笑道："你别东扯葫芦西扯瓢的，这有什么敢不敢的？莫非你也是染匠的死党？妄想合谋造反叛乱吗？老实交代！李大人也不会饶恕你这两个狗男女！"

李训却道："仇公公，梁厚本与楚润娘是否是染匠死党，下官也不会只听他们一面之词。润娘，本官容你从实招来。"

润娘对仇士良不慌不忙地说道："仇公公，你也知道，贱妾原本只是一个弹琵琶卖唱的可怜女子，后来究竟是被哪位公公看中，将奴家生生掠入宫中来的？本来奴家为皇上演奏小忽雷，升任了内廷教坊中丞，又是被哪位公公看中，非要奴家做他的伴食？奴家不肯，又被哪位公公将我扮作宦官弄出宫外，卖给了茶商？将皇家内廷教坊教习偷运出宫，可是灭族之罪？茶商死后，奴家流落到杭州。后来，新君继位，没人能弹小忽雷，皇上又派人将贱妾从杭州调进宫中。其时，梁相公正在杭州白翰林府上读书，靠他相助，贱妾才能回到京中，继续侍奉皇上。倘若不是梁相公鼎力相助，内廷教坊至今也没教习，梁相公难道不是有功之臣吗？贱妾对梁相公之恩，念念不忘，已经与他结拜为姐弟，所以便将鱼符偷偷给了他，他才进得宫来。是死是活，全由贱妾一人承担，即使见了当今圣上，贱妾也不改口供，非要将那偷运宫女、逼迫教习为伴食的公公揭发出来！全凭李大人做主。"

仇士良见楚润娘说得慷慨激昂，振振有词，滴水不漏，全无破绽，真要弄个鱼死网破，恐怕自己也难脱干系，即使不死，恐怕也要脱去一层皮，因此，他一时也无计可施，犹豫不决。

李训对仇士良耳语道："润娘真要破罐子破摔，揭出那位公公，想必也是两败俱伤啊，此事还是权当天知地知你知我知吧。况且，梁公公面上，郑大人面上……咱们也不可树敌过多啊。"

仇士良不说话了。

李训便对梁厚本斥道："此乃禁地，还不出去？"又对禁军喝道："将他送出宫门就是了！"

梁厚本道："多谢李大人。"

仇士良见梁厚本跟着两个禁军向教坊宜春院门外走去，气急败坏地对楚润娘道："不是李大人说情，老子饶不了你！"

仇士良与李训悻悻而去了。

盈盈对润娘的敬意油然而生，心想：今日梁哥哥侥幸脱险，又是我们的一大灾难了。娘那些唱本里的琵琶女，都是演唱给别人听的，如今才知道，师父真是见义勇为、舍生忘死的烈女啊。

不过，她还并不知道，处于尔虞我诈的宫禁之中，她随时都面临着杀身之祸。

## 第十五章 宫禁难会

宝历元年（公元825年）四月，即十六岁的李湛继位称帝的第三个月。

这三个月中，李湛时不时就在兴庆宫的中和殿、飞龙院、清思殿的殿前广场里打马球，打累了就让太监们陪他在御河里观看赛龙舟。

因为宫里殿堂甚多，有的大殿从不使用，也不修葺，院子里长满野草，成了狐狸栖息的乐园。宦官给李湛汇报，说要刈除野草，消灭狐狸。但是，李湛听了，反倒来了"灵感"，这不是打狐狸的绝妙场所吗？于是到了夜晚，他就带领宦官和禁军，在那些旧宫里打野狐狸，狗跑狐叫、弓响箭飞、人喊马嘶，好不热闹。但是宫殿里哪有那么多狐狸？于是宦官们也会想法，隔些日子他们就从宫外弄些狐狸放入宫中，供李湛射猎。

打狐狸打累了，李湛就让那些大力士在大殿前的台阶上搞摔跤比赛，他亲自当裁判。观看到得意忘形之际，他也亲自下场比赛。

那些大力士本来可以拿他当小鸡子耍，可是谁敢拿自己的脑袋当儿戏？往往是一交手，大力士们已经变着法儿地先倒了，他也就以为自己是天下第一大力士，世上第一相扑家，非要让宦官通知蒙古、匈奴的摔跤能手来跟他比试比试。

那些宦官只得说，蒙古的摔跤高手一听他的名字就吓得长年拉肚子；匈奴的相扑大王一听他的名字，就吓得跑到火焰山去卖哈密瓜去了。

这李湛，整天瞎折腾，自然是未曾一日上朝听政，未曾一次批阅奏章。

这天，这个风流小皇帝忽然又突发奇想，又有了花样翻新的玩法：他命人将宫内教坊里学习歌舞的数十名宫女都集

211

合在清思殿前，让她们站在一个用红色绸缎围成的圆圈之内。他则站在红绸圈之外十几步远，手里拿着一张弓和几只箭，嘻嘻哈哈地说道："都给朕听好了，朕若射着谁就罚谁，你们可以躲避，但不许出圈。看箭！"

顿时，宫女们吓得四下躲避，乱成了一团。

唯有病体恹恹的盈盈，心里仍然在思念梁厚本，哪里听得到李湛的话语，仍是痴痴地站着，不料身上中了李湛的箭。

众宫女惊惶地"啊"了一声，盈盈已经跌倒在地上了，李湛却哈哈大笑起来。

原来，那是李湛"发明"的"风流箭"，箭头有个纸包，里面包着麝香香料。此时香包已经破散，透出来一阵阵香气。

李湛问虚惊一场的盈盈道："你叫什么名字？"

盈盈爬起来，仍是心有余悸地道："郑盈盈。"

李湛笑道："想叫朕怎么罚你？是愿意去服侍朕，还是到殿外阶下罚跪？"

盈盈挺胸昂然答道："罚跪。"

李湛与众宫女都对她的回答感到吃惊。

李湛骂道："不识抬举的东西，罚跪！"

两个太监立时将盈盈拉下台阶，按着她的头让她跪下。

其他宫女个个噤若寒蝉，低头不语，大气也不敢喘。

禁军右中尉仇士良匆匆跑进大殿，道："启禀万岁，马球都准备就绪了，等着皇上开球呢。"

李湛指着盈盈道："啥时不嘴硬了，才能滚回教坊！"

他去打马球了，盈盈仍然跪在台阶下的砖地上，一个小太监在旁边看守着她。

此时正是四月份乍暖还寒的时候，盈盈只穿着一件薄薄的紫色裙子，初跪着时还不觉辛苦，时间一长，却感到寒气袭人，地上的砖又凉，不由得瑟缩发抖。

看守她的那个小太监倒有几分好心肠，絮絮叨叨地说："快去认个错吧，也免了遭这个罪。"

盈盈道："奴家有什么错？"

小太监见四下无人，悄声道："跟皇上顶嘴，哪能不是奴才的错。"

盈盈正要反驳，小太监道："咱家去方便方便，你可不敢跑，否则就没命了。"

盈盈耳边响起了娘亲的声音："冻死迎风站，饿死不弯腰。"便对小太监道："跪到天黑奴家也认了。"

小太监提着裤腰跑了。

殿旁有脚步声传来，盈盈扭头一瞥，吃了一惊：原来是哥哥郑注身背药袋，跟着一个太监匆匆从身边走过。

盈盈有意咳嗽了一声，郑注扭头一看，见是盈盈跪在地上，不觉大吃一惊，脚下却像是抹了油，走得更快了。郑注见迎面走来那个看守盈盈的太监，便问道："那个宫女，犯了什么罪？"

小太监道："这是你乱问的地方吗？你沾亲，还是带故？"

领着郑注走的那个太监解释道："这是晋王府判官，要给圣上去把脉哩。"

郑注也忙指着跪在地上的盈盈道："下官与她素不相识，素不相识。"

他头也不回地匆匆走去了，身上已经出了一层冷汗。原来，礼部郎中李训因为近日被几个妻妾折腾得头晕目眩，经人推荐，他吃了郑注的几副中药，居然大有好转，于是，李训便将郑注推荐给了李湛。郑注既然能给李湛治病，倘若能在李湛跟前为妹妹说上两句好话，盈盈也未必会继续罚跪。可是，这郑注是个为了头上纱帽翅儿六亲不认的小人，躲闪还恨爹娘少生了两条腿，焉敢多问一句呢？

盈盈见哥哥走了，心想：倘若是换成梁哥哥，他岂会如此绝情呢？他在哪里呢？那个可恶的小皇帝，要我跪到什么时候呢？

其实，李湛早把盈盈罚跪这事忘到九霄云外了。他正在兴庆宫清思殿殿前宽阔的庭院里，对侍从的宦官吩咐道："朕想了个更刺激的玩法，比赛者一律不能骑马，都换成骑驴，这叫打驴球。"

一旁侍立的仇士良立即奉承道："皇上就是皇上，干啥都是独出心裁，不同凡响。"

于是，双方球员各骑着毛驴登场了。

自然要让李湛首先开球，他骑着一头叫驴，在驴背上用球杆狠狠将球打了出去。

一名宦官骑着毛驴拼命追赶那球，却见对方一个队员从斜刺里插过来，这名宦官骑的毛驴忽然停下不追球了，尥蹶子乱踢，一下子将他掀下了驴背。

李湛见这个宦官是皇家队，给自己丢了人，便满腔怒火地骂道："窝囊废，自打嘴巴四十！"

这名宦官只得不情愿地自己打自己的嘴巴，嘴里还数着"一、二、三……"

无独有偶，又有两个宦官，都骑着毛驴共追一个球，待追到球边，两人各自挥起球杖，争相击球，却是一个被对方击中大腿，一个被对方击中胳臂，全都摔下驴来。

李湛更加生气，立即命令道："罚你俩互打嘴巴四十！"

这俩人口里数着数，互相抽打着嘴巴。起初只是轻溜溜地瞎比画，后来，不知谁手劲重了一些，彼此便越打越重，全都鼻嘴流血了。

见皇家驴球队要输了，李湛命令他的主力队员道："仇士良出场。"

仇士良赶紧骑着一头健壮的母驴，飞快地驰向球场追赶那球。

李湛也骑着一头特别高大矫健、戴着黄金笼头的叫驴，挥舞着球杖，追赶那球。

看看近了，仇士良正要击球，谁知他骑的那头母驴正在发情，突然停住不走，低头去嗅李湛骑的那头叫驴的屁股。

李湛觉得好笑，赶忙挥杖击球，却一下击中仇士良的大腿，仇士良一头栽下驴来。

李湛大声对仇士良道："罚你自打嘴巴六十！"

仇士良自己打着嘴巴，一边数着数一边心里嘀咕道："妈的，明明是你打了咱的大腿，为何反倒处罚咱？"

## 第十六章 中丞任上

宝历二年（公元826年）十二月初八的夜晚，月光朦胧，但兴庆宫含元殿前却是人喊马嘶，整个宫殿在灯笼火把的照耀下如同白日一般，李湛率领大小太监和御林军，个个精神抖擞，持弓执箭，整装待发，仿佛要立即奔赴前线与入侵贼寇大战三百六十回合似的。其实，这是李湛每晚必做的头等"大事"——打夜狐。

既然是"当今圣上头等大事"，宦官仇士良自然一马当先，将那些预先偷偷放入殿前的野狐狸驱赶到李湛身边。李湛一见身边几只狐狸仓皇乱窜，便猛地一箭射去，谁知未曾射到狐狸，那箭却从仇士良耳后嗖的一声飞过去了。

仇士良不禁大吃一惊，咬牙切齿地冷冷一笑，心里道："又冲老子来了？"却不敢发作。

一直折腾到深夜，总算是阴差阳错地有几只狐狸撞上了李湛的箭头，围猎称得上大获全胜了，于是李湛在含元殿与诸多宦官侍从饮酒庆祝。

仇士良正憋了一肚子气，又有些后怕，心情忐忑地频频为李湛祝贺敬酒，还示意其他宦官侍从为李湛敬酒，纷纷说着"圣上箭法高明""堪比后羿射日""天下第一箭""就是饿虎群狼，也逃不出陛下的神箭"之类溜须拍马的话，听得李湛浑身舒坦，也就忘乎所以地频频干杯，不觉已经酩酊大醉了，他眯缝着惺忪模糊的醉眼道："朕……今夜特别……高兴……待朕……沐浴更衣……之后……接着喝！"

　　仇士良心中窃喜：真乃天助我也。他赶忙去搀扶李湛，还回头对下属命令道："速速退下，谁若惊了皇上沐浴，立斩不赦！"

　　就这样，在沐浴室里，只当了两年皇帝，年仅十八岁的唐敬宗李湛又死于宦官仇士良之手了。

　　虽然有的宦官也猜出了个八九不离十，可是惧于仇中尉的权势，谁敢吱声？

　　两日之后，李湛之弟、年仅十七岁的李昂于德麟殿被拥立为帝，即唐文宗，公元827年改元为大和元年。

　　文武百官照例是三叩九拜，齐声高呼"万岁万岁万万岁！"

　　李昂也是照例地道："平身。"

　　但是，这容貌斯文、面目白皙的李昂，心中却暗藏英气，他刚登基，就与其他皇帝截然不同。

　　待文武百官高呼过"谢主隆恩"之后，李昂只是四下环顾了文武百官一圈，微微一笑，却是只字未发。

　　文武百官顿时感到新任皇帝雍容大度的目光已经看到自己了，猜想下面按着惯例定是宣布文武百官各升一级，群臣都瞪大眼睛，激情盼望着。

　　但是李昂矜持地轻轻咳嗽了一声，仍是只字未发。

　　群臣们又猜想，按着惯例，下面定是宣布要大赦天下了。

但是，李昂仍是只字未发。整个大殿里更加肃穆无声。

李昂双手举起案上御玺，向群臣亮了一下，然后稳稳置于案上，对其拜了三拜，方才朗朗说道："今乃大和元年，大和者，安和昌盛之至也。为此，朕今宣布三则旨令：一者，停止举国广选秀女，已选者，分期分批，许其出宫与家人团圆；二者，立即解散内廷五坊，五坊所养禽兽，一律妥善处置；三者，立即恢复科举，量才选拔百官。"

大殿内先是鸦雀无声，继之交头接耳，继之欢呼雀跃，终于像山呼海啸一般，群臣齐声高呼："万岁万岁万万岁！"

王守澄、仇士良心里却哆嗦起来，前者心中暗道：别看你新君上任三把火，没有咱家扇风，谅你也烧不了多久。后者心想：还能把盈盈那死妮子放出宫去？谁也别做梦！

这新君登基的消息，很快便传到了内廷教坊宜春院楚润娘及其弟子盈盈那里。

上次梁厚本藏在装运紫草的车内偷偷进宫，恰被来教坊巡察的翰林学士李训救下，放出宫外。而就是那次，李训见楚润娘颇有姿色，能说会道，极重义气，便许她出宫，将她纳为小妾。

盈盈对楚润娘道："贺喜师父，您不久就能搬进李大人府邸，总算终身有靠了！不知奴家何年何月才能再见梁郎。"

楚润娘喜道："都说这新皇帝仁义圣贤，既然他已经下了圣旨，要放出宫女，想来盈盈你也有盼头了。"

盈盈道："但愿如此。"心想：梁哥哥啊，你我有盼头了！

直到大和元年（公元827年）七夕，盈盈的机会来了。

那天晚上，月光如水，李昂正在兴庆宫鱼藻殿里小酌赏月，禁军右中尉仇士良立于一旁。

仇士良奏道："自圣上登基以来，日理万机，劳心劳神，如今国泰民安，四方藩镇臣服。今日七夕佳节，皇上不要奴才大摆筵席，是否宣歌舞进殿，奏乐助兴，以示皇上与万民同乐呢？"

李昂觉得这个"与万民同乐"的说法好，便点了点头。

仇士良立即传令道："皇上有旨，教坊搊弹部宫女上殿演奏。"

于是，盈盈等宫女怀抱着各色乐器，进殿礼拜之后，演奏起《七夕曲》来：

> 长安城中月如练，
> 家家此夜穿针线。
> 人间君臣相契合，
> 千古江山万年传。

李昂指着盈盈对仇士良道："朕看这几个搊弹宫女，唯有弹胡琴的这个色艺俱佳，颇能赏心悦目，去将小忽雷取来，赐予此女，弹来朕听。"

侍从太监即刻拿来小忽雷递给盈盈。她抚摸着小忽雷，想起入宫已经数个春秋，不知何时才能出宫，不仅百感交集，便弹奏起琵琶古曲《七夕曲》来：

> 一年一度鹊桥横，
> 牵牛织女泪融融。
> 漫道七夕穿丝线，
> 天上人间两空空。

仇士良一听便火了，怒道："皇上正高兴哩，演这哭哭唧唧的曲子干什么？"

李昂忙制止道："别吓着她。朕听来，曲调甚好，技艺亦佳，朕也被打动了。"

仇士良正盘算着如何找个借口请皇帝处分盈盈，只见一个太监兴冲冲地进殿道："启禀圣上，吐蕃大使听说皇上于此欢度七夕佳节，特地派来一位弹奏琵琶的国手，前来演奏助兴。"

李昂立时道："令她进来。"

内侍高声道："吐蕃国手进殿。"

一声未了，那位吐蕃胡姬身着胡服，怀抱特大琵琶，已经进殿施礼跪拜了。

李昂道："赐座演奏。"

那胡姬谢了，坐下来立即将那特大琵琶抱在怀里，只见那琵琶大过一般琵琶，琴弦也粗，拨子也大。

但是，不知她弹的是何曲何调，惟听铿锵叮咚，慷慨激昂。

胡姬弹过之后，神态傲慢，微微一笑道："堂堂大唐，定然不乏知音之士，不知道众位能识此曲吗？"

鱼藻殿内登时肃然寂静了。

胡姬以为没有人懂得她刚刚演奏的曲子，越发显得得意洋洋，笑容挂上了嘴角。

李昂有点不满，扫视了那几个教坊搁弹部女子一眼，她们个个面面相觑。

此时，郑盈盈微笑点头。

李昂便对盈盈道："但讲无妨。"

盈盈从容走向胡姬，示意她拿过琵琶来。

胡姬将琵琶递与盈盈，又要将拨子给她，她接过后，却置于案上不用。

盈盈以自己的长长指甲为拨子，一边弹奏，一边唱道：

> 月明星稀霜满野，
> 毡车夜宿阴山下。
> 汉家自失李将军，
> 单于公然来牧马。

盈盈所弹，与胡姬所弹丝毫无差，胡姬羞愧地低头不语了。

盈盈便道："这就是吐蕃琵琶《塞上曲》，奴家八岁就会演奏。只是此曲有徵无宫，正气不扬，待奴家稍稍改动音律，就是我大唐的琵琶《塞上曲》了，不知皇上是否允许奴家演奏？"

李昂高兴地道："尽管奏来。"

盈盈便重新弹起琵琶，高歌道：

> 月明星稀霜满野，
> 毡车夜宿阴山下。
> 胡汉各自有将军，
> 华夏一家共牧马。

胡姬闻听这番演唱，既羞愧难当，又佩服得五体投地，跪下道："中华人才济济，奴家再也不敢自高自大了。"

李昂微微一笑道："华夏本是一家，乐曲各有特色，国手言之有理，重重有赏，下去领赏吧。"

胡姬说着"谢主隆恩"，悄悄地低头退下去了。

李昂指着盈盈问仇士良："此女叫什么名字？"

仇士良道："她叫郑盈盈。"

李昂称赞道:"今日盈盈技艺超群,且能认识到华夏一家,结盟友好,尽合朕意,可喜可嘉。朕今特地赐你为女中丞之职,重重有赏。仇士良,速取锦衣玉带来,以表其才。"

盈盈跪拜道:"谢主隆恩,万岁万岁万万岁!"

仇士良只好取来锦衣玉带,郑盈盈穿戴一新。

李昂道:"平身。"盈盈却仍然跪着未起。

仇士良忙道:"皇上叫你起来呢,还跪着干什么?"

盈盈仍是跪着道:"微臣冒死启奏陛下,微臣乃是神策判官郑注之妹,自幼许有夫家,伏启陛下可怜,能否将微臣放出宫外,与家人团聚呢?"

李昂道:"噢,原来你已有夫家,又是缙绅之妹。朕已下了放还宫女的政令,自然是不可强留你的。"

仇士良未曾想到郑盈盈会突然借机越过自己,自行启奏,这明明是未把自己放到眼里,有意奚落自己,于是更加不愿盈盈被放出宫外,让梁厚本如愿以偿。他立即奏道:"启禀皇上,原来的教习楚润娘已经随翰林李训出宫,如今教坊之内,郑中丞技艺最为精妙,是否等她传授弟子之后再礼送出宫为好呢?"

李昂转过头去问盈盈:"中丞之意呢?"

盈盈顿时一惊,对仇士良满腔怒火,却道:"传授弟子,亦是好事,微臣遵旨。"

就这样,盈盈还得继续留在宫中教授内廷教坊搊弹部宫女弹奏小忽雷。而那仇士良又暗里吩咐搊弹部女子,谁要先学会了小忽雷,就剁掉谁的手指,所以转眼到了大和元年(公元827年)九月,盈盈还无可奈何地留在宫中。她猜得到这又是仇士良的阴谋,但只能把仇恨埋在心里,心心念念地渴盼能够重见梁厚本。

同年的九月某日黄昏，秋风凄厉，落叶纷飞。

兴庆宫的内廷教坊宜春院大厅里，女中丞郑盈盈对几个怀抱各类乐器练习的搊弹部宫女吩咐道："各自回房练习吧。"

宫女们唯唯施礼退了出去。郑盈盈也走进了自家卧室，轻轻掩上了房门。

她拿过梳妆台上的铜镜，突然想起嫂嫂当年见她照镜时由衷的赞叹之声："真是女大十八变，也不知哪家儿郎有福。"

如今呢？她长叹一声，慢慢推开了铜镜，不愿再看眼角上增添的细细纹理。梁哥哥此时什么样了呢？她眼前又出现了梁哥哥的面容。

她呆呆地坐着，在百感交集、情意缱绻中，情不自禁地弹起了小忽雷，深情地低声唱着：

> 清风明月在，
> 高山流水真。
> 既然同心结，
> 勿嗟少知音……

秋风袭来，天色渐暗，室内烛光摇曳，冷清寂静。她和衣躺在床上睡了，又是梦境在眼前交互闪过——

忽而是宫中遣返宫女，她夹杂在诸多悲喜交加的宫女中，在宫门外举目四望，忽见梁哥哥飞奔而来，两人紧紧拥抱，泪流满面……

忽而又是仇士良将她向宫门之内拖拽，怒道："还没教好搊弹部宫女，不许出宫！"

盈盈心惊肉跳，从睡梦中醒来时已是大汗淋漓。

一个十几岁的小宫女兰儿忙走进来问道："中丞姐姐，

又做噩梦哩？早就该吃晚饭了。"

盈盈闷闷不乐地道："不吃了。"

兰儿将手里的一支长满红叶的枫树树枝插在梳妆台上的一个花瓶里，道："中丞姐姐，您不知道哩，枫叶亭下的枫叶全都红了，明儿个姐姐也去瞧瞧吧。"

盈盈忽然想到：枫叶真能传书吗？

翌日黄昏，郑盈盈在小宫女兰儿的陪同下，悄悄来到了宫中西苑枫叶亭下。

她坐在亭内石鼓般的圆凳上举目远望，只见亭子周围的山坡上，幽径旁，御沟边，全是高高低低、粗细不等的枫树。

在夕阳照耀之下，枫叶流丹，红艳欲滴，似锦如霞。可是，梁哥哥却被这高大宫墙阻隔在宫外，如今他在哪里呢？

微风吹来，片片枫叶不时飘落下来，有的落在了山坡上，有的落进了山坡下的御沟里。

御沟有三四丈宽，紧靠着高大的宫墙。因为被宫墙阻隔，那些飘落在御沟里的枫叶便随波荡漾，被流水冲到墙根，又荡漾回来。盈盈睹物思情，不由心想：自己不就是不能自主的枫叶吗？怎么都流不出这高大的宫墙。

她痴痴地呆望着，忽然发现御沟远处的宫墙边下出现了一个小小漩涡，几片鲜红的枫叶打着转儿，像被什么抽动似的，忽然不见了。

她眼前一亮，猜想那宫墙墙根泡在御河水里，年久失修，定然是有个不知大小的水洞，御沟之水从那里流出了宫墙，枫叶顺着水流漂到宫墙之外的御河里去了。

她忽然又想到了唱本上曾有红叶传书的故事，难道自己就没有如此奇遇吗？

盈盈心潮澎湃，匆匆走出枫叶亭，沿着弯曲幽径来到御沟岸边,捡了一枚红红的枫叶,摘下头上的簪子在枫叶上刻了十个字:"清风明月在,高山流水真",然后轻轻放在了水里。

只见那片枫叶随着水流慢慢漂浮到宫墙墙根,忽然打了一个旋儿,一下不见了。她心里祷告道:阿弥陀佛,千万让梁哥哥捡到。

盈盈痴情地望着宫墙墙根,望着那个御沟打旋儿之处,目不转睛,坐着一动不动。

兰儿正在附近捡枫叶,她从头上解下红头绳,把捡来的枫叶穿成一尺多长的一串,高兴地跑到盈盈身边,道:"中丞姐姐,都送给你吧,喜欢吗?"

盈盈接过来,见那枫叶被红头绳穿在一起,不觉眼前一亮,便连声道:"喜欢,喜欢,可喜欢了。"她盼着那枚枫叶真的流到宫外,被梁哥哥捡到,流水不就是连结两个知音人的一条红头绳吗?

她还不知道,大明宫宫墙之外就围绕着一道御河,有六七丈宽,河水清澈平静,犹如镜面。

河对岸是道蜿蜒曲折的长堤,堤坝仅仅高出御河河水两三尺。

堤边岸上成排的枫树在夕阳照耀之下,紫红含翠,与那天空彩霞交相辉映,越发显得红红火火。经霜的枫叶偶尔飘飘落下,或落到长堤上,或落到御河的水里。

长堤上的梁厚本正在眼望宫墙,睹物思情,暗自伤怀。他一会儿想到"枫叶传书"的故事,一会儿想到虽然也曾平叛立功,却是有功无禄的往事。尤其令人椎心泣血者,乃是盈盈与他被宫墙阻隔,刻骨相思却不能长相厮守。

他坐在御河岸边的枫树之下,痴痴地望着宫墙,望着御河流水,望着水上漂浮的枫叶。

忽然，他看到那远处宫墙之下的水里，有一个漩涡，突然呼啦一下，河水竟然从宫墙之内涌出来一小股。梁厚本心里猜到定是宫墙下边有一不知大小的水洞，与宫内御沟相通，几片枫叶通过水洞涌出来，被水流推到自己脚边。

他眼前一亮，弯腰捞起一片枫叶，仔细端详，只见枫叶上刻着一行小字："清风明月在，高山流水真"，这不是盈盈写的，能是哪个！

他顿时热泪盈眶，将枫叶紧紧贴在胸口，好像是紧紧拥抱着盈盈，又将那个题诗的枫叶吻了又吻，亲了又亲，两手激动万分地捧着，过了好一会儿才想到什么，连忙摘下头发上插的玉笄，在那枫叶题诗之下，刻了十个字："既然同心结，勿嗟少知音"，顺手将枫叶轻轻放入水面，暗自祷告道："精诚所至，金石为开，千万要让妹妹捡到！"

梁厚本目不转睛地盯着那片枫叶，见它飘飘悠悠，却被水流冲向御河的下游，转着圆圈儿，渐渐不见了。

宫墙内外的一对情侣，再也没有捡到第二片题字的枫叶。

直到甚晚，两个人才郁郁不乐地各自离开了。

翌日，从日出到黄昏，郑盈盈依然来到御沟岸边，在枫叶上题字。

宫墙之外，从日出到黄昏，御河之旁长堤边的枫树之下，梁厚本也在枫叶上题字。

第二日，第三日，第四日……这一对情侣全都是乘兴而来，败兴而归。

梁厚本只得郁郁不乐地重新回到了梁家别墅里。

数日之后，黄昏时分，郑盈盈病体恹恹、垂头丧气地走回教坊，兰儿也无精打采地跟在后面，两人全都默默无语。

快到教坊时，突然从曲径上匆匆跑来一个二十多岁的宫女，她身着紫裙，模样、眉眼、神态竟然与盈盈相似，只是比身穿粉红衣裙的盈盈稍稍胖了一点儿，不认识的人恐怕会将她二人视为孪生姐妹。

仇士良正领着几个小太监追赶那紫裙宫女，嘴里骂道："妈的，不愿意也别跑啊。"

郑盈盈一愣，见仇士良竟敢明目张胆地追逐宫女，便挺身而出，大喝一声道："休得对我妹妹无礼。"将对面跑来的紫裙宫女护在了身后。

仇士良见是教坊女中丞，明明是心里咬牙切齿，却指着紫裙宫女嘻嘻笑道："瑛瑛不愿意当伴食也就罢了，哪知道是中丞的小妹。"说罢，领着小太监悻悻而去。

郑盈盈将瑛瑛领进了教坊的自家卧室里。

兰儿与瑛瑛对盈盈纳头便拜，盈盈将她两个扶起来，不知道为什么兰儿也跟着磕头。

兰儿道："她是兰儿的嫡亲姐姐，如今在宫中伺候兴宁妃子。"

盈盈喜道："我与瑛瑛彼此长得相似，瑛瑛又是兰儿的姐姐，我们何不结拜为姊妹呢？"

瑛瑛道："日后，姐姐若有用着小妹之处，小妹定然万死不辞！"于是，在兰儿的张罗下，盈盈与瑛瑛结拜为"巾帕姊妹"。

谁知，仇士良又在算计她们了。

翌日上午，禁军左中尉王守澄府邸的客厅里，王守澄因为觉察到仇士良随着官职的渐升，对自己的态度越发傲慢，正在独着闷酒，盘算着怎样再给他加个笼头，侍从忽然来报："仇公公拜见。"

王守澄生气地道："还得让老子请吗？"

仇士良已经走进来，拉了个要磕头的架势，却只是作了个揖。

王守澄冷笑道："仇中尉有何贵干？"

仇士良觉出了王守澄语气里的冷淡，便道："公公折煞小的了，小的特来给公公请安。"说着，还是跪了一跪。

王守澄道："罢了，坐吧。老夫没猜错的话，是否为了梁公公紧急奏疏之事？"

仇士良一愣，笑道："什么也瞒不过公公的一双慧眼。这梁公公只管在蒲城守先皇的灵就是了，却还要紧急奏疏圣上，说是连日来干旱不雨，要求圣上遣放宫女，我看他不过是想把他那没过门的侄媳妇郑盈盈趁机放出去，岂能让他的如意算盘得逞呢？小的想把他那奏疏压下，也替公公出出气。"

谁知王守澄却道："胡说！立即将这奏疏呈报皇上，不得有误。"

仇士良感到莫名其妙，看了王守澄一眼。

王守澄道："老夫料到，圣上定会立即同意梁公公奏疏，下令遣放宫女。倒是那郑盈盈吗……却要闹死闹活地拒不出宫了。"

仇士良觉得更糊涂了。

王守澄却小声说了一句："附耳过来……"

两日之后的一个上午，郑盈盈正在卧室里弹奏小忽雷，低声唱着：

清风明月在，
高山流水真。
既然同心结，
勿嗟少知音……

兰儿匆匆走进来，道："仇公公前来道喜。"

盈盈一愣，心想：这个孬种，一向把我看成眼中钉肉中刺，变着法地作践我，能给我道喜？我被幽禁这深宫里，整日以泪洗面，还能有什么喜事？怕不是黄鼠狼给鸡拜年吧？我可得留点神。

她正想着，仇士良领着两个小太监已经进了院子，对走出卧室的盈盈拱手笑道："恭喜中丞，恭喜中丞！"

盈盈想起前两天瑛瑛被自己救下的情景，忙道："仇中尉不怪罪奴家鲁莽不周，奴家已感恩不尽了，喜从何来？"

仇士良却不提往事，而是一本正经地道："只因为梁中尉给圣上上了一道紧急奏疏，请圣上裁减宫女，遣放出宫。圣上纳谏如流，立即传旨裁减宫女千员，许其与亲人团聚，其中就有中丞。中丞可以回到梁家成亲了，岂不可喜可贺吗？圣上有旨，被遣宫女，都到鱼藻殿谢恩哩。"

盈盈闻言，心想：听说圣上曾经下令裁减宫女，梁中尉为人正直，再次上书要求裁减宫女，也不能不信，而且他说要到鱼藻殿谢恩，证实了此事无疑。可是，说我可以回到梁家成亲了，这个孬种能听之任之不加阻挡吗？她心里七上八下，半信半疑，只得说道："待奴家换件衣服，便立即上殿谢恩。"

仇士良仍是一本正经地说道："咱家还要去通知别个，告辞了。"

仇士良走后，盈盈换着衣裙，正摸不清头脑，忽然见瑛瑛擦眼抹泪地来了，对盈盈道："姐姐姐姐，不好了！小妹从兴宁妃子那里听说，当今圣上为了奖励中尉梁守谦奏疏遣放宫女之功，特地赏赐他宫女数名，其中就有姐姐哩！"

盈盈顿时犹如五雷轰顶，把肺都要气炸了，心里骂道："仇士良啊仇士良,你这个禽兽不如的东西,怎么能想出如此乱伦无耻、伤风败俗的阴谋诡计来呢?倘若梁中尉纳了我为侍妾,他就会背上'扒灰头'的千古罪名,梁哥哥倘若知道此事,定会与他叔父梁守谦反目成仇,将我视为祸水淫妇。我则成了朝三暮四、伤风败俗的罪魁祸首,如今,唯有以死表明心迹了。仇士良啊,这真是一石三鸟的歹毒之计啊!"

她竭力压抑着悲愤怒火,对瑛瑛悄悄嘱咐了几句话后打发她回去。然后,她手脚麻利地打扮得焕然一新,怀抱小忽雷走出了内廷教坊,来到了兴庆宫鱼藻殿。她已经有了主意。

果然,鱼藻殿里,李昂端坐在龙椅上,仇士良在一旁侍立着。

阶下确实有诸多宫女跪着,看样子都是被遣放出宫的,虽然都静悄悄地不言不语,却人人喜形于色。

郑盈盈跪下来,把小忽雷轻轻放在身旁,琢磨着已定主意的细节。

只听仇士良道:"圣上慈悲为怀,将尔等遣放出宫,与亲人团聚,尔等还不感谢圣恩浩荡吗?"

众宫女赶紧五体投地地磕头,齐声呼道:"万岁万岁万万岁!"

李昂道:"罢了,去吧。"

众宫女施礼退下,她们有的喜悦,有的激动,几乎被自己的裙子绊倒在地上。

盈盈仍是跪着未动,台阶下只剩下她自己了。

仇士良对盈盈问道:"郑中丞为何不动?"

盈盈故作感激地道:"念今年七夕,圣上因微臣弹奏小忽雷特封中丞之职,圣恩恩重如山,微臣没齿难忘,欲在临行之际,再为圣上演奏一曲,不知可否?"

李昂向来欣赏郑盈盈的技艺，欣喜地道："朕正想听听。"

盈盈便怀抱小忽雷，一面弹着，一面深情地唱起《长恨歌》来：

在天愿作比翼鸟，
在地愿为连理枝。
天长地久有时尽，
此恨绵绵无绝期……

仇士良怒道："放肆！为何弹这靡靡之音？"

盈盈平静地道："仇公公定是知道这首曲子的曲名了？"

仇士良顿时语塞，只得支吾道："谁挡着你说了？"

盈盈道："这原是白居易大人为先皇玄宗所写的《长恨歌》，怎说是靡靡之音呢？"她停下演奏，看了一眼李昂。

李昂道："中丞但说无妨。"

盈盈从容说道："婢妾听说，玄宗任寿王时将杨玉环纳为妃子，后来玉环娘娘死于马嵬驿……"

李昂插话道："中丞错了，寿王是玄宗之子李瑁，杨玉环原是寿王李瑁的妃子。"

仇士良忙道："还是圣上博闻识广，是玄宗纳了儿子李瑁的妃子杨玉环。"

盈盈故作恍然大悟的样子说道："微臣明白了，看来那时候是可以父纳子妾啊。"

仇士良一听就怒道："胡说八道！乱伦悖礼的事，禽兽都不如，自古至今谁能允许？"

盈盈道："既然如此，公公为什么放出奴家，要给梁中尉充当侍婢？奴家未婚之夫是梁厚本，梁中尉是其嫡亲的叔父……难道这不是乱伦悖礼吗？"

李昂这才明白盈盈为什么说刚才那些话，也觉得此事果然荒唐，便问仇士良："可有此事？"

仇士良支吾道："是属下一时疏忽了。"

李昂怒道："这等胡为！料想中丞也不肯！"

盈盈道："微臣宁肯留在宫中，也不会做那伤天害理之事，省得连累仇公公也要问罪。"

仇士良道："奴才……"

李昂已经听出盈盈话中有话，但是，何时动仇士良自己还另有打算，于是打断仇士良的话道："这等胡为，还不退下？"

仇士良唯唯退下去了。但是他心里却憋着一股窝囊气，心想：怨不得自己的右眼皮这两日一直在跳。

翌日上午，仇士良就匆忙去找禁军左中尉王守澄商量对策。

王守澄道："老夫所料如何？盈盈那死妮子，是不是闹死闹活地拒绝出宫？"

仇士良道："公公果然料事如神！不许她出宫时，她千方百计地非要出宫；许她出宫了，又闹死闹活地拒绝出宫。"

王守澄冷笑道："她躲过了初一还能躲过十五？你看看这封奏疏。"

仇士良接过一份奏疏，扫了一眼便还了回去，道："小的斗大的字不认识一升，哪里看得懂？还是请大人明示吧。"

王守澄道："还记得今年七夕吗？北国那个胡姬来朝廷演奏琵琶，盈盈震住了她。那胡姬回去之后对那北国可汗禀报，说盈盈如何花容月貌、技艺精湛，惹得那可汗如今要娶她为阏氏……"

仇士良一听，笑道："这次啊，郑盈盈可真是叫天天不应，呼地地不灵了!"

盈盈哪里知道这突如奇来的变故呢?此时,她正在指点瑛瑛弹奏小忽雷。瑛瑛弹奏了一遍,盈盈听了,高兴得合不拢嘴,啧啧夸奖道:"妹妹真是天生聪明,这才学了多少日子,就能这样熟练了。"

瑛瑛脸一红,忙道:"还不是姐姐教得好,小妹这厢有礼了。"说罢,对盈盈连连作了几个揖。

兰儿见盈盈与瑛瑛都穿着紫色宫女裙,梳妆打扮一模一样,两人长得又宛如孪生姊妹,便笑道:"就是我,也分辨不出两个姐姐谁是谁了。"

盈盈道:"所以我要向圣上推荐瑛瑛妹妹为中丞啊,走吧。"

盈盈携着瑛瑛,抱着小忽雷,一起来到了鱼藻殿朝见李昂。

李昂倒还记得自己曾经答应的话,见盈盈带着一个容貌相似的女子对他三叩九拜,便对郑盈盈道:"朕曾答应中丞,待教好弟子弹奏小忽雷之后许你出宫,如今你可教成了?"

盈盈道:"启奏万岁,微臣小妹瑛瑛,技艺已成,可以接替微臣。"

李昂道:"朕倒想听听。"

瑛瑛领旨谢恩,拿起身边的小忽雷,轻轻弹奏着,唱道:

> 月明星稀霜满野,
> 毡车夜宿阴山下。
> 胡汉各自有将军,
> 华夏一家共牧马。

李昂听罢甚喜,便道:"果然音韵美妙,特赐女中丞之职。"

瑛瑛道:"谢主隆恩,万岁万岁万万岁!"

盈盈没想到事情办得如此顺利，正盘算着趁着皇帝高兴之际，赶快提出请求皇帝许自己出宫之事。谁知，正是在这个时候，王守澄匆忙来到了殿上。

李昂冲着盈盈和瑛瑛挥了挥手，两个人便悄悄退了出去，却是走又不敢走，在殿上又怕影响皇帝公务，只好退到台阶之外十几步远的地方，跪着不敢动，不知道这王守澄会带来什么令人不安的坏消息。

鱼藻殿上，王守澄叩拜之后奏道："启奏圣上，吐蕃可汗有紧急国书。"

李昂一愣，立时警觉起来，不露声色地道："呈上来。"

李昂接过国书，默默读着："为修两家永世之好，愿以中丞为吐蕃阏氏……"

李昂问王守澄道："那可汗远在北方，怎知道中丞？"

王守澄道："圣上定然记得，今年七夕，郑中丞与胡姬竞技，定是那胡姬对可汗说了中丞如何技艺超群，容貌如何出众……"

李昂道："郑中丞呢？令她进殿。"

盈盈和瑛瑛闻听令其进殿，便又回到了大殿。李昂向郑盈盈说出了吐蕃之意，问道："中丞意下如何？"

盈盈道："启禀圣上，微臣本是有夫之妇，夫家已经纳彩订婚，岂能不从一而终呢？北方可汗如欲强逼，微臣唯有撞死阶下了。"

李昂一愣，似乎有些踌躇。

瑛瑛听明白了，心想：姐姐待我恩重如山，我岂能置之不理呢？于是悄悄按了盈盈一下，忙对李昂道："启禀皇上，微臣愿意代替中丞姐姐前去和亲，以示两家结盟友好。"

王守澄正欲阻止，李昂瞥了一眼瑛瑛，便道："那北方可汗，既然是要中丞为阏氏，瑛瑛已是中丞，且又技艺超群，容貌不在盈盈之下，如此以来，既能继续两家结盟友好，朕也不曾食言，果然是两全之计。"

王守澄忙道："那教坊不是仍缺中丞吗？"

盈盈道："微臣宁愿仍留在教坊为中丞。"

李昂道："传朕旨令：新中丞出塞，原中丞留宫。"

王守澄心里咯噔一声，只得说道："奴才照办。"但心里却憋着一肚子怒火。

翌日上午，王守澄府邸客厅里，仇士良正在王守澄跟前发着牢骚，怒道："郑盈盈命硬，又让她漏网了。"

王守澄手拿玲珑剔透的烫金小锡壶独自咂了一口酒，道："怕是有人还要金榜题名哩。圣上宣布开科取士已经多日了，我等再要借故拖延，圣上就要怀疑你我妒贤嫉能了。"

仇士良道："即使开科，又怎能让梁厚本这小子得逞呢？"

王守澄只是一阵冷笑，片刻之后才说道："就看你小子的本事了……"

## 第十七章 高中未榜

大和元年（公元827年）九月，渭水之滨梁家别墅附近的一棵大枫树之下，憔悴不堪的梁厚本正在临河垂钓。

他思念着宫墙之内教坊里的盈盈，全然不理那河中之鱼忽而离钩而去，忽而又在鱼钩附近徘徊游走，甚至一条金色鲤鱼咬住了钓钩，弄得河水噗噗啦啦地响，他也没有听见。河岸上，梁家小厮牵着白雪马，正在东瞧西望地苦苦地寻找他。

白雪马突然挣断缰绳，大声长嘶着向大枫树奔驰而来，小厮大声呼喊着追了过去。梁厚本闻声已经在河岸上站了起来，惊喜地抚摸着白雪马，问道："你怎么来了？"

白雪马只是把头贴着梁厚本的身体，亲热地蹭着，随后张嘴叼住他的衣襟，表示要他快走。

小厮也大声呼喊着"相公"，气喘吁吁地赶来了。他跑得上气不接下气地道："可找到了，可找到了！"

梁厚本忙问道："怎么了？"

小厮气喘吁吁地道："老爷……老爷……"

梁厚本一惊，忙问道："老爷怎么了？"

小厮道："老爷病重……要相公速回……回去……晚了，就……就……"

梁厚本急得出了一身冷汗，忙问道："还在景陵吗？"

小厮道："回京城了……"

梁厚本纵身跨上了马，将小厮一把提到马背上，奔驰而去了。

梁厚本心急火燎地回到梁府时，梁守谦却安然无恙地坐在那里。

梁守谦与梁厚本面对面坐着，全都闷闷不乐。

梁守谦道："若说给你提亲，你能立马回来？那杨御史即将进京升任，他家千金德才出众，花容月貌，我一去提亲，他们就满口答应了。杨小姐已经等你好几年了，发誓非你不嫁。而且我们两家门当户对，你为何还不答应？"

梁厚本道："侄儿只是，一事不解……"

梁守谦插话道："讲。"

梁厚本道："侄儿与郑家婚事，原是叔父亲口答应，哥哥亲自去纳彩、下聘，今之作为，岂非出尔反尔、悖信失义吗？"

梁守谦道："当时若不是你小子病得死去活来，老夫焉能出此下策，借此冲喜救你性命呢？"

梁厚本闻言大吃一惊，他这才知道，原来纳彩竟然是为了给病重的自己冲喜，果真如盈盈预料的那样。梁厚本不觉满腔怒火，忙道："冲喜？婚姻大事，岂能儿戏？咱们梁家成了什么人了？"

梁守谦也怒道："什么人？长辈做主，天经地义！当时你若遵从老夫之意，应了李将军家亲事，如今早已儿女满堂了，何至于老大无成，仍让老夫时时牵挂！再者说，你与那郑家六礼未备，怎算应亲？即使你们重续前缘，那郑家小姐已入深宫数年，你与哪个结亲？倘若她终生不能出宫呢？"

梁厚本高声嚷道："侄儿就终生不娶。"

梁守谦登时勃然大怒，迅速拿下墙上挂的宝剑，横在自己颈前，喊道："你这个忤逆不孝之子，今日若不答应杨家亲事，老夫就死在你的面前。"

梁厚本哪里料到这一手？他迅速一把夺过宝剑，一个健步退出好远，却将剑横在自己颈前，也怒声喊道："叔父若是死逼侄儿答应杨家亲事，侄儿也只有来世再报答叔父的养育之恩了。"

梁守谦慌了，也只得软了下来，道："好好，老夫不再逼你，先把宝剑扔了。"

梁厚本这才将宝剑扔在一旁地上，却仍是满脸怒气。

想不到梁守谦却道："不过，老夫有个条件，若是你至死不应，那咱们就断绝叔侄关系，你走你的阳关道，我走我的独木桥。"

梁厚本一愣，忙问道："请叔父明示。"

梁守谦道："如今科举已开，你小子若有本事中得状元，便许你自觅知音，倘若不能如愿，婚姻大事就得听凭老夫做主。"

梁厚本道："叔父可说话算数？"

梁守谦道："难道还要老夫立下字据不成？"

梁厚本道："这倒不必，叔父听我捷报就是。"

梁厚本深施一礼，告辞而去了。

翌年九月,梁府门前张灯结彩,爆竹震天。一群报捷人争相嚷道:"梁相公中进士了,小的是头报!""小的先来报的!"

梁府家丁道:"老爷有令,不管先来的后到的,统统有赏。"

唐朝的举子中了进士,乃是终生难忘的喜事,是可与洞房花烛夜相提并论的。而新科进士有两件喜事,也可以供其津津乐道、宣扬终生,其中一件就是参加由礼部主持的曲江宴会。

长安曲江一带,原隰相间,风景优美,秦王朝便于此开辟了皇家禁苑,名为宜春苑。隋文帝执政时期,嫌"曲江"之"曲"字不祥,遂改为芙蓉园。唐代继之扩修,建有紫云楼、彩霞亭、临水亭、水殿、山楼、蓬莱山、凉堂、夹城等,一时之间,芙蓉园内宫殿连绵,楼亭起伏,成了游观胜地。发榜之后,新科进士们的第一件事,便是在芙蓉园内参加宴会,其规格近似"国宴"了。这是对他们十年寒窗之苦的回报,也是成千上万莘莘举子梦寐以求的无上荣耀。

芙蓉园紫云楼前有一座名为"鸣凤"的戏台,戏台之北便是紫云楼的厅堂。此时,翰林学士礼部侍郎李训以及几位主考官正在宴请新科进士们。

郑注与禁军左中尉王守澄的侄儿王继祖等人在一桌,邻桌的则是梁厚本与同年刘蕡等人。

郑注与王继祖正在频频干杯,一则是因为郑注费了九牛二虎的投机钻营之力,总算功夫不负"有心人",混上了进士;二则是他新结识了同年王继祖,别看这家伙大腹便便,头脑颟顸,一条腿瘸,一只眼瞎,口水不时流出老长,但他毕竟是禁军中尉的侄儿,所以,郑注毕恭毕敬地频频劝酒,自己也是不喝白不喝,现下已有了几分醉意。

郑注道:"王年兄的叔父大人乃是禁军中尉,年兄日后加官晋爵,易如反掌,何必与这些书呆子一起,考这些帖经、赋诗、对策呢?"

王继祖挤弄着一只眼道:"还不是因为时下进士吃香,是升官的捷径吗?郑年兄已是判官了,不也是弄了个进士吗?龟孙子才愿意背诵那些四书五经,写什么诗赋、对策呢。"

王继祖说着,忽然压低声音,悄声道:"就凭你个草头郎中,也会写诗吗?准是买来的吧?"

郑注立时一本正经地道:"这科举乃是为国选才,谁敢作弊?小弟作的是一首《蛤蟆诗》:鬼呱鬼呱又鬼呱,肚子鼓得大又大。老子一叫满湾叫,谁说我是癞蛤蟆!"

王继祖笑道:"好诗好诗。"

郑注故作谦虚地道:"岂敢岂敢,咱们赶快到台上,去给主考大人敬酒吧。"

两个人互相搀扶着,踉踉跄跄地离席而去了。

刘蕡与梁厚本互相对看了一眼,同时哈哈大笑起来。

刘蕡道:"梁兄定然知道,这隋代之前,本是实行九品中正制选官,推荐秀才、孝廉,但是负责推荐的中正官任人唯亲,结果是'举秀才,不知书;举孝廉,父别居。寒素清白浊如泥,高第良将怯如鸡'。"

梁厚本道:"年兄所言极是。自隋代至我朝,实行科举,考优汰劣,倒也是公平竞争。谁知如今奸佞当道,将这科举弄得乌烟瘴气,主考受贿,考生钻营,买文章,托关系,长此以往,岂不是国将不国吗?"

两个人正说着,却听到芙蓉园内忽然喧闹嘈杂起来。

刘蕡的一个小厮匆匆跑进来道:"两位相公,还不去看热闹吗?"

梁厚本忙问:"怎么回事?"

小厮道:"那些落榜的举子也不知是从哪里得到的消息,说那个郑大官人向主考官敬献了两件汉代玉器,一个玉龙,一个玉凤,因而他预先得知了考题,找了个好手代作。谁知那人有意捉弄他,给了郑大官人一首什么《蛤蟆诗》,但他最后竟然还中了进士。"

梁厚本道:"真是滑天下之大稽。"

小厮道:"这算啥,还有更可笑的哩:那个王公公的侄子王继祖根本就没有参加考试,竟然也中了进士。因此,那些落第举子拦着他们大闹,骂的、笑的、喊的、泼脏水的、砸臭鸡蛋的,热闹极了!禁军弹压不住,快出人命了!"

梁厚本道:"刘兄,你我有这样的年兄,岂不是终生耻辱吗?像这类草包也能参加殿试吗?"

刘蕡道:"但看何方神圣主考了,这也难说。"

李训站起来,高声道:"为庆祝各位进士金榜题名,本部特令教坊中丞郑盈盈亲自演奏琵琶,为诸位饮宴助兴。"

众人闻言喝彩鼓掌,连闹事的落第举子们也顾不上闹了。

郑盈盈低着头,怀抱琵琶走上了戏台,向台上台下深施一礼,坐在预先已摆设好的圆形杌子上。她抬起头来,环视了一眼台上台下,忽然发现了台下欣喜不已的梁厚本,顿时悲喜交加,不知所措。

但是,如此重要的场合,盈盈不能也不敢流露丝毫感情,于是,她将全部感情凝聚在琵琶上,叮咚铿锵地弹奏演唱起来:

昔日龌龊不足夸,
今朝放荡思无涯。
春风得意马蹄疾,

一日看尽长安花。

　　台下先是鸦雀无声，继之响起一片喝彩叫好之声。梁厚本心里道：妹妹今日可有点儿对牛弹琴了，他们哪里是知音呢？我怎么能跟她偷偷见上一面呢？哪怕说一句话也好啊。

　　李训总算是让郑中丞这一曲琵琶解了自己的困窘，他怕落第举子们继续闹事，便趁众人还沉醉在美好的韵律之中时匆匆结束了这场宴会，集合起新科进士们前往雁塔题名去了。

　　唐朝的新科进士在参加过曲江宴会之后，都要到慈恩寺大雁塔题名显耀。你道为何叫大雁塔？据玄奘《大唐西域记》记载：很久以前，古印度有个信奉小乘佛教的和尚对几个同门僧人说："我们一天什么也没吃，菩萨也该知道我们饿了吧？"话音没落，天上就掉下一只大雁，摔死在和尚面前。他们惊喜交加，遍告寺僧，说这就是菩萨教化他们。于是他们便在雁落之地以隆重仪式建塔葬雁，取名为雁塔。玄奘游学印度时，曾经瞻仰过此塔。玄奘回国后，带回佛经六百余部。为保存这些佛经，玄奘建议朝廷于慈恩寺模仿印度雁塔模式，建造了大雁塔。初有五层，后屡有修葺，最终高至十一层。

　　自高宗之后，唐代举子凡是考中进士者，都要来此游观，并于塔院墙壁题写自己的名字。梁厚本高中进士，自然也题写了"进士梁厚本"几个大字。他觉得不虚此行了，该让妹妹知道，高兴高兴了。

　　围观的男男女女们见这新科进士梁厚本相貌堂堂，风流倜傥，有鼓掌的，也有叫好的，也有向他身上扔鲜花的。然而，梁厚本脑子里只有盈盈，猜测着她会从哪个护城河的桥梁上回宫，琢磨着如何才能与妹妹相见的锦囊妙计，所以梁厚本在题过名字之后便匆匆离开了。他找到正在芙蓉园外等候他的小厮，二话没说，翻身跨上白雪马，疾驰而去了。

此时，长安渭桥桥头上，一个小吏正在指挥几个民工修理桥板。

那个小吏嚷道："别磨蹭，这可是通往皇宫的大桥，等会儿若是有宫中车辆、轿马不能顺利通行，老子让你们吃不了兜着走！"

民工们一边忙活着，一边道："快了，快了。"

正说着，梁厚本大摇大摆地走上了桥头。小吏见是身穿紫服的官员，赶忙走过来，毕恭毕敬地道："老爷贵干？"

梁厚本道："检查修理情况。"

小吏道："回老爷，马上就要修好了。"

正说着，只见前方有一小队禁军开路，一个太监赶着一辆宫车走上了桥头，走过梁厚本的身边。

梁厚本大声道："桥刚修好，走慢点儿！"

宫车里的郑盈盈听声音似乎是梁厚本，连忙令宫车停下。她打开宫车的小小车窗，见宫车旁果然站着梁厚本，她感到又惊又喜，却又不知说什么，心里扑通扑通乱跳，恨不能立时扑到梁厚本的怀里大哭一场。

梁厚本也激动得浑身微微抖动，他扶着窗口，一时不知说啥为好，又怕被赶车的太监发现，便低声道："这桥……刚刚修理好了，还是……多多保重。"

盈盈嘴唇颤抖着说不出话来，只是点了点头，泪水已经流了出来。她无可奈何地关上了小小窗口，却看到自己脚边有一个小纸团儿。

宫车在桥上缓缓走着，盈盈迅速打开小纸团儿，只见上面写道："叔父业已答应，只要我中得状元，婚姻就由我做主，如今只等皇上殿试了。"

## 第十七章 高中未榜

她连忙将纸团儿放进了贴身衣袋里,泪水潸然而下,心想:阿弥陀佛,保佑梁哥哥中状元吧!这意料不到的天赐良机,像做梦一般真的出现在眼前,她又想起了兰儿那条穿着枫叶的红绳……

然而,接踵而至的突然变故,又一次残酷无情地打破了盈盈的梦想。

翌日,长安禁军左中尉王守澄的府邸客厅里,王守澄正对人称"笑面虎"、长得肚大腰圆的杨御史正色说道:"虽说你能调到天子脚下,升为京兆尹,确实是咱家替你美言了几句,但咱家也不能收你如此贵重的礼品啊,咱家向来可是清廉自守的。"

杨御史道:"只是一点心意,不足挂齿,万望大人包涵。"

两个人你来我往,推的推,让的让,几个回合下来,王守澄才说道:"咱家暂时替你保管着吧,下不为例了。"

杨御史喜道:"是是,下不为例,下不为例。"

王守澄一本正经地说道:"咱家先得提醒你几句。"

杨御史忙道:"下官洗耳恭听。"

王守澄拉着长腔道:"京官如云,居之不易,须得心明眼亮,秉公办事。就说目前吧,这新科进士即将殿试,若你参与此事,打算如何处理?"

杨御史道:"据下官所知,这新科进士中,有位王继祖,才华出众,理应为头名状元。"

王守澄假意怒道:"大错特错!大错特错!绝对不要以为他是咱家的侄儿,就要先入为主,徇私废公,滥用职权!科举乃是为国选才,他不学无术,岂可滥竽充数?"

杨御史忙道:"是是,下官一定牢记公公教诲,秉公办事,绝不埋没人才,绝不埋没人才。"

为了不埋没自己这个"人才",郑注已经积极活动开了。第二日,禁军右中尉仇士良的府邸客厅里,仇士良对郑注道:"你小子不是王公公的徒弟吗,为什么不去巴结他?"

郑注小声道:"真人面前不敢说假话。最近圣上肾虚腰疼,多亏公公您推荐下官为圣上诊治,圣上言谈中对王公公专权独断颇为不满,但却十分信任公公您啊。"

仇士良笑道:"你当老子是三岁小孩儿吗?恐怕是你小子想当状元吧?"

郑注连连作揖道:"下官真是服了公公了,谁也瞒不过公公的火眼金睛。"

仇士良笑道:"一毛不拔,就想当状元?怎么谢咱?"仇士良不同于王守澄,他索贿是赤裸裸的。

郑注道:"公公曾经告知下官,您虽操劳多年,但身边没有得心的伴食。这可是真的?"

仇士良笑道:"你小子扯哪里去了?"

郑注却站起来,拍了三下巴掌,喊道:"进来吧。"

只见一位穿得花枝招展、头上盖着大红绸缎的女子,扭着杨柳细腰,摇摇摆摆地走了进来,施礼道:"仇公公万福,莺莺这厢有礼了。"

郑注道:"请公公揭了红袱子。"

仇士良不知道郑注演的是哪一出,忙将女子蒙着的红袱子揭下来,原来是个花容月貌的年轻女子。郑注因公出差,住客店时遇到莺莺,就花钱将她买回来,今日特地献于仇士良为伴食。

仇士良问莺莺:"你叫什么名字?"

莺莺道:"奴家莺莺,就是'打起黄莺儿,莫教枝上啼'的莺莺。"

仇士良问:"多大了?"

莺莺道:"二十二。"

仇士良道:"倒像十七八的。"

郑注道:"仇公公还满意吗?"

仇士良笑道:"撅什么尾巴拉什么粪,你那点小心思,还不是和尚头上的虱子——明摆着的吗?来人。"一侍从太监应声而来。

仇士良对侍从太监道:"昨日,圣上已任命京兆尹为主考官,参与殿试。你带着我的名片,速去杨府上,面见京兆尹,就说我说的,新科进士郑注才华出众,理应定为头名状元,速去速回,不得有误。"

侍从太监唯唯而退了。

仇士良立马传令设宴,令莺莺侍从。

仇士良与郑注频频干杯,莺莺殷勤敬酒,偎依在仇士良怀里,风骚卖尽,娇态百出。

酒宴持续了一个时辰,几个人都已酩酊大醉了。

侍从太监汗流浃背地跑进来,禀告道:"那京兆尹说,他已经答应王守澄公公,状元是他侄儿王继祖的了,郑相公只能屈尊为榜眼。"

仇士良将酒杯猛地摔到地上,怒道:"妈的,老子非叫他竹篮子打水一场空!"

两日之后,李昂在大明宫德藻殿早朝,会见群臣。

杨京兆尹出班奏道:"启奏圣上,下官与其他主考官根据诸位进士的试卷,欲拟王继祖为状元,郑注为榜眼,刘蕡、梁厚本等举子落第。请圣上御览,以便及时发榜。"

李昂道:"待朕看来。"

李昂还没有再说什么,仇士良就急忙奏道:"且慢。"

李昂道:"爱卿有何高见?"

仇士良道:"启奏圣上,这次殿试,主考有失公平,因此落第举子纷纷聚众闹事,杨京兆尹所拟皇榜理应作废。"

李昂道:"朕亦略有所闻,准卿所奏。特命中书舍人李训为主考官,重新审阅试卷,再定甲乙。"

李训道:"微臣遵旨。"

翌日,大明宫寝殿中和殿,李训出班奏道:"启奏圣上,下官与其他主考官,根据诸位进士试卷,欲拟:状元,王继祖;榜眼,郑注;探花,梁厚本。落榜的乃是刘蕡等人。请圣上御览,以便及时发榜。"

李昂道:"待朕看来。"

仇士良忙道:"且慢。"

李昂道:"爱卿有何高见?"

仇士良道:"启奏圣上,这梁厚本曾经妄想冒滥军功,尚未处理,岂能容他中得探花?"

白居易道:"启奏圣上,这王继祖、郑注不学无术,岂能点中状元、榜眼?"

杨京兆尹道:"这梁厚本在对策中指责朝廷,凭什么中得探花?"

李昂道:"朕命白居易为主考再次殿试,再定甲乙。"

白居易道:"微臣遵旨。"

翌日,大明宫德藻殿,白居易出班奏道:"启奏圣上,下官与其他主考官,根据诸位进士试卷,欲拟:状元,梁厚本;榜眼,刘蕡;探花,杜牧。落榜的乃是王继祖、郑注等人。请圣上御览,以便及时发榜。"

李昂道:"待朕看来。"

仇士良忙道:"且慢。"

李昂道:"爱卿有何高见?"

仇士良道:"启奏圣上,这次殿试,主考有失公平,因此落第举子纷纷聚众闹事。而且奴才得知,中书舍人白居易大人的母亲因为在井边看花,失足落水而死。可是,白大人还写出赏花诗,如此不孝之人,怎能主考?他所拟的皇榜理应作废。"

王守澄也出班奏道:"启禀万岁,白大人之母失足落井而逝,乃是人所共知的事实,白大人理应丁忧在家,为母守孝,何以还要写看花诗、新井篇?又写讽喻诗,含沙射影,指斥朝政。白大人以如此不忠不孝之心,主考衡文,岂能公正无私?皇上一向倡导以孝治天下,皇上理应对白大人问罪严惩,更不用说让他作为主考,参与殿试了。"

白居易立即辩解道:"启禀皇上,下官写赏花诗,是在母亲去世之前,与母亲去世毫无关系。下官之诗,凡有井水之处,老幼皆知,圣上可以逐篇审查,两位公公岂能污蔑下官不孝?况且这与主考何干?只因下官没有徇私舞弊,落榜之家、受贿请托之人自然不满,相信圣上能明察秋毫。"

李昂看罢道:"就依爱卿所定。"

可是,宫外落第举子的火气却被王守澄和仇士良暗地派遣的便衣宦官们煽动了起来。一个便衣宦官对一位落第举子道:"不公就找皇上啊。"

另一个便衣宦官对一位落第举子道:"皇上不能给尔等做主吗?"

忽然,宫外喊声大作:"主考不公!""反对举子作弊!""惩办受贿的考官!""皇上做主!"

一执事太监慌里慌张地来到殿前,汇报道:"启禀圣上,大事不好了!落第举子好几千人,要求面见圣。"

李昂四下观望了片刻，镇静地说道："科举乃是为国选才，岂堪儿戏！朕已决定，今科科举暂不发榜，待朕调查清楚之后，定会公道处理。落第举子不可借此生事，否则一律取消功名。"

执事太监道："奴才这就晓谕宫外闹事的举子。"执事太监匆匆而去。

宫外一片欢呼声。

这一下，梁厚本的状元梦可就泡汤了。

梁府府邸客厅里，梁守谦明知故问，问梁厚本道："中状元了？"

梁厚本委屈地道："那也怪不得侄儿，侄儿至死也不会答应杨家亲事。"

梁守谦怒道："到了这个地步，你还仍然冥顽不化，任性孤行，那就休怪老夫绝情了。"

梁厚本道："那……您老保重了。"

梁守谦怒吼道："滚！"

梁厚本深施一礼，扬长而去。

盈盈哪里知道这些哩，她正眉开眼笑地哼着小曲，梳妆打扮，又一次拿出那张小纸条，喜滋滋地看着那一行字："叔父业已答应，只要我中得状元，婚姻就由我做主，如今只等皇上殿试了。"

忽然，兰儿急匆匆地跑了回来，盈盈忙将纸条放进贴身衣袋里。

兰儿道："中丞姐姐，听兴宁妃子说，今科科举暂不发榜，梁姑爷的状元恐怕没指望了。"

盈盈闻言，大吃一惊，心想：我怎么这样多灾多难啊。

难道上天有意阻挠我和梁哥哥的姻缘吗？是不是仇士良那厮又搞什么阴谋诡计了？她恨不得立即与那姓仇的拼个你死我活。

## 第十八章 忽雷砸仇

大和二年（828年）深秋夜晚，内廷教坊中丞郑盈盈的卧室窗外西风凄厉，秋雨蒙蒙，敲打着梧桐枝叶，点点滴滴，增人愁绪。室内灯光摇曳昏黄，郑盈盈独自拥衾而坐，满腹惆怅，思绪万端。

一会儿，她想到自己幽禁深宫，插翅难飞，身在歌楼舞院，却是朝思暮想与梁哥哥何时结为连理，哪怕他们荆钗布裙，也会心心相依；一会儿又想到宜春苑内与梁哥哥的生死相会，悲喜交加；一会儿是她对未来梦想的美好憧憬；一会儿又是梦想幻灭的悲伤。盈盈此刻心如刀绞，五内如焚，越发难以入睡。

风雨之声中，夹杂着巡宫小太监打着的梆声。盈盈毫无困倦之意，便拿过小忽雷，低声弹唱起来：

    梧桐夜雨伴孤灯，
    仇恨千叠难入梦。

琵琶吟

　　人间无限伤心事，
　　尽在忽雷低弹中。
　　奴与梁郎鸳谱结，
　　同气连枝有喜帖。
　　为何明妃痛永诀？
　　文姬思汉添伤嗟？

　　是啊，蔡文姬汉明妃，既然眷恋故国之君，为什么还要痛苦地与之诀别呢？为什么她们到了番邦，这种思恋故国之情反而与日俱增了呢？盈盈苦苦地寻找答案，却没有答案。她没有听到窗外巡更小太监打二更天的梆声，继续悲愤交加地低声弹唱着：

　　为何逼奴向丹穴？
　　为何禁宫音断绝？
　　梁郎睹面难亲热，
　　眉锁千叠心百结。
　　谁愿生为永巷妾？
　　谁愿死葬玉钩斜？
　　即使魂散杜鹃血，
　　难禁冰心照明月。

　　她恨不能捶胸顿足，仰天呼啸，追问苍天大地：自己不就是一个普通女子吗？为什么逼迫我烧汞炼丹？奴家碍着谁来？为什么将我幽禁深宫，与亲人音讯断绝？我也曾在教坊里见到亲爱的梁哥哥，为什么却不允许我们相守终老？我盈盈会牢记娘亲遗言："冻死迎风站，饿死不弯腰"，即使我死之后，魂魄化为杜鹃，仍然也会啼叫，叫得满嘴流血。我仍是一片冰心在玉壶，要与梁哥哥千里共婵娟。

她越弹唱越悲愤，忽然门外传来一声呵斥："什么时辰了，还在弹唱？"

郑盈盈大吃一惊，听出似乎是宦官仇士良的声音，知道天已晚了，连忙停下弹唱，问道："谁？"

仇士良已经推开虚掩着的门闯了进来。

仇士良摘下雨帽，放下雨伞，嘻皮笑脸地道："想是中丞秋宵怀春了吧？亏了咱家雨夜巡宫听到了。"

盈盈忙道："仇公公为何深夜来这里？"

仇士良装腔作势地道："万岁爷正在观文殿独坐无聊，有旨宣你前去侍寝。"

盈盈顿时识破了仇士良的谎言，不觉怒道："明明皇上已有圣旨，待教成弟子之后放奴出宫，他岂会选我？分明是你假传圣旨。你深夜擅自闯进来，是何用心？还不走开？"

仇士良忘了盈盈不吃这一套，便疾言厉色地说道："确实是奉旨而来，你敢抗旨不去吗？"

盈盈道："不去又怎样？这里是你深夜该来的地方吗？"

仇士良怒道："你吃了豹子胆了？你不奉旨，咱家拉你去！"

盈盈见仇士良要动手，不觉怒火中烧，将怀抱的小忽雷冲着仇士良的头猛地投了过去。往日天齐庙前广场上遭受调戏的愤怒；被强拖硬拽、以毒蝎恐吓的愤怒；被抢入宫的愤怒；今日假传圣旨，强迫侍寝的愤怒，全被盈盈凝聚到这愤怒的一掷之中。仇士良未曾料到盈盈竟然如此怒火冲天地将自己的头砸破。他赶忙拾起小忽雷，大叫道："啊呀，好大胆，你把这匙头都掷坏了，这可是国宝，你敢损坏，当得何罪？

非扯你见驾不可!"

盈盈也越发来了气,便道:"去就去,谁还怕你!"

盈盈迅速整理了一下衣衫,跳下床来,跟着仇士良向观文殿走去。

李昂正在殿上走来走去,心里正盘算着如何改变宦官专政的被动局面。这些天他一直为此苦苦思虑,思考着万全之计。

仇士良、郑盈盈已经跪在了殿下。

仇士良恶人先告状道:"启禀万岁,郑中丞无故将国宝小忽雷摔坏了,理当问罪。"

李昂看着盈盈问道:"为什么摔坏?"

盈盈道:"请仇公公说吧。"

李昂问仇士良:"为了什么?"

仇士良支吾道:"小的怕皇上寂寞,想……想选她……侍寝,她……"

李昂闻此,怒道:"胡说!定是中丞不肯,用小忽雷砸你,因此而摔坏了。"

仇士良没想到,李昂并不糊涂,忙道:"奴才也是为了皇上,一片赤胆忠心。"

李昂心想,处治专权宦官,特别是像仇士良之类,那是早晚之事,但是牵一发而动全身,现在还不到时候,不能鲁莽。便说道:"朕念你也是好意,矫诏之罪,暂时记下。命工匠将这小忽雷修理好吧。"

仇士良闻听皇上不处治他矫诏之罪,顿时轻松了许多。他与盈盈二人匆匆退殿,各自走了。

翌日上午,仇士良便去了曲江江畔崇仁坊的赵二古董乐器店。

那店里墙上挂的,货架上摆列的,全是琴、笙、箫、笛等各色乐器以及书画古董。

店主赵二是个三十多岁的老光棍，秃顶，薄嘴唇上却有两撇八字胡。

他正坐在柜台后眨巴着眼喝酒，已有了几分醉意，正自吹自擂地独自絮叨着："谁能有我这浑身的本事……你看那是破铜器吗？等我擦把出来，我说是商彝周鼎，谁识真假？你看那是破碑刻吗？我一裱出来，那就是汉篆秦籀。那是碎画片吗？一经我手，就是吴道子、张僧繇的绝笔……"

赵二正絮叨着，见一人身着便服，走进了店铺。

他不认识仇士良，只是欠了欠屁股，道："客官，鉴赏古董？购买乐器？"

那仇士良径直走进柜台之后，大模大样地坐到上首椅子上，道："咱家是宫里伺候皇上的。"

赵二顿时吓得磕头不止，忙道："小的该……死，不知公公驾到，公公贵姓？"

仇士良道："休得多问，起来吧。"

赵二仍在瑟瑟发抖，问道："公公……有何吩咐？"

仇士良打开锦盒，拿出小忽雷，道："这匙头脱了，要你立马修好。"

赵二哆嗦着接过小忽雷，小心翼翼地放在柜台上，仔细端详着匙头，道："回公公，小的从未见过这等精致的琵琶……如今这匙头已经裂了，胶粘不敢粘，刷漆不敢刷，得用原来的木料，修得须是一模一样，没有一个月的时间，打死小人也难以……"

仇士良怒道："胡说！你磨蹭什么？哪用一个月？"

赵二慌忙解释说："公公有所不知。这小忽雷是用娑罗木制的，整个长安城也找不到一棵。据说凤凰山有几棵，小的得到那里，弄了来，才能修得一模一样，不得一个月时间吗？"

仇士良却不管他告艰难，而是道："限你十天。"

赵二磕头如捣蒜，恳求道："回公公，小的就是会飞……"

仇士良道："限你十五天。"

赵二恳求道："公公大慈大悲，小的就是不吃不喝，把马累死……"

仇士良火了，怒道："还想跟老子讨价还价？"

赵二吓得又哆嗦了，道："小人哪敢。"

仇士良不跟他啰嗦了，命令道："二十日之后，咱家来取，倘若丝毫有损，小心狗头！"

仇士良扬长而去了，赵二却瘫倒在地上。

暂且不表这赵二怎样设法修理小忽雷。单说这同日上午，长安郑注府邸卧室里，郑注正独喝闷酒。小妾金花劝道："老爷，您喝得不少了，花园里观景散心去吧？"

郑注垂头丧气地道："满园残荷败柳，有啥看头？"

金花道："叫侍女们来打十番吧？"

郑注不耐烦地道："烦着哩，不听。"

金花又道："老爷是嫌那几个狐狸精争风吃醋，嫉妒老爷宠着奴家吗？"

郑注瞪起了眼珠子，道："她们敢！再闹，老子还要娶小五小六哩！"

金花又问："老爷是嫌官儿小吗？"

郑注反驳道："老子从判官升到到了翰林，还小吗？"

金花顺着说道："是啊，老爷福大命好，犯得上不高兴吗？"

郑注见这宠妾非要问个究竟，只得说道："你哪里知道，如今，这王公公和仇公公明争暗斗，都想拉我入伙，你说我听谁的？圣上嫌他两个专权傲上，我也怕有朝一日他们风光不再。"

金花偎依在郑注怀里，玩笑似的说道："听奴家的啊。"

郑注扑哧笑了，道："胡说，你当是演戏吗？"

金花却道："俗话说，大树底下好乘凉，一朝权在手，便把令来行。老爷你说，王公公、仇公公、皇上，哪棵树大？谁的号令最管事？抱住皇帝的粗大腿，还怕什么王公公、仇公公？"

郑注笑道："你当是抱皇帝的粗大腿，像抱你的那么容易？"

忽然，一个侍女在室外道："启禀老爷，来了个公公。"

郑注示意回避，金花悄悄退出了室外。

那个宫中太监已经进了郑注府邸的客厅，郑注与他按宾主坐了。

郑注忙问："公公有何见教？"

太监也不寒暄，张嘴就说："你惹下天大祸事了！"

郑注大吃一惊，忙问："祸从何来？"

那太监道："国宝小忽雷的匙头摔坏了，仇公公带着去乐器店修理去了，您老先生一向待咱家不薄，所以我才悄悄赶来送信的。"

郑注没听明白，忙问："这与下官有何关系？"

太监急道："糊涂！令妹不是善弹小忽雷的教坊女中丞吗？昨日晚上，仇公公要令妹进御，令妹不从，用小忽雷把仇公公的头打破了！"

郑注大惊失色，仇士良是何等人物，一般官员在其跟前说话都不敢高声大气，何况是打破他的头呢？郑注惊极而怒，骂道："该死的妮子！圣上没处分她？"

太监道:"圣上倒没追究,所以仇公公才更火上浇油,暴跳如雷,说都是你兄妹合谋,发誓要报仇雪恨哩。"

郑注吓得面无人色,慌里慌张地取出两个金元宝,塞进太监衣袋里,结结巴巴地道:"下……下官,身……身在宫外,哪里……哪里知道这些,万望公公……美言几句。"

太监道:"咱家岂敢戳马蜂窝?告辞了。"

郑注手足无措地送走来人,回到屋里便瘫倒了。正在他惊魂未定之际,一个侍女匆匆跑来:"礼部郎中李训大人来访。"话音未落,那李训却已经走进来,不顾寒暄,郑重其事地道:"下官与郑兄有机密要事相商。"他还特别强调了"机密要事"四个字,郑注顿觉大祸来临,只得说了一句:"且到密阁。"

郑注领着李训走过几层院落,来到一所不大的密室。

刚一坐下,李训却拱手道:"下官多亏郑兄推荐,能为圣上讲解《易经》。其间,圣上谈到,要升任郑兄为凤翔节度使,升任下官为宰相,只是碍着王公公、仇公公,怕他们从中作梗。圣上心里颇为厌恶这二公,却又投鼠忌器,不知郑兄有何高见?"

郑注闻此,心情完全放松下来。但又想到所谈非同一般,便掂量着词句,试探性地说道:"下官为圣上看病时,圣上言道,总觉动则有人掣肘,难做他人之主,心病难治啊。"

李训道:"是啊,下官为圣上讲解《易经》时,圣上突然问我:'卿看朕,乃是何等之君?'下官说是尧舜之君。圣上苦笑道:'周赧王汉献帝大权旁落,受制于权臣,朕却是受制于家奴,连周赧汉献也不如啊。'"

郑注完全明白了李训的来意,便进一步道:"既然宦官如此嚣张跋扈,圣上又有此意,下官倘能升为节度使,执掌兵权,老兄倘能做宰相,也该有所作为啊。"

李训道:"下官料想郑兄不是平庸之辈,你我一文一武,倘能联手……"

郑注想:我即使当了节度使,也不是什么武将啊。便道:"你我倘能联手,那宦官能置之不理吗?"

李训想:没想到这个草头郎中还如此滑头,就是不首先说出彼此联手的目的。自己若不先说,此行不就白来了吗?于是道:"你我何不联手,将这宦官尽皆诛灭,也好青史留名呢。"

郑注道:"圣上也是此意。"

李训道:"事成之后,万望不可负我。"

郑注道:"大事成了,自然是老兄为尊,在下为辅而已。"

李训道:"空口无凭啊。"

郑注来了积极性,立即道:"那你我就歃血为盟,立下誓书便了。"

说着,郑注拿出一方薄绢,二人咬指出血,李训写下誓言,郑注也写上了名字。

两人交头接耳、叽叽咕咕地密议了很久……

窗外已是阴云密布,闪电交加,暴风雨即将来临了……

尽管王守澄阴险狡诈,手下狐群狗党也不在少数,可是他哪里知道李训和郑注正打他的主意呢?

这天,王守澄府邸卧室里,王守澄正盖着锦绣华丽的薄被子午睡,他梦到父亲满脸血污,正怒斥他:"忤逆之子,光顾吃喝玩乐了,为什么还不报与梁家的血海深仇?要你何用,看刀!"

他大叫一声,顿时吓醒了。

一个小太监闻声赶忙跑进来,问道:"老爷,怎么了?"

王守澄惺忪着睡眼,生气地道:"咋呼什么?不过是做了个梦！"

小太监道："梦是反的，老爷有喜事了。"

王守澄心里想：你小子倒会溜须。嘴上却道："去吧。"小太监退出去了。

王守澄仍是拥衾呆呆地坐着，因为他对梦中之事还是相信的。正在胡思乱想地瞎琢磨，方才那个小太监又匆匆跑进来，禀报道："老爷，宫里来传旨了。"

王守澄不敢怠慢，忙道："安排接旨。"

王守澄等人跪在客厅门外的阶下，一个矮墩墩的胖太监已经捧着圣旨念开了："诏曰：咨尔禁军左中尉，亲带禁军，护卫朝廷，忠心赤胆，积有劳勋。兹升授为枢密观军容使，即日赴任，谢恩。"

王守澄等忙道："万岁万岁万万岁！"

胖太监大摇大摆地走了，王守澄悬着的一颗心落了下来。

小太监也站起来，喜道："老爷，小的就说梦是反的，这不是老爷升官了。"

王守澄忽然想到了什么，站起来，怒目瞪了小太监一眼，小太监不敢说话了。王守澄心里却暗道：定然是姓仇的龟孙子的主意，把我明升暗降，夺了老子的兵权。咱们骑驴看唱本，走着瞧吧。

其实，他脖子里那根无形的绳索，被人越勒越紧了。

与此同时，李昂正在观文殿里听李训讲着《易经》，两个侍从太监听不懂，越发感到枯燥无味，慢慢就打起盹来。

李昂似乎体谅侍从太监的苦衷，便对两个侍从太监道："尔等听这个也是活受罪，你俩下去吧。"

两个小太监像得到赦令似的，高兴地退下了。

李昂这才看了一眼李训道："那王守澄被削了兵权，朕也就放心了。"

李训却道："圣上所言极是。只是百足之虫死而不僵，虎无利齿仍能伤人啊，不如干脆……"

李昂会意道："爱卿既然已经升任宰相，酌情处理就是。"

李训心里窃喜，嘴上却不露声色地道："微臣遵旨。"

两日之后，禁军右中尉仇士良带领禁军包围了王守澄的枢密观军容使府邸，但只带领几个禁军走进了王守澄的客厅。手下侍从报告说仇士良来了，王守澄朦胧产生了一种不祥之感。

仇士良跪拜道："恭喜大人荣升枢密观军容使之职，小的特来敬献御酒。"

他从怀里掏出一个白色瓷瓶，高高举着。

王守澄立时明白了仇士良的来意，因为他自己也干过类似的事情。一般人此时定是怒火冲天，但王守澄哈哈大笑道："忘恩负义的无耻小人，想毒死咱家，你明说就好了，何必既装婊子又立贞节牌坊。"

他飞起一脚，想踢翻仇士良，却被两个禁军按在太师椅里，逼他喝下了御酒。

王守澄肝肠寸断、七窍流血，当即死去了。

除掉了王守澄，李训和郑注当然高兴了。

翌日夜晚，李训宰相府邸密室里，他与郑注又在密谈。

李训道："恭喜，恭喜，老兄升任凤翔节度使了。"

郑注道："同喜，同喜，老兄荣升宰相了。"

两个哈哈大笑起来。

郑注道："姓王的吃了这'伸腿瞪眼丸'，下一个就该这姓仇的了。"

李训却道:"心急吃不得热豆腐,早着哩。"

郑注不解,忙问道:"害怕了?"

李训道:"百足之虫死而不僵,虎无利爪也能伤人啊。"

郑注忙问:"老兄有主意了?"

李训道:"姓王的经营了这么多年,手下亲信宦官能少吗?不如一不做,二不休……"

郑注道:"还卖什么关子?"

李训道:"待你我奏过圣上,翌日在 水为王公公举行隆重丧礼,令其属下宦官都要奔丧吊唁。郑兄带领兵丁二百名,个个手持白棍,怀揣利斧,名为前往护灵,维持治丧秩序,再以其属下宦官聚众闹事、破坏治丧为名……"

郑注道:"一窝端!"

送走郑注,已经是深夜了,李训兴奋地自斟自饮,难以入睡。这时,李训那个最亲密的侍从,一个枣核脸的瘦子,正在客厅里等他。

李训道:"都说你能掐会算,你知道本官此时想什么吗?"

亲信道:"如果小的没有猜错,大人肯定是唯恐郑节度使一旦诛杀宦官成功,就要独揽首功,大人也就为他人做嫁衣了。"

李训暗暗吃惊,只得说:"圣人有云,以义为上啊。"

亲信道:"孔夫子是圣人吧,为何一旦当了大司马,就诛杀了少正卯?"

李训道:"李某与他有誓书啊。"

亲信笑道:"成大事者,何论细行?一旦郑注与仇士良狼狈为奸,会把大人置于何地呢?"

两人压低声音,叽叽咕咕,想出了"甘露之计"……

三日之后,文武百官正在紫宸殿朝拜李昂,山呼:"万岁万岁万万岁！"随后各自归位侍立。

仇士良道："文武百官，有事早奏。"

左金吾卫大将军韩约出班奏道："启禀圣上，连日以来，虽然晴空万里，昨夜左金吾后院石榴树上却出现了甘露。此乃国家祥瑞之兆，可喜可贺，理应普天同庆。"

李昂问道："可是将军亲眼所见？"

韩约道："微臣不敢欺瞒。"

文武百官闻言大喜，纷纷奏道："可喜可贺，普天同庆。"

李训却出班奏道："且慢，甘露现，万物兴，乃是大唐中兴之征，国家祥瑞之兆。果真如此的话，举国官民，就要祝贺朝廷，普天同庆。但这并非小事，不可鲁莽，待下官亲自验证，方可祝贺。"

李昂道："爱卿言之有理，速去速回。众爱卿随朕暂且出宫，到含元殿等候。"

含元殿在长安兴庆宫之外，是一所独立的殿堂。自含元殿向南走不远就是左金吾，那是宫外禁军守卫外宫的处所。内宫是禁军右中尉仇士良负责，所以仇士良对属下宦官命令道："到含元殿不远，为圣上抬过软轿来，起驾。"

李训带领几个随从去左金吾后院了。不大会儿时间，李训就回到了内宫之外的含元殿里，对李昂回报道："启禀万岁，微臣亲自验过，那左金吾后院石榴树上，甘露似有若无，不敢拟断，圣上是否可以亲自御览，也好普天同庆。"

仇士良奏道："这是什么话？岂能劳动皇上？"

李昂便对仇士良道："是啊，你去看看，也就是同朕看过一样。"

仇士良闻言甚喜，忙道："奴才代替圣上御览，韩将军头前带路。"

韩约道："公公随我来吧。"

韩约领着仇士良去左金吾后院了。

含元殿里，李昂和文武百官都在等着仇士良的消息。殿前的宫漏里，水慢慢地滴着。文武百官不敢交头接耳，只是偶尔互相对看一眼，意思是说：你说有甘露吗？你说呢？反正仇士良回来就知道了。

李训估计时间差不多了，该办的事应该办了，便突然拿出圣旨，对文武百官道："百官跪听圣旨。"

文武百官见殿下忽然涌出二百来名李训新招募的私兵，个个持刀携戟，虎视眈眈，李训又是怒气冲冲，众官员不知何事即将发生，人人噤若寒蝉，鸦雀无声。有的官员已经猜到：为什么仇士良不在的时候，李训要宣布圣旨呢？是否与仇士良有关呢？

果然，李训对着圣旨大声念道："诏曰：兹尔禁卫右中尉仇士良，自称忠良之臣，实则败法乱纪，结党营私，专权朝政，祸国殃民，特令韩约予以诛杀。其同党者，许其悔过从新。抗拒者，与其同罪。"

百官中有的暗自高兴，觉得这个害群之马早就该除掉了；有的与仇士良平日不免勾肩搭背，此时就怕牵连自己，吓得浑身瑟抖；有的正在盘算，如何寻找新的靠山……

不过，李训一伙高兴得有点太早了，韩约那里却出了差错。

韩约头前领着仇士良及其所属数十名宦官，来到了左金吾前院。这是左金吾卫大将军韩约的一亩三分地，不归仇士良管辖，所以仇士良就多了个心眼，一进左金吾院，就迅速四下扫了一眼，见两廊下遮着帐幕，不由得产生了疑问：帐幕里面是什么呢？多年的宫廷斗争中，他已经积累了一条经验：睡着觉也要睁着一只眼，一招不慎，就会满盘皆输。他连忙有意识地威严地大声咳嗽了一声。

那韩约心里有鬼,一时把持不住,脸上便不免显得有些神色慌张,甚至有点瑟瑟发抖,汗水也流了出来。

仇士良心里更惊觉起来,忙问韩约:"将军为何发抖啊?"

韩约支吾道:"天冷吧?"

仇士良立即反问道:"为何又满脸汗水?"

韩约一时语塞,没有找出搪塞的理由。仇士良故意落在后面,不走了。

忽然,一阵西风吹来,刮起两廊帐幕,露出了里面埋伏着的荷刀持戟的士兵。

仇士良心中暗道:不好,中计了!遂大叫道:"有埋伏,孩儿们不要进去!"

仇士良领着属下宦官扭头就往回跑,企图赶快冲出韩约管辖的左金吾院落。

韩约也急了,大声喊道:"快快关门!"想把左金吾院封锁住,关门打狗。

两廊埋伏的左金吾士兵闻声立时涌了出来,冲着进了门的几个宦官杀去,其余宦官拔腿跑了出来。

韩约急忙命令手下道:"还不关门?"

仇士良大喝道:"谁敢!"他踢倒一个打算关门的士兵,不敢恋战,带领着属下大部分宦官拼命逃出了左金吾院落,没逃出的宦官早已成了刀下鬼了。

仇士良领着逃出左金吾院的宦官往外冲,嘴里高声喊道:"快去含元殿!"

韩约则率领士兵在后面紧紧追赶。

仇士良及其所属宦官慌里慌张地跑进了含元殿,命令宦官立刻关上了含元殿外面的德政门,韩约在门外不知所措,深深后悔没把他们这伙宦官关在左金吾院里杀死。如此一来,等待自己一伙的绝没好果子了,便命令道:"快回左金吾院。"

仇士良立即命令属下几个宦官:"传我号令,禁军速去包围含元殿,不得有误!"

仇士良领着属下宦官飞速来到了含元殿,其属下禁军也飞速将殿包围起来。

此时,宰相李训正在含元殿等待韩约关门打狗、消灭仇士良的胜利消息,不料,仇士良及其属下几十名宦官飞速上了大殿,不问青红皂白,抬过一乘御用软轿,将李昂架上软轿,撒腿就向宫内跑。宫内的禁军属仇士良管辖,只要控制住皇帝李昂冲进内宫,仇士良他们就稳操胜券了。

仇士良扶着软轿的轿杆,气喘吁吁地道:"圣上,不好了,韩约造反了,快回内宫吧!"

李训见大事不好,显然是韩约没能将仇士良一伙杀死,目前也只有夺回李昂,还有一线生机,便赶忙趋步向前,抓着软轿的轿杆拦着道:"圣上,圣上,微臣还有本奏上!"

不过,那李训本是文官,又没武艺,力气也不如仇士良大。仇士良见李训来拦轿杆,狠狠飞起一脚,将李训踢到在地上,督促着抬轿的宦官道:"快回内宫,快回内宫!"

李训爬起来,忙吆喝殿下新募来的私兵,上殿拦挡李昂的软轿,却已经迟了,仇士良的禁军早已将他们团团围住,那些私兵顿时便成了刀下冤鬼。

仇士良督促着宦官抬着李昂,领着禁军向北奔跑,只要进了内宫,那就是他们的天下了。

含元殿的朝臣们刚刚听完惩治仇士良的圣旨,就见仇士良指挥着宦官和属下禁军肆无忌惮地杀了过来,他们慌了手脚,机灵点的四下逃窜了,手脚慢点的立时成了刀下之鬼。

仇士良早已气红了眼，杀红了眼，怒火满腔地命令道："关上城门，别管文官武官，统统都是乱党，统统让他们见阎王！"

其属下宦官问："亲属呢？"

仇士良咆哮道："一个不剩！"

属下宦官又问："逃出城的呢？"

仇士良声嘶力竭地喊道："还用问吗？派出两千骑兵，杀，杀，杀！"

顿时，长安城内城外，腥风血雨，天昏地暗……

一个宦官提着李训的头，跑到仇士良跟前道："回公公，小的来献李训的首级。"

仇士良道："悬挂到城门上，让这个龟孙子看着我怎么灭他九族。"

宦官道："是是。"

又一个宦官提着郑注的头，跑到仇士良跟前道："回公公，小的来献郑注的首级。"

仇士良指着郑注的首级骂道："姓郑的，你个龟孙子，你也有今日啊，把他的亲属统统杀死！"

郑注这一死，盈盈可就危在旦夕了！

## 第十九章 钓鱼得配

由于仇士良发动了"甘露之乱",血腥屠杀文武朝臣及其家属,弄得长安城内腥风血雨,人心惶惶,甚至连城郊也鸡犬不宁了。

大和九年(835年)九月十五这天,本来是距离渭水之滨梁家别墅大约五六里地的太平庄赶庙会的日子,但是现在赶会的人们却稀稀落落。再加天气阴沉,刮着东北风,庙会上更加冷冷清清。

梁厚本饱经沧桑的脸上憔悴不堪,他身着平民所穿的青衣,正在路旁摆设地摊,售卖对联。

地上放着写好的红纸对联,旁边还有笔墨纸砚等,他坐在一个小木凳上,瞅着稀稀落落的行人。

许久,庙会上连个向他这里瞥一眼的人也没有。他暗自叹了口气:我梁厚本文武全才,为什么沦落到这般地步呢?

一个行人瞥了一眼地上的对联,像是在劝梁厚本道:"肚子还填不饱,谁买这个。"他不无同情地看了梁厚本一眼,慢慢走开了。

梁厚本无奈地摇摇头,北风吹得他浑身冰凉,对联此时也被吹乱,有的已经被吹破了,他只好准备收摊。

正在这时,一个三十来岁的女子跟着一个满脸络腮胡子的汉子,向着梁厚本走来。

那女子对汉子说:"你瞧这字写得真好,咱们住进了新房,正用得着哩。"

汉子道:"娘子说好就是好。"那夫妇两个就蹲在了梁厚本的地摊前。

汉子问梁厚本:"多少钱一副?"

梁厚本似乎没有听到,只是愣愣地盯着那女子和汉子。

汉子对梁厚本道:"问你哩!"

梁厚本却所答非所问地问道:"客官贵姓?"

汉子一笑道:"买副对联,还要通名报姓哩,你是……"

梁厚本觉出自己的唐突,低头道:"可能是小生一时眼花吧。"

女子此时忽然惊喜道:"难道你是梁相公?奴家是润娘啊!"

汉子也恍然大悟地喜道:"真是恩人吗?小的是张三哩。"

汉子跪下就要磕头。

梁厚本赶忙将他拉起来,道:"这里不是说话的地方,随我来吧。"

三个人匆忙收拾好,来到了梁家的乡间别墅。

梁厚本将润娘和张三两个人领进了北房客厅,分宾主坐了。

顾不上寒暄,润娘问道:"梁相公怎么……"

梁厚本说道:"说来惭愧,一言难尽啊。只因叔父大人执意要小生与杨御史家小姐定亲，小生却是念念不忘宫中未婚之妻盈盈，叔父提出我若中得状元，婚事便由小生做主，中不得，便与杨家定亲，否则便断绝叔侄之情。小生虽然也参加了殿试，可是圣上却未曾发榜。我被叔父赶出了家门，衣食无源，曾在附近村上为一财主教授私塾，又憎他将小生视为奴仆，愤而离开。如今只能写几副对联，聊以度日罢了。不过，小生坚信，总有出头之日。你两个怎么……"

润娘听出梁厚本问的是自己为什么与张三在一起的，便道："也是说来话长啊。奴家自从从良，跟了李训大人为妾，深得老爷宠爱，谁知好景不长，他那大老婆对奴家朝打夕骂，百般凌辱，剃光奴家头发，还要将奴家毁容，老爷只得休了奴家。奴家一时悲愤欲绝，投河自尽，亏得被张郎救下，结为夫妻。"

梁厚本没想到润娘如此不幸，又竟是结识了老实巴交的张三，如今总算有了依靠了，不禁替润娘悲伤，又替她高兴，便问张三道："你不是跟着李愬将军吗？"

张三道："是哩，恩人有所不知哩，李愬将军让小的当了军吏，小的年纪大了，又遍体鳞伤，就退役养老了。小的能与润娘安生过日子，真是烧高香了哩。"

梁厚本又问道："你们怎么去太平庄的？"

张三道："是老天爷让我们遇见恩人哩。小的老家一无所有了，正盘算在太平庄买两间房子哩，谁知……"

梁厚本立即道："买什么房子，这里还不够你夫妇住的？"

张三高兴地道："俺两口子，巴不得能伺候恩人一辈子哩。"

梁厚本笑道："润娘是小生大姐，你就是大哥了，快别口口声声恩人了。"

润娘忽然想起什么，问道："可有盈盈的消息？街上风传着宫里大乱,仇士良那厮逢人就杀……"

梁厚本顿时皱起了眉头,道:"小生也正为此忧心如焚呢。"

润娘立即对张三道:"你也学机灵点儿,刚才在太平庄还听说,仇士良那厮已经派兵出城搜查叛党呢。"

张三道:"是哩,是哩,夫人不说,小的也要为恩人两肋插刀哩。"

于是,梁厚本就将润娘夫妇安排在梁家别墅北房右边那两间屋内住下了。但他却时刻担心仇士良一伙搜查到这里,尤其是盈盈在宫中的信息,他们毫不知情,更是忧心如焚,悬悬不安。

事实上,杀红了眼的仇士良,一刻也没忘记惩治盈盈。

这天,禁军右中尉仇士良府邸客厅里,莺莺正偎依在仇士良的怀里,频频给他饮酒。意想不到的是,郑注当初为了考进士,将买来的莺莺送给仇士良为伴食,而这个暗娼出身的莺莺极会阿谀逢迎,逢场作戏,深得仇士良宠幸。她端起酒杯,将酒送进仇士良嘴里,笑道:"老爷大开杀戒,这下可出气了吧?"

仇士良一听这个,来了精神,得意忘形地说道:"人有害虎心,虎无伤人意。可这伙乌龟王八蛋,竟然胆敢来捋虎须,拔虎牙!是李训和郑注,王八找了个鳖亲家,设计害咱,骗咱家去金吾后院看什么甘露,谁想他们伏兵于帐幕之下,专等着飞蛾扑火。岂不知,咱家是谁?就算睡梦里也是睁着一只眼,还好我发现及时,预先走脱了。后来果然是刀剑四起,将咱家手下孩儿们剁成了肉酱,咱家也几乎去见了阎王。幸亏咱家死死抱住皇帝老子不放手,若他被李训那厮夺了驾去,咱家如今早就被诛灭九族了。索性,老子来个一不做,二不休,踢到葫芦洒了油,干脆将满朝文武杀个干净。"

莺莺忙道:"老爷再喝一杯,压压惊!"

仇士良仰脖喝下了,却道:"惊?老子从小就不知道什么是惊。皇帝轮流做,明年到咱家,骑驴看唱本,等着看好戏吧。"

莺莺道:"到时候,老爷把那些歪刺骨都灭了,您登了基,奴家就是正宫娘娘了。"

仇士良道:"对了,你个浪妮子倒提醒咱了,斩草不除根,萌芽依旧发。宫里还有个歪刺骨郑盈盈,还是中丞,是郑注那厮的妹妹,又是咱家的对头,岂能不一起处死呢。"

他立即带领禁军和属下太监,持刀荷戟地向着内廷教坊跑去,要杀死教坊中丞郑盈盈。

盈盈又要大难临头了。

你想,唐朝兴庆宫宫内仇士良发动的甘露变乱,搞得杀声连天,喊声连天,哭声连天,内廷教坊里的郑盈盈能够无动于衷吗?她正忙着收拾起几件衣物,准备逃命避难,又不知道向哪里逃跑才好。正在犹豫不决之际,只见派出去打探消息的侍女兰儿神色慌张地跑进来,道:"中丞姐,不好了,不好了,宫里大乱了!"

盈盈忙问道:"怎么回事?"

兰儿气喘吁吁地道:"听说李训大人跟郑注大人要除宦官仇士良,反被仇士良将他们全家诛戮了。中丞姐是郑大人的妹妹,怕是危在旦夕了,赶快逃命吧!"

盈盈急道:"能逃到哪里啊?"

兰儿道:"兰儿听说,兴宁妃子为圣上所不喜,前些日子已经在宫里的德修庵里当道姑了,姐姐去那里暂时躲避一下,也强于束手就擒啊。"

盈盈忙问:"德修庵在哪里?"

兰儿道:"出了咱这教坊,一直向正西。姐姐知道枫叶亭吗?就是咱们捡枫叶的那里,顺着亭子下的小道,沿着御河再向西就看见了。姐姐快走,我这就出去看着,若仇公公领人来了,兰儿就把他们向东领,说姐姐去东边百尺楼拜佛去了。"

盈盈道:"姓仇的不杀你吗?"

兰儿道:"兰儿自有话说,别腻歪了。"

兰儿顺手抓起床边盈盈的一件外衫,撒腿跑出了教坊,向东奔去。

盈盈喊道:"兰儿,兰儿,回来,回来!"

兰儿已经跑远了。

而仇士良带领一伙禁军和几个侍从太监走出仇府,奔向教坊。一个小太监却捂着肚子,跟不上队伍了。

仇士良急忙三步并作两步地走过去,怒道:"妈的,为什么像个蔫黄瓜,磨蹭什么?"

小太监道:"回公公,小的这几天拉肚子,想去方便方便。"

仇士良搂头给了他一巴掌,打得小太监鼻嘴流血。仇士良骂道:"懒驴上道,不拉就尿,早干什么来?想给那死妮子偷偷报信去吗?"接连又是几巴掌。

小太监不敢言语,只得赶忙跟着紧跑。

仇士良大声怒道:"都给老子听好了,老子是奉旨而来,那郑盈盈乃是逆党之妹,非得杀死不可,快走,别让那死妮子逃了!"

迎面走来的兰儿见仇士良一伙来了,赶忙站在路边让道。

仇士良瞥了一眼低头不语的兰儿,感觉有点眼熟,便忽然问道:"你是谁?"

兰儿道:"回公公,奴婢兰儿。"

仇士良忙问:"哪房的?"

兰儿道:"伺候中丞姐姐的。"

仇士良警觉起来,立时问道:"干什么去?"

兰儿平静地答道:"中丞姐姐到东边百尺楼拜佛去了,奴婢怕她冷,给姐姐去送衣衫。"

仇士良道:"当真?"

兰儿道:"借给奴婢个胆儿,奴婢也不敢欺骗公公啊。"

仇士良心想:东边的百尺楼里的佛像灵验,自己倒是听说过,这兰儿又不知道自己去杀盈盈,手里又确实拿着外衫,看来这妮子没有撒谎,便说道:"咱家正要传旨,圣上要中丞进殿演奏琵琶哩,头前带路吧。"

兰儿天真地笑道:"这可好了,中丞姐姐又可以有幸拜见圣上了,奴家也会跟着沾光了。"

教坊正东方向的百尺楼是李昂新建的一所殿堂,殿庭多层,高高矗立,有百尺之高,故名百尺楼,里面供着大大小小的佛家塑像。因为李昂近年来开始信佛,这里香火也就旺盛起来。而今日楼前却无车马,楼内也无香客。

兰儿走进殿里,故意高声喊道:"中丞姐姐,奴婢来给你送衣裳来了。"

仇士良立即下令道:"包围百尺楼,别让她跑了,进去搜!"

最后的结果当然是搜查不到盈盈,禁军和宦官回报道:"回公公,空无一人。"

仇士良登时火了,愤怒地扇了兰儿一个耳光,怒道:"人呢?找死吗?"

兰儿捂着带血的半边脸,平静地道:"那就是中丞姐姐抄近路回教坊了呗。"

仇士良已经觉察到很可能是上当受骗了,便命士兵将兰儿绑了，驮到马背上，带领人马折回，向西直奔教坊。

教坊内空无一人，仇士良将兰儿一阵毒打，怒道："郑盈盈跑哪去了？不说就宰了你！"

兰儿笑道："兰儿也没想活着。"

她一头向墙壁撞去，立时为姐姐盈盈殉节了。

仇士良气得七窍冒烟，怒道："老子玩了几十年的老鹰，倒被个小鹰啄了一口，还会玩调虎离山之计。她既然引老子向东，那郑盈盈肯定是向西逃了，"便命令道："向西直追，谅她插翅难逃！"

内廷教坊中丞郑盈盈一气逃出教坊之后，向着正西方向，迅速跑到枫叶亭下，却见仇士良一伙已经追来了，她看到了骑在马上的仇士良的身影。面对着滚滚滔滔的御沟河水，郑盈盈怒吼一声，心里道：知音的梁哥哥啊，小妹先走了，下辈子再结亲吧！

她纵身跳进御沟里，但因为不会游泳，只能两手乱抓，两脚乱蹬，一连喝了好几口水，被河水冲向城墙，冲向城墙墙根的窟窿。打了几个漩涡后，郑盈盈就消失在了水中。

仇士良一伙追到枫叶亭下，看到远处一个女子的背影，料想必是盈盈无疑。谁知待到近了，盈盈却无影无踪了。

仇士良气急败坏地嚷道："妈的，都给我搜！跑到蚂蚁窝里也得抠出来！活要见人，死要见尸！"

梁厚本哪知道这惊心动魄的一幕呢。

自从在太平庄，梁厚本与润娘、张三夫妇偶然相逢之后，他们就都住在梁家乡间别墅里，倒也不甚寂寞。只是梁厚本既担心仇士良那厮时刻会前来加害骚扰，不得不防；又因不知被幽禁深宫的盈盈的生死存亡而感到抑郁不乐。此事连润娘夫妇也觉察到了。

张三对润娘道:"小的见恩人这几日,老是唉声叹气哩。"

润娘道:"梁相公定然是又思念盈盈小姐了。"

梁厚本道:"大姐说的是啊,不过……"他犹豫了一下,没有继续说下去。

润娘道:"相公不要当我们是外人,但说无妨。"

梁厚本这才说道:"小生当时一时气愤,惹恼了叔父,被他赶出了家门,只能穷居于此,衣食不继。你们二人纵然不无些许积蓄,怕是坐吃山空,也难免拮据度日啊。"

润娘倒是不在乎地说道:"大不了润娘重操旧业。"

张三一听,打断她的话,说道:"俺张三有的是力气哩,用不着夫人操劳哩,大不了,俺去太平庄当雇工哩,恩人犯不上发愁哩。"

三个人正说着,忽然传来一阵紧急的敲门之声。三人登时一惊,悄悄走向了院门。

梁厚本问道:"谁?"

院门外道:"相公,是我。"

梁厚本听出是梁家侍从小厮的声音,急忙开了门。只见小厮牵着那匹白马走进门来。

那白马头贴着梁厚本的胸口,亲热地蹭来蹭去。

小厮纳头叩拜,梁厚本急忙将其扶了起来。

张三已经将院门关上了,他牵过马,在院里拴好了。

他们先后一起进了客厅。

没等梁厚本发问,小厮就解下系在腰间的一个鼓鼓囊囊的兜肚,放在案上,对梁厚本说道:"老爷自相公走后,后悔极了。于是特地派小的给相公送来纹银百两,老爷说如果相公愿意回到府上,叔侄依旧;如果继续在这里等待宫中信息,老爷也不再阻挠了,但愿叔侄和好如初。"

梁厚本听了,十分感动,鼻子也有些酸了……

第二日夜晚,月光朦胧,微风拂面,水波不兴。润娘夫妇已经回到东厢睡了,小厮也坐在梁厚本身边打盹。梁厚本独坐无聊,既想到自己年近不惑,却是一事无成,又思念盈盈,幽禁深宫,音讯全无。他便拿起钓竿,要去钓鱼解闷。因为花园后门临渭水,渭水直通御河,他坐在那里,至少可以遥望宫禁。不料一时将小厮惊醒,梁厚本示意他不要出声,于是两人带上院门,来到了河边。

其实,梁厚本哪有心思钓鱼。他只是如痴如呆地望着平静的波光粼粼的水面,望着远处朦朦胧胧其实看不清的黑乎乎的宫墙,想象着以泪洗面的盈盈,猜测着她现在会是怎样地辗转反侧、椎心刺骨地想念自己。

忽然,通过朦胧的月光,梁厚本发现,迷蒙的水面上漂过来一个黑乎乎的东西,他连忙推醒身旁已经似睡非睡的小厮,低声说道:"你瞧。"

小厮也看见了,那黑乎乎的东西渐渐被微风吹向了岸边,吹到了他们脚下,他们终于能看清这个东西的真面目了。

梁厚本大吃一惊,忙道:"呀,谁家一个女子?快帮我捞起来。"

小厮嘴里却嘟囔道:"相公别惹祸了,也不知是谁家的死尸,万一有人知道了,不得吃人命官司吗?"

梁厚本听了,不免生气,忙道:"胡说!救人一命,胜造七级浮屠,这半夜三更的,谁能知道,快快!"

两人急忙将女子拉上了岸来。

不知什么时候,天空中月亮钻进了附近的一片黑云里,地上更加朦胧模糊了。梁厚本抱着那女子,将她放在岸上,轻轻摸了摸她的鼻孔,又隔着湿淋淋的衣服轻轻摸了摸胸口,喜道:"还有点儿温气,说不定还能救活呢!"

他便轻轻呼唤,只见那女子头微微动了一下。小厮也喜道:"活了,活了!"

梁厚本道:"这里天寒露凉,你我将她抬到院里去吧,说不定灌些热水热汤的,她还真能拣条命哩。"

朦朦胧胧中,他们都看不清那女子的脸。

两个人将那女子抬进了客厅,放在书案上。小厮已经将东厢房里的润娘夫妇叫了过来。

梁厚本正举着蜡烛看那女子,忽然大叫一声,蜡烛掉了,梁厚本扑在女子身上嚎啕大哭起来。

润娘夫妇见屋里没有点灯,也没有烛光,连忙将蜡烛点起来,搀扶起梁厚本,疾呼道:"梁相公,梁相公,怎么了?怎么了?"

梁厚本扶着案上的女子,痛哭流涕地喊道:"盈盈,盈盈,你醒醒啊!"

小厮忙对润娘夫妇告知刚才的事情。

润娘见盈盈虽然身上还有微微温气,却是肚子鼓胀,定是喝了不少河水,快被淹死了,立时抽抽噎噎地哭道:"想个啥法,把她肚子里的水空出来呢?"

张三道:"小的老家,都是把刚刚淹死的人伏在水牛背上,头朝下,牵着水牛到土地庙里去叫魂儿,回来就活哩。"

小厮道:"哪里去找水牛?天齐庙前倒是有个小土地庙,只是城里那么乱,黑更半夜的……"

梁厚本急得手足无措,只是呜咽不止。

倒是润娘想了个主意:牵出那匹白马,将盈盈俯身朝下驮在马背上,让小厮牵着马在院子里转圈,三个人跟在后面,小声叫着"盈盈,盈盈,你醒醒!"

盈盈嘴里接连吐出清水，真的活过来了！

三个人中不知是谁不由自主地说了句"阿弥陀佛"。

梁厚本赶忙将盈盈抱进了北房右边自己的卧室里，润娘已经拿来了自己的衣衫，让梁厚本出了屋，自己帮盈盈换了衣服，让她盖着被子休息。

过了不久，盈盈已经换过了润娘的衣衫，与润娘都坐在床上，盈盈偎依在润娘的怀里，润娘正在替她梳着头发。

盈盈问道："师父，这是哪里啊？是梦里吗？我不是跳河淹死了吗？"

润娘道："吉人自有天相，这是你梁哥哥的别墅啊！梁相公，快进来，盈盈，你看这是谁？"

赶忙走到床边站着的梁厚本立即俯身到盈盈面前，抓着盈盈的双手，眼含热泪道："是我啊！"他再也说不出话来。

盈盈的热泪也潸然而出，她想扑到梁厚本的怀里，却又娇弱无力地依然偎依在润娘的怀里。

润娘道："原是你从宫中御河里流出来，梁相公在宫外河边钓鱼，发现后将你救活了。你两个原本就是夫妻，今夜天缘配合，干脆就在月光之下成了亲吧。"

盈盈低头道："奴家与梁郎朝夕思念，如今侥幸生还，理当……"

梁厚本忙道："那还犹豫什么？"

盈盈叹道："只是宫中变乱，仇士良那厮杀了哥哥全家，罪及奴家。怕是仇士良那厮追寻到此，连累郎君与师父啊。再过几时，打听到没事了才好啊。"

梁厚本道："我这别墅十分幽僻，仇士良那厮哪里知道？还是依了润娘吧。"

小厮悄悄走进来，插话道："若是没赞礼也不要紧，小的权当赞礼吧。"

润娘道："甚好甚好，听师父的。"

四人走到客厅里，润娘坐在上首圈椅里。

小厮真的当了赞礼，他悄声道："一拜师父。"

梁厚本与盈盈对润娘拜了一拜。

小厮又悄声道："夫妻对拜。"

梁厚本与郑盈盈相互对拜了一拜。

小厮高兴地拉着长腔道："送入洞房。"

润娘搀扶着盈盈走进了右边梁厚本的卧室，梁厚本喜滋滋地跟了进去。

润娘与小厮退出了卧室，卧室的门立即从里面关上了。

那小厮却故意站在门外不动，问润娘道："小的听说小孩儿能听房。"

润娘笑着，戳了他前额一指头，道："还不喂马去？猴儿崽子。"

小厮一溜烟似的跑去喂马了。

洞房里只有盈盈和梁厚本了。盈盈满脸绯红，坐在床上不动，心里却兴奋不已地激烈跳动着。

梁厚本激动地替盈盈解开了衣扣，脱下了衣裙，将她紧紧地拥抱在怀里，激情地亲吻着。

盈盈娇声问道："不是梦？"

梁厚本道："是梦。"

盈盈吃了一惊，"啊"了一声。

梁厚本赶忙补充了一句，道："我哪一日不梦着这一天？"

盈盈娇声叫道："哥哥。"

梁厚本道："咱俩都拜堂了，还叫哥哥？"

盈盈忙改口道："郎君。"

梁厚本也叫了一声"娘子。"

盈盈道:"官人。"

梁厚本道:"夫人。"

盈盈悄声道:"你……慢点儿。"

……

室外微风轻拂,月光如水,陪伴着这对九死一生、终结连理的患难知音……

同日夜晚,卧室里,梁厚本与郑盈盈一对新婚夫妇紧紧拥抱着窃窃私语,一直到天将拂晓。

盈盈道:"郎君,天快亮了,咱俩说了一宿的话,累吗?"

梁厚本兴致勃勃地道:"憋了几十年的话了,哪能说够!我忽然想起来,你不是说仇士良那厮要强拉你进御,你用小忽雷砸破了那厮的头,将小忽雷摔坏了匙头,圣上要他去修理吗?那厮在哪里修理的?"

盈盈道:"听说是在崇仁坊赵二乐器店。"

梁厚本忙问:"取回来没有?"

盈盈道:"我投河之前还没有,不知现在怎样了。"

梁厚本更兴奋了,喜道:"这小忽雷本来就是咱们家的,等天亮了我悄悄去看看。"

盈盈担心地道:"郎君千万可小心点儿。"

梁厚本道:"娘子放心就是。"

第二天,长安崇仁坊赵二古董乐器店里,赵二又在独喝闷酒,已经颇有些醉意,正絮絮叨叨、呜呜哑哑地说着不知是醉话还是人话:"赌场老板这个混账王八蛋……定准是骰子里灌了铅了……若不,我怎么一个晚上,我就赌输了……该他五十两银子……五十两啊……把我卖了,也……把店卖了,也还不起啊……他妈的……他又跟官府勾结,养了那么多打手，谁敢惹这个阎王爷……"

忽然，他看到了装有已经修好的小忽雷的锦盒，眼前一亮，拿起小忽雷自语道："小祖宗，亲祖宗，您救救我吧？五十两，值，值！"

突然，他像触电似的又赶忙放下小忽雷，摸着脖子自语道："不行，不行，限期快到了，那个挨阉的来取时，我有几个脑袋？"

他吓得酒醒了，捶胸顿足，正在心烦意乱、不知所措地在店内来回疾走时，梁厚本已经若无其事地走进了店铺。

赵二忙迎过去，满面春风地笑道："客官，鉴赏古董？购买乐器？"

梁厚本故作漫不经心地道："随便看看。"

他看到了货架上的小忽雷，故作漠不关心地拿起来笑道："这紫乎乎的琵琶，这么难看，也卖吗？"

赵二道："这可是国宝，没有一百两别开口！"显然，他是漫天要价。

梁厚本则就地还价，道："顶多值十两。"

赵二退了一步，道："没八十两，拿不走。"

梁厚本又添了十两，道："我只有二十两。"

赵二故作诚恳地道："本店童叟无欺，言无二价，拼上血本，也得七十两。"

梁厚本说得更坚决，道："就是砸锅卖铁，顶多也就是再添十两。"

赵二道："货卖识家，我也别说七十，您也别讲三十。我狠狠心，降二十，您赏赏脸，添二十，五十两，少一个小钱也别谈了。"他露出了底线。

梁厚本便道："上当就一次了。"

两个人当即交割清楚，梁厚本拿着小忽雷，装作满脸狐疑的样子走出了乐器店。

赵二看着白花花的五十两银子，忽然挤眼子停止了眨巴，自言自语地道："那挨阉的太监来要时，怎么办呢？还不先要我的命吗？若将这银子还了那赌博场的老板，老子岂不是竹篮子打水一场空？我有了这五十两，哪里不能混个吃喝？干吗非要一棵树上吊死？此时不溜，还等什么？"

他见梁厚本走远了，不敢稍停，急忙草草收拾，将店门一锁，当即逃之夭夭了。

再说梁厚本买回小忽雷的当日，风和日丽。梁家别墅后花园里，迎春、干枝梅等已经开花，垂柳细条，碧绿摇翠，地上也已绿茵如毯了。

梁厚本和润娘一人扶着盈盈一个胳膊，慢慢在花园里试着走步。盈盈娇弱无力，勉强走了几步就已经气喘吁吁的了。两人便扶着她在亭边一木凳上坐着休息，听着树上几只黄莺"唰啾"鸣叫。

盈盈道："郎君不是把小忽雷买回来了吗？奴家真想弹弹呢。"

梁厚本道："就怕隔墙有耳，还是等到夜深人静的时候偷偷弹奏吧。"

润娘却道："这别墅也无人知晓，轻弹几曲，料也无妨。我刚才见到那小忽雷时就已经技痒了。"

张三一向是润娘无论说什么，他都是百依百顺的，便道："我去关好门哩。"

梁厚本只好取来了小忽雷，递到了盈盈手里。

盈盈将小忽雷恭敬地递给润娘手里，道："师父先弹。"

润娘用不着客气，便演奏着唱道：

> 几只墙头杏，
> 数点青山屏。
> 夜雨百年心，
> 一春几清明。

盈盈由衷赞道："这首《阳春曲》，师父弹得真好。"
润娘将小忽雷递给盈盈，道："我老了，手生了。"
盈盈也演奏着唱道：

> 莺穿杨柳啼，
> 燕剪香风细。
> 低头问郎君，
> 春可留的去？

润娘道："这也是《阳春曲》了，弹得好，胜过我了。"
盈盈笑道："让师父见笑了。"
盈盈继续弹着。
谁知，这后花园之外，一个小太监正在河堤上放风筝。他拽着风筝线，仰头望着高空的纸鹞子，向西奔跑着。
忽然听见琵琶弹奏声从梁家别墅的后花园里传来，他停下不跑了。
小太监心里道：奇怪，这声音像是俺宫里的郑中丞弹的小忽雷，她怎么在这里呢？不行，我得闯进去看个明白。

## 第二十章 封官赐婚

小太监将风筝慢慢落下来,走到花园后门口。他推了推门,发现门被紧紧地关着,院里仍在弹奏着小忽雷。忽然,小太监计上心来,他将风筝隔墙扔进院内,然后前去敲门,嘴里喊着:"开门,开门!"

院内停止了演奏,张三在门里问道:"什么人?干什么?"

小太监道:"咱家是找纸鹞子的,落你院里了。"

盈盈闻言大吃一惊,忙对梁厚本道:"是个内官的声音,官人且去开门吧,快将纸鹞子还给他。"

盈盈又道:"师父扶着奴家,赶紧回到卧室里躲躲吧。"

梁厚本拿着纸鹞子走到门边,递给守在门边的张三,悄声道:"等我们走远了你再开门。"

张三道:"好哩。"

梁厚本赶紧跑到盈盈身边,抱起她迅速地向卧室里跑。

门外,小太监使劲地砸着门,喊道:"开门,开门,磨蹭什么?"

张三道:"纸鹞子落树上了,我得弄下来哩。"

门外,小太监怒道:"胡说,树上哪有?开门!"

张三瞥了一眼,见盈盈、梁厚本、润娘三个人离花园院门不远了,便开了院门。小太监一下子跑进了花园,东瞧西望,已经瞧见了梁厚本、楚润娘和郑盈盈的身影,心里暗道:这事定然蹊跷。

小太监不接风筝,却要向别墅正厅走去。张三连忙挺身挡住道:"这是私宅,哪能乱闯?"

小太监心里道:咱家明明听到了小忽雷的声音和郑中丞歌唱的声音。这人为什么磨磨蹭蹭地不开门?为什么拦挡着不让进院?为什么有那三个人?这里边肯定是有鬼。

但是,他见张三彪悍,自己一时也不敢发作,便平心静气地说道:"既然咱家的纸鹞子找到了,就不打搅了,告辞了。"

小太监拿着纸鹞子出了后花园朝街的那个门,张三赶紧将门关好,飞快地去客厅找梁厚本。一时间,三个人都慌了。

梁厚本道:"眼下盈盈如此病弱无力,走不得路,骑不得马,若是小生抱着她,骑马不能快,步行也快不了,她哪里能禁得住奔跑追杀之苦?倒不如你夫妇立即骑马投奔李愬将军或者白翰林,请他们予以搭救。小生料得,如果这小太监报告给仇士良那厮,仇士良必定将小忽雷交于宫里,将盈盈与我押赴朝廷,届时小生自有分辩,倒强于冒险逃命。"

润娘道:"后悔死了。"

张三道:"都是那个小太监。"

那个小太监自以为得到了重要情报,便赶紧到仇士良府邸报告。他说得眉飞色舞,连一个小小细节也不愿放过,还不时地渲染着他的机智过人。

他说道:"启禀公公,方才小的正在御河堤上放风筝,忽然听到一家后花园里有人弹琵琶。小的耳朵好使，一听，怎么这么熟呢？这不是郑中丞弹奏小忽雷的声音吗？小的当时就多了个心眼，郑中丞不是投河了吗？死人还会弹琵琶吗？这就奇了怪了，小的便将风筝故意扔进那家院子，然后叫门，假装去院子里取风筝。小的进了院子，正好看到一个男的抱着郑中丞，拿着小忽雷躲避。"

仇士良忙道："来人，速将这两个狗男女缉拿归案。"并指着小太监道："你小子带路。"小太监以为仇士良要说"你小子有功，下去领赏吧"，却原来给了他这么个差事，只得唯唯连声地去了。

正好，这天李昂在兴庆宫德麟殿朝见群臣。不等别的大臣奏事，仇士良就率先奏道："启禀圣上，属下发现郑中丞并未淹死，而是在宫外梁厚本家。"

李昂大吃一惊，忙问道："真的？速去宣来见朕！"

仇士良道："遵旨。"心里想：这样一来，自己派人捉拿梁厚本和郑盈盈，就这样轻而易举地变成遵旨行事了。

果然，时间不长，仇士良就押解着被锁链锁着的郑盈盈和梁厚本来到殿下，盈盈手里抱着小忽雷。两个人跪在了阶下，不知道皇帝会怎样发落他们。

李昂见了，便对仇士良道："朕叫你去宣他们，怎么锁来了？放了吧。"

侍立的校尉立即准备去掉梁厚本、郑盈盈的锁链。

仇士良却连忙瞪了校尉一眼，阻止道："且慢。"

校尉不敢解锁了。

仇士良转身对李昂道："这郑中丞竟敢用小忽雷打破奴才的头颅，圣上未曾降罪，她就该感恩戴德，忠心耿耿地侍奉皇上。她不但不这样，还要投河示威，一则是借以威胁圣上；

二则是借以逃出宫外,与梁厚本通奸苟合;三则是盗用国宝,窃为己有。这三罪并罚,理当斩首示众。"

盈盈忙道:"胡说!你不假传圣旨要我进御,奴家能砸你吗?你不追杀我,我愿投河吗?原是明媒正娶的夫妇,怎么是苟合?自家花钱买的小忽雷,何谈盗用?"

梁厚本也说道:"请教公公,公公深夜私闯中丞卧室,假传圣旨,该当何罪?公然追杀中丞,逼其投河,该当何罪?夫妇相会,竟被锁拿,该当何罪?"

仇士良被问得支支吾吾,却还要辩解。只见大将军凉国公李愬出班奏道:"当年平定淮西藩镇叛乱,梁厚本在本帅帐下为参谋,运筹帷幄,功居第一,至今未曾封赏,岂能反要问罪?"

太子太傅白居易也出班奏道:"这梁厚本文武全才,中了状元,未曾加官晋爵,为何反要妄加罪名?"

朝臣们也纷纷小声地交头接耳地议论起来。

仇士良突然盯着李昂高声道:"是不是下边该演'甘露之计'了?你问问你身边的禁军侍卫们,他们是听你的还是听咱家的?"

李昂身边的宦官头目看着仇士良笑道:"还用公公说吗?"

仇士良顿时得意起来。

李愬问仇士良:"仇公公真要造反吗?"

仇士良哈哈大笑道:"大将军说晚了。"

仇士良大步来到御案之前,举起案上御玺道:"皇帝轮流做,今日到咱家!咱家宣布:李昂无能,勾结奸佞,定计甘露,滥杀百官,废去不用!"

朝臣们大吃一惊,顿时寂静无声了。

只有白居易平心静气地问仇士良道:"接下来,是不是就该对仇公公高呼万岁了？"

仇士良得意地道："白太傅若能带个头，你就是宰相了。"

李愬故意问道："白太傅若不带头高呼呢？"

仇士良转身盯着李昂道："你来带头高呼。"

李昂气得七窍冒烟，却说不出话来。仇士良将他一把推开，自己坐在了御座上，对李昂骂道："妈的，告诉你，你若闭着那个鸟嘴，老子就给你留一口气；否则，就叫你找你爷爷去！"

李愬再也看不下去了，高声喊道："武士们在哪里？"

禁军从四面八方涌上了大殿，立时将锁链套到了仇士良的脖子上。

李愬对仇士良厉声斥道："你这奸贼，杀过几位皇帝？"

仇士良阴笑道："若说都是咱家杀的，你有证据吗？"

李愬道："梁枢密，该你出场了。"

话未落音，枢密大将军梁守谦领着那个伺候宪宗李纯的哑巴小太监，突然出现在大殿之前。

仇士良一见，哈哈大笑起来，道："他？小哑巴，会说什么？"

谁知，那哑巴小太监却突然指着仇士良道："就是他，就是他把先皇帝给掐死的！"

仇士良一下子像泄了气的皮球，瘫倒在地上了。

李昂指着仇士良道："待将其死党全部缉拿归案之后，再将这奸佞依法惩处！"

武士们押解着仇士良走了。

皇帝既然惩治了仇士良，当然不会加罪于梁厚本和郑盈盈了。而且，他还当庭赐婚赐第，让他们迁进了长安昭应坊的新宅里，那宅邸的富丽堂皇自是不必说了。

这日，秋高气爽，万里无云。梁厚本与郑盈盈早早起了床，二人吃过早饭，并肩站在华丽的穿衣镜之前，相互偎依着照镜子。梁厚本为盈盈梳理了一下头发，盈盈为梁厚本整理了一下头巾。

梁厚本道："夫人，多亏圣上非但未曾问罪，还格外加恩，当庭赐婚，赐予新第。你听，门外喜鹊声声，好喜人啊。"

盈盈道："母亲临终时，担心我找不到知音人，又说须得经历七灾八难，才能找到知音，如今可都应验了。母亲若活着，该多高兴啊。"

说着，盈盈的眼圈已经红了。

梁厚本给她擦着眼泪，道："母亲地下有知，一定会为我们高兴的。"

两个人正亲热地交谈着，一个侍从小厮在室外报告道："回禀老爷，白老爷前来贺喜了。"

梁厚本知道是太子太傅白居易前来贺喜，便离开夫人匆忙来到客厅，对白居易拱手拜道："折煞小生了。"

白居易道："祝贺学弟新婚之喜！老夫已向御前保奏，恩加敕命，圣旨就要到了。"

梁厚本道："请太傅后堂一叙。"

梁厚本陪同白居易到后堂坐下，那里宴席早已摆设好了。梁厚本敬了白居易三杯酒，两个人又互相让着干了几杯。

不多时，那个侍从小厮便告知梁厚本传旨官到了。

梁厚本赶忙回到客厅，与盈盈一起跪听接旨。

只见那传旨官宣旨道："诏曰：国家开科取士，旨在选拔人才，广开言路。兹据太子太傅白居易所奏，梁厚本文采出众，中得状元，尚未发榜，朕甚惋惜。今特补赐进士及第，除授翰林侍读之职，妻郑氏，封贞节安人，女中丞如故。谢恩！"

梁厚本、盈盈跪拜道:"万岁,万岁,万万岁!"

两个人刚站起来,一个小厮跑来报告道:"回禀老爷,李大将军前来贺喜。"

梁厚本又急忙来到客厅,对凉国公大将军李愬拱手施礼道:"折煞卑职了,岂敢劳动国公大人。"

李愬道:"恭喜参谋!老夫已向御前保奏,恩加敕命,圣旨即刻就要到了。"

梁厚本道:"请国公后堂一叙。"

国公李愬大将军由梁厚本陪同,步入了后堂。

梁厚本敬了大将军李愬三杯酒,一个官员捧着圣旨已经来到了。

梁厚本与盈盈又赶紧跪听接旨。

传旨官道:"圣旨已到,跪听宣读。诏曰:有德必报,有功应赏。兹据凉国公大将军李愬所奏,平叛淮西作乱时,参谋梁厚本运筹帷幄,斩将搴旗,功居第一。未曾奖赏,朕甚惋惜。今特补授彰仪节度使,妻郑氏进封荥阳郡夫人。谢恩!"

梁厚本、盈盈跪拜道:"万岁,万岁,万万岁!"

传旨官走出了梁府。

两次圣旨的到来,为梁府带来了无比荣耀,梁厚本夫妇更加兴奋激动。郑盈盈接罢圣旨,回到新婚洞房,看着室内焕然一新的家具、器皿、被褥、摆设,看着床边放着的那把小忽雷,不觉思绪万千,往事一幕一幕地出现在眼前:母亲临终之前对她能否找到知音人的殷勤嘱托;哥哥郑注对其弹琵琶的斥责和威吓;梁哥哥为其射伤仇士良的大快人心;仇士良对其三番两次的调戏;夜晚离家出走误入天齐庙的惊慌失措;被强逼炼丹的愤怒;被逼入宫的孤苦无依;自投御河的决绝殉节；死而复生的惊喜；偶弹琵琶被再次锁拿的悲愤；皇帝赐婚的皆大欢喜。所有这一切，都与小忽雷千丝万缕地联系在一起。她情不自禁地拿过了小忽雷，多么想尽情弹奏一番啊。

与此同时，梁府客厅里，梁厚本与李愬、白居易等正觥筹交错，频频举杯，宾主都甚欢洽。一个小厮笑眯眯地对梁厚本耳语了几句什么。

梁厚本站起来，拱手道："诸位大人，夫人言道，为了感谢诸位大人光临，她想为诸位大人演奏小忽雷祝酒。"

李愬、白居易等来宾俱道："快快有请。"

只见盈盈身穿大红衣裙，怀抱着小忽雷，先是对诸位大人拜了几拜，然后坐下，一边演奏，一边唱了起来：

清风明月在，
高山流水真。
奸邪不压正，
自强不顾身。
生命诚可贵，
知己刻骨心。
既然同心结，
勿嗟少知音。

乐音已闭，盈盈站起来，笑道："献丑，献丑。"

众人鼓掌欢呼道："弹得真好啊，真好啊！"

众人皆频频干杯，宴会更加热闹。

忽然小忽雷铿的一声，又拨上了一个更高音节……

# 后 记

尝见青年朋友,恋爱草率,结婚匆忙,离婚甚速,彼此并非真正知音。因此,欲借拙作,形象说明何谓知音,怎样求得知音。以期天下有情人终成眷属,白头偕老。

无奈笔不从心,书中瑕疵纰漏,在所难免,敬祈方家,批评指正。

山东电视台周盛阔总编提出了不少中肯的修改意见,于此谨致以衷心谢意。

徐振贵

2021 年 5 月 5 日

图书在版编目（CIP）数据

琵琶吟 / 徐振贵著. —济南：山东文艺出版社，2022.1

ISBN 978-7-5329-6426-0

Ⅰ.①琵… Ⅱ.①徐… Ⅲ.①传奇小说—中国—当代 Ⅳ.①I247.5

中国版本图书馆CIP数据核字（2021）第163913号

## 琵琶吟
PIPA YIN

徐振贵　著

---

| | |
|---|---|
| 主管单位 | 山东出版传媒股份有限公司 |
| 出版发行 | 山东文艺出版社 |
| 社　　址 | 山东省济南市英雄山路189号 |
| 邮　　编 | 250002 |
| 网　　址 | www.sdwypress.com |

---

| | |
|---|---|
| 读者服务 | 0531-82098776（总编室） |
| | 0531-82098775（市场营销部） |
| 电子邮箱 | sdwy@sdpress.com.cn |

---

| | |
|---|---|
| 印　　刷 | 山东新华印务有限公司 |
| 开　　本 | 890毫米×1240毫米　1/32 |
| 印　　张 | 9.5 |
| 字　　数 | 213千 |
| 版　　次 | 2022年1月第1版 |
| 印　　次 | 2022年1月第1次印刷 |
| 书　　号 | ISBN 978‐7‐5329‐6426‐0 |
| 定　　价 | 52.00元 |

---

版权专有，侵权必究。如有图书质量问题，请与出版社联系调换。